ullstein

Das Buch

Seit Steffi weg ist, bin ich durch unterschiedliche Phasen gegangen, ein paar schlechte, und dann waren da noch die GANZ schlechten. Ich stelle mir für einen kurzen Moment die Frage, ob ich jetzt den absoluten Tiefpunkt erreicht habe. Da ich mich ziemlich gut kenne, muss ich diese Frage verneinen.

Männer sind Schweine – und zwar ganz arme.

Als Moritz von seiner Freundin verlassen wird, stürzt er in den jämmerlichsten Liebeskummer seit Menschengedenken, und nur ein Gedanke rattert durch seinen Kopf: Ich will Steffi zurück!

Wie wild postet er auf Facebook Statusmeldungen, die seinem virtuellen Umfeld – und vor allem Steffi – beweisen sollen, was er doch für ein geiler Hengst ist. Doch die Wahrheit sieht anders aus, und die Chancen, dass aus den beiden noch mal was wird stehen in etwa so hoch wie die eines Alzheimerpatienten bei der Memory-WM.

Denn Steffi hat schon wieder einen neuen Typen. Und nicht nur das – sie hat sogar ihr Facebook-Profil für Moritz gesperrt.

So einem existentiellen Problem kann sich Moritz nur wie ein richtiger Mann stellen: Es beginnt eine alkoholisierte Irrfahrt durch die Abgründe der männlichen Dummheit, in deren Verlauf drei Vollidioten-Freunde, zwei Prostituierte und ein sehr würdeloses Hasenkostüm tragende Rollen spielen.

Und natürlich Facebook.

Kann Moritz seine Ex zurückgewinnen? Wird er in einer sinnlosen Nebenhandlung bis zum Ende der Geschichte dreihundert Facebook-Freunde finden? Die Antworten darauf sind niederschmetternd … aber saukomisch.

Der Autor

Moritz Meschner wurde 1980 in Berlin geboren. Moritz gefällt: Die Uni (auch wenn er sie nie abgeschlossen hat) … das Radio (besonders der Berliner Sender 94,3 rs2) … und die Tatsache, dass nicht alle Dinge so sind, wie sie auf den ersten Blick scheinen. Er nimmt wirklich jeden Freund bei Facebook an.

Moritz Meschner

resteklicken

EIN FACEBOOK-ROMAN

Ullstein

Besuchen Sie uns im Internet:
www.ullstein-taschenbuch.de

MIX
Papier aus verantwortungsvollen Quellen
FSC® C006701
FSC
www.fsc.org

Originalausgabe im Ullstein Taschenbuch
1. Auflage Mai 2012

Umschlaggestaltung: semper smile, München
Titelabbildung: © Getty Images/Wendy Idele;
© iStockphoto/Gustaf Brundin
Satz: LVD GmbH, Berlin
Gesetzt aus der Apollo und Gotham
Papier: Pamo Super von Arctic Paper Mochenwangen GmbH
Druck und Bindearbeiten: CPI – Ebner & Spiegel, Ulm
Printed in Germany
ISBN 978-3-548-28415-6

1 Profil-Neurose

Moritz Meschner lümmelt rum.
vor 8 Minuten
4 Personen gefällt das.

Wenn ich genau in diesem Moment aus heiterem Himmel einen Herzinfarkt bekommen würde, käme das äußerst ungelegen.

Man würde mich nämlich SO finden: Mit heruntergelassener Hose vor dem Computer, wie ich gerade dabei bin, mir einen runterzuholen und mit der linken Hand ein Kopfmassagegerät umklammere, das ich dazu passend in rhythmischen Auf- und Abbewegungen über die Kopfhaut führe.

Da meine Eltern den Zweitschlüssel zu meiner Wohnung haben, nehme ich an, dass sie es wären, die mich dann lustig verstorben hier entdecken würden. Vermutlich würden sie denken, ich hätte einen zu groß geratenen Schneebesen auf dem Kopf.

Dabei fühlt sich das Gerät fast so an wie Frauenhände mit langen Fingernägeln.

Darüber hinaus würden sie mich zwischen Hunderten von leeren Bier- und Weinflaschen finden, meine Klamotten, Uni-Bücher und Lebensmittel auf dem Boden verteilt und das gesamte dreckige Geschirr in der Badewanne.

Natürlich habe ich es noch immer nicht abgewaschen, dazu geht es mir einfach zu schlecht, und so dusche ich, wenn überhaupt, inmitten von verkrusteten Tellern, Töpfen und einem ziemlich scharfen Küchenmesser. Wie mein rechter Fuß gestern feststellen durfte.

Ach ja, und dann ist da noch das hundertköpfige Fruchtfliegen-Geschwader, das den Luftraum von meiner Küche bis ins Wohnzimmer für sich beansprucht. Dabei habe ich nicht mal Obst im Haus. Oder war der braune Schleimklops da hinten in der Ecke mal ein Apfel? Selbst das CSI-Team könnte das nicht mehr rausfinden.

Am liebsten würde ich meine Wohnung einfach in den Müll schmeißen und mir eine neue zulegen.

Und bei der Gelegenheit auch gleich ein neues Leben.

Seit Steffi weg ist, bin ich durch unterschiedliche Phasen gegangen, ein paar schlechte. Und dann waren da noch die GANZ schlechten. Ich stelle mir für einen kurzen Moment die Frage, ob ich jetzt den absoluten Tiefpunkt erreicht habe. Da ich mich ziemlich gut kenne, muss ich diese Frage leider verneinen.

Eine andere Frage kann ich hingegen mit einem glasklaren »Ja« beantworten: Ja, ich gehöre zu den Typen, die sich vor dem Rechner einen runterholen. Täglich. Wenn mir langweilig ist, sogar mehrmals täglich, denn der Sextrieb ist mir glücklicherweise erhalten geblieben. *So what?!* Laut einer Umfrage holen sich neunzig Prozent aller Männer regelmäßig einen runter. Was die anderen zehn Prozent machen, weiß ich nicht. Ich nehme aber stark an, sie liegen im Koma.

Was mich am meisten an der Vorstellung meines spontanen Todes stört, ist übrigens nicht die Tatsache, dass mir ein Eintrag nebst Foto im Buch der peinlichsten Selbstbefriediger sicher wäre, sondern dass auf meinem Computer noch nicht einmal ein Porno läuft.

Stattdessen ist Facebook offen.

Und ich wichse vor dem Partybild einer Freundin, das sie heute Vormittag hochgeladen hat.

»Freundin« ist in Zeiten von Facebook ein vollkommen neu zu definierender Begriff. Ich kenne die Frau kaum, habe mich gestern auf der Party nur ein paar Minuten mit ihr unterhalten, und hätte sie mich nicht heute von sich aus »als Freund hinzugefügt«, dann wüsste ich nicht mal ihren Nachnamen.

Auch ihr Vorname war mir nach fünfzehn Jägermeistern und einem kurzen gescheiterten Anmachversuch meinerseits entfallen.

Theoretisch hätte sie auch Maik heißen können.

Trotzdem hat sie mich als Facebook-Freund hinzugefügt, und ich nehme ab sofort virtuell an ihrem realen Leben teil.

Janina Behncke chillt.

vor 2 Minuten

Dir und Carola Silberstedt gefällt das.

Ihr Leben scheint genauso leer zu sein wie meins.

Ob sie auch ein Kopfmassagegerät besitzt?

Wenn ich mir die Statusmeldungen meiner anderen Freunde so durchlese und die von »fühlt sich krank« über »Pippi Langstrumpf auf ki.ka!« bis hin zu »ess jetzt mal 'nen Apfel und stell mir vor, es ist ein Nussini ...« reichen, dann ist das in etwa so spannend, wie in ein leeres Aquarium zu glotzen. Trotzdem verfolge ich jede einzelne Meldung mit der Hingabe eines Nachrichtenredakteurs, der den Newsticker beobachtet.

Übrigens: Ich habe ein Aquarium auf Facebook.

Und nicht nur das. Ich bin mittlerweile stolzer Besitzer eines Restaurants, eines Cafés, einer Farm, eines Zoos, einer Insel, eines Haustieres und eben – eines Aquariums. Dabei interessiere ich mich überhaupt nicht für Fische.

Ich überlege kurz, ob ich meinen Status nicht in »ist mit seinem Aquarium schon auf Level 37« ändern soll, und ob jemand diesen verzweifelten Hilferuf wahrnehmen wird, da klingelt es plötzlich.

Ich mache meine Hose zu und öffne die Tür.

Der Paketbote. Er reicht mir ein kleines Päckchen mit dem Amazon-Logo drauf.

»Dann bekomme ich hier bitte noch eine Unterschrift.«

Ich krakle ein paar Hieroglyphen auf das elektronische Schreibfeld und gebe ihm das Gerät zurück.

»Danke. Und noch 'nen schönen Tag.«

»Selber«, sage ich.

»Was haben Sie da eigentlich auf dem Kopf? Ist das was Medizinisches?«

Die Stille dauert nur ein paar Sekunden, doch es kommt mir so vor, als könne man in dieser Zeit alle gefloppten »DSDS«-Gewinner dreimal hintereinander aufzählen. Hitze steigt mir ins Gesicht, und ich spüre, wie meine Augen anfangen zu brennen.

»Ich … äh … habe manchmal Migräne.«

»Ach so«, sagt der Paketbote mit einem breiten Grinsen.

Ich nehme mit zitternder Hand das Massagegerät vom Kopf und schließe in Zeitlupe die Tür. Dann lege ich das Amazon-Päckchen auf den Schuhschrank im Flur, zünde mir eine Zigarette an und gehe zurück an meinen Computer.

Steffi Gehrasch wird heute mal wieder richtig feiern!

vor geraumer Zeit

Das ist die letzte Statusmeldung von Steffi, an die ich mich erinnern kann. Oder genauer gesagt, die letzte Statusmeldung, die ich sehen durfte. Vor ein paar Tagen hat Steffi nämlich ihr Facebook-Profil für mich gesperrt.

Steffi ist meine Exfreundin. Sie hat vor knapp zwei Monaten mit mir Schluss gemacht; eine Geschichte wie jede andere, alle RTL-II-Shows sind randvoll mit so einem Mist.

Verlassen hat sie mich, ganz einfach, und sich in irgendeinen anderen Typen verknallt. Eigentlich – und das macht alles noch viel schlimmer – war es vom zeitlichen Ablauf betrachtet doch eher umgekehrt. Sie hat sich ERST verknallt und mich DANN abserviert.

»Wir fliegen alle nach Mallorca, die Mädels und ich.«

An diese Worte von Steffi werde ich mich noch den Rest meines Lebens erinnern. Es war im Spätsommer, sie stand in der Tür und schaute mich erwartungsvoll an.

»Wer fliegt nach Mallorca?«, fragte ich mit dünner Stimme.

»Die Mädels und ich«, wiederholte Steffi.

Ich hatte das natürlich schon beim ersten Mal verstanden.

»Ach was«, konterte ich. »Ich dachte, WIR wollten zusammen in den Urlaub fahren.«

»DU hast ja Flugangst!«

»Ich habe keine Flugangst!«

An dieser Stelle sei mir ein kleiner Einschub gestattet.

Richtig ist: Ich wollte früher Astronaut werden.

Auch richtig ist: Lieber lecke ich das Dixi-Klo eines Heavy-Metal-Festivals aus, als mich in irgendetwas reinzusetzen, das fliegt. Ich fliege nicht! Jedenfalls nicht *mehr*.

Ich leide tatsächlich seit Jahren an extremer Flugangst und vermeide es tunlichst, mir ferne exotische Länder als Reiseziele auszusuchen. Wobei »fern« und »exotisch« für mich schon auf die Schweiz zutrifft.

Und wenn ich es nicht mal zum Baseler Flughafen schaffe, wie dann bitte schön in ein Spaceshuttle und auf einen fernen Planeten?

Steffi hat vollkommen recht: Ich HABE Flugangst. Und ich bin mittlerweile auch so ziemlich das Gegenteil von einem Astronauten. Wäre ich damals Neil Armstrong gewesen, und man hätte mich für den Mondflug eingeteilt, dann hätte ich mit Sicherheit kurz vor dem Countdown gekniffen, vielleicht hätte ich krank gespielt und meine Mama gebeten, einen Entschuldigungsbrief an den Präsidenten zu schreiben, so wie in der Schule:

Sehr geehrter Mr Nixon,

leider muss ich Ihnen mitteilen, dass mein Sohn Neil morgen am 16. Juli nicht an Ihrer geplanten Mondmission teilnehmen kann.

Wie Sie vielleicht wissen, reagiert Neil sehr heftig auf frische Schnittblumen und Kernobst; eine Form der Allergie, die väterlicherseits an unseren Jungen vererbt wurde.
Nun ist es ja so, dass Neil mittlerweile eine ganze Reihe

unbekannter Verehrer hat, die ihn mit den unterschiedlichsten Geschenken regelrecht überhäufen, darunter z.B. Pralinen, alkoholische Getränke, aber auch Blumen und Obst. (Unser Wohnzimmer gleicht schon jetzt bereits einem Friedhof; – die ganzen Blumen!) Der arme Junge ist natürlich aufgegangen wie ein Hefezopf und hat nunmehr einen fürchterlichen Ausschlag, der sich vom Gesicht bis hin zum Gesäß erstreckt.

Neil wird wohl aller Voraussicht nach zwei Wochen das Bett hüten müssen.
Ein Attest unseres Hausarztes Dr. Kimble habe ich der Entschuldigung beigefügt.

Mrs Armstrong

Aber kommen wir zurück zu Steffi:
»DU hast ja Flugangst!«
»Ich habe keine Flugangst!«
Bei meinem letzten Flug war ich neun und habe in eine Tüte gereihert. Ein paar lustige Luftlöcher und Kotztüten später, musste mich mein Vater wie ein festklebendes Panini-Bild von der Ausstiegstür abkratzen, weil ich diese in rund zehn Kilometern Höhe nur allzu gerne geöffnet hätte.
Ich fahre seitdem nicht mal Kettenkarussell.
»Na gut, dann hast du eben keine Flugangst«, sagte Steffi schmunzelnd. »Trotzdem fliege ich mit den Mädels nach Mallorca.«
»Ja, aber wir können doch auch nach Brandenburg raus. Nach Bad Saarow oder so.«
»Nach Bad Saarow?! Wie öde ist DAS denn?!«

Ich musste einmal kräftig schlucken und schaute dann auf den Boden. Steffi kam zu mir herüber und streichelte über meinen Nacken.

»Keine Angst, Schatz! Da passiert nichts.«

Da passiert nichts! So ein Satz verursacht in der Regel immer ein einigermaßen ungutes Gefühl bei mir. Wie wenn der Zahnarzt sagt: *Es wird nur ein ganz klein bisschen weh tun.*

»Und …«, sagte ich, »wie lange kann sich eure studentische Party-Crew einen so gewagten Trip leisten? 'ne Woche?«

»Drei.«

»Drei Wochen???!!!«

Da passiert nichts! Natürlich nicht.

»Wer kommt denn mit?«

»Andrea, Melanie, Katja und Nadine.«

»Das sind DREI Single-Frauen!«

»Vier. Melanie hat letzte Woche mit Jan Schluss gemacht.«

Passiertnichtspassiertnichtspassiertnichts!

Fünf junge, hübsche, Mai-Thai-betankte, blonde Studentinnen am Ballermann: der Stoff, aus dem Filme für Erwachsene gemacht sind. NATÜRLICH ist da was passiert! NATÜRLICH hat sie da diesen beschissenen Typen kennengelernt! Und NATÜRLICH hat sie sich auf Malle von ihm nageln lassen!

Und jetzt bin ich Single, und Steffi hat ihr Facebook-Profil für mich gesperrt, und die Chancen, dass wir wieder zusammenkommen, stehen in etwa so hoch wie die eines Alzheimer-Patienten bei der Memory-WM. Wann zur Hölle wird endlich der »Gefällt mir NICHT«-Button eingeführt?

Steffi Gehrasch wird heute mal wieder richtig feiern!

vor ziemlich genau einer Woche, wenn ich mich da jetzt richtig erinnere

Sie ist erst seit einem knappen Jahr bei Facebook. Was für ein Spätzünder. Früher fand sie das alles nämlich immer »irgendwie total peinlich«. So wie sie mich ja auch mal »irgendwie total toll« fand und mich »irgendwie total geliebt« hat und mit mir »irgendwie total viele Kinder« haben wollte. Bis vor drei Monaten stand auf unseren Profilen auch noch, dass wir »in einer Beziehung« mit dem jeweils anderen wären. *Times are changing.*

Nach unserem Aus habe ich sie noch ein paar Mal angerufen. So etwa vierzehntausend Mal. Nur in den seltensten Fällen ist sie überhaupt rangegangen, und wenn, dann waren die Gespräche meist sehr kurz und unergiebig, und gerne schmetterte ich ihr am Schluss noch eine Salve frauenverachtender Bushido-Textzeilen entgegen, die frei jedes integrationsfördernden Verdachtes waren, aber da hatte sie meist schon aufgelegt.

Dann habe ich es mit SMS versucht. Auf die hat sie nicht geantwortet. Da ich ja auch »irgendwie total meinen Stolz« hatte, habe ich dann irgendwann keine SMS mehr geschrieben. Stattdessen einen achtzehnseitigen Brief. Auf den es natürlich auch keine Antwort gab. Genauso wenig wie auf meine Nachrichten, die ich ihr über Facebook geschrieben habe. Und chatten wollte sie auch nicht mehr.

Ich bin in dieser Zeit so ziemlich jede halbe Stunde auf

ihrem Profil gewesen und habe geguckt, mit wem sie sich neu befreundet hat. Da ich den Namen ihres Typen nicht kannte, konnte das so gut wie jeder sein.

Seinen Namen weiß ich bis heute nicht. Aber ich habe zufällig rausbekommen, wie er aussieht. Mit »zufällig« meine ich, dass ich einen ganzen Tag lang in der Nähe von Steffis Wohnung auf sie gewartet habe, in der Hoffnung, endlich mit ihr zu sprechen. Und mit dem Hintergedanken, ihren Typen zu sehen, obwohl das natürlich bedeutete, in das Gesicht der Erniedrigung blicken zu müssen. Keine Ahnung, warum wir Männer uns das manchmal geben müssen.

Jedenfalls lief alles zunächst perfekt. Ich hatte extra eine Pudelmütze, eine Sonnenbrille und meine alte Bomberjacke als Tarnung angelegt. Als ich sie aus der Wohnung kommen sah, wusste ich sofort, dass mein diabolischer Stalking-Plan aufgehen würde. Als sie dann aber in ihr Auto stieg und losfuhr, offenbarte der Plan eine kleine und nicht unbedeutende Schwäche: Ich war mit dem Bus gekommen.

Anders ausgedrückt: Ich habe gar kein Auto. Und auch keinen Führerschein. Ganze dreißig Sekunden lang konnte ich Steffi noch nachschauen, bis sie dann an der zweiten Ampel abgebogen ist.

Moritz Meschner stand da wie ein Idiot.
vor etwa 2 Wochen

Steffi Gehrasch war das völlig egal!
vor allem deswegen, weil sie Moritz nicht mehr liebt
Arschfotzenkopf gefällt das.

Trotzdem habe ich noch am Abend ihren neuen Freund gesehen. Einen wundervollen Mann, den ich spontan auf den Namen »Arschfotzenkopf« getauft habe.

Nachdem Steffi mit dem Auto davongefahren war, ging ich in die gegenüberliegende Kneipe, um auf sie zu warten. Ich setzte mich an ein Fenster, von dem aus ich ihre Wohnung beobachten konnte, und kippte elf große Bier. Und dann noch ein kleines.

Nach meiner eigenen Wahrnehmung verließ ich um exakt 38 Uhr die Kneipe und stolperte schnurstracks in den Spätkauf nebenan, um mir noch zwei Bier auf die Hand und eine Schachtel Kippen zu besorgen. Ob der Bus überhaupt noch fuhr, wusste ich nicht, und es war mir zu diesem Zeitpunkt auch scheißegal. Sollte Steffi doch machen, was sie wollte! Sollte sie doch mit ihrem neuen Typen vögeln! Da ich in der Kneipe schon ein paar Mal geweint hatte, wusste ich zumindest, dass ich das zu Hause nicht mehr tun würde. Oder höchstens noch zwei, drei Mal.

»Wer is diese Steffi überhaupt?«, nuschelte ich den Späti-Verkäufer an.

»Bitte?«

»Ach, lecken soll mich die doch, Alter. Was bommst de?«

»Bitte?«

»Was BEKOMMST DU?!«, schrie ich ihn an.

Er schaute kurz auf die Kasse.

»Acht Euro sechzig.«

Ich zitterte einen Zehner aus meinem Portemonnaie und legte den Schein auf die Theke.

»Stimmt so.«

»Danke.«

»Sammal, kann ich nich lieber 'n Sixer nehmen? Zwei sind vielleicht doch 'n biss wenig.«

»Sechserträger?«, fragte der Verkäufer.

Ich nickte.

»Dann gib mir die beiden Bier wieder. Sechserträger sind da hinten im Kühlschrank. Musst du dir einfach rausholen.«

»Ma ich«, sagte ich (vermutlich), torkelte rüber zum Kühlschrank und versuchte, die Glastür zur Seite zu schieben.

»Du musst ziehen.«

»Wa?«

»ZIEHEN!«

»Aso.«

Ich zog die Tür mit einer Eleganz auf, die nur noch von Michael J. Fox beim Eierlaufen hätte übertroffen werden können, und wollte mir gerade einen Sechser Beck's nehmen, als ich plötzlich eine Stimme hörte. IHRE Stimme. Fuck!

Ich drehte mich um, und da stand sie an der Kasse: Steffi! Sie sah aus wie eine Göttin.

»Zwei Marlboro Lights.«

Ab diesem Zeitpunkt lief alles ab wie in einem Traum. Ich erinnere mich daran, wie mein Herz plötzlich anfing zu rasen, wie meine ohnehin nicht mehr ganz standfesten Beine sich komplett in weichen Schlabber verwandelten, und wie der Verkäufer zwei Schachteln Zigaretten aus dem Regal nahm, sich dann wieder zu Steffi drehte und ihr auf die Titten starrte, während sie nervös in ihrer Adidas-Handtasche kramte. Und beinahe hätte ich etwas gesagt. Ich wusste nur nicht, was.

Steffi hatte ein schwarzes Oberteil mit Spaghetti-Trägern und einem tiefen Ausschnitt unter ihrer Jeansjacke an, eine schwarze enge Hose und ebenfalls schwarze hohe Schuhe. Ihr blondes langes Haar fiel über ihre Schultern und in ihre Adidas-Tasche, und in meinem besoffenen Kopf entspann sich der Beginn eines kariessüßen Gedichts, das es mit Sicherheit nicht mal in die BRAVO geschafft hätte. Hier die einzigen Zeilen, an die ich mich am nächsten Tag noch erinnern konnte (das Gedicht trug übrigens den Namen »Steffi«):

Dein Haar ist wie Sonnenlicht im Winter
Und mir, dem geht es immer schlimmer
Ich frage mich nur noch »Warum?«
Und fall fast vor dem Kühlschrank um

Dem Kölner Karnevalsverein und Einem geistig zurückgebliebenen 12-jährigen Mädchen, das »Twilight« liebt gefällt das.

»Neun Euro achtzig.«

»Gleich«, sagte Steffi und kramte weiter hektisch in ihrer Tasche herum. So wie es aussah, konnte sie ihr Portemonnaie nicht finden. Vielleicht hatte sie es auch vergessen. Typisch Steffi!

Von einer Sekunde auf die andere wusste ich, was zu tun war. Ich würde Steffi ansprechen, ihr ganz einfach mit Kohle aushelfen, und schon würde sie erkennen, dass ich doch ein extrem netter Kerl bin und mich für den Rest ihres Lebens lieben. Na gut, bei meinem Zigaretten- und Alkoholkonsum wohl eher für den Rest MEINES Lebens.

Ich löste mich grazil von der Kühlschranktür und schlurfte in nicht minder grazilen Schlangenlinien auf Steffi zu. Als ich nur noch ein paar Schritte von ihr entfernt war, hatte ich fast den Eindruck, dass ich ihr Haar riechen konnte.

»Hey«, sagte ich mit einer Stimme, die nicht nach einem Mann, sondern mehr nach einem heiseren Schlumpf klang.

Steffi bemerkte mich nicht mal. Sie war im wahrsten Sinne zu sehr in ihre Tasche vertieft.

»Na, wie geht's dir denn?«, versuchte ich es erneut. Meine Stimme war immer noch leise und unerträglich kraftlos.

»Ich hab's gleich«, sagte Steffi, und gerade als ich ein drittes Mal ansetzen wollte, flog die Tür auf und ein Riesen-Pumper mit Glatze stürmte herein.

»So, watt los Prinzesschen, kommste klar oder watt?«

Arschfotzenkopf.

Natürlich ist es hinlänglich bekannt, dass Frauen auf starke Männer stehen. Attila der Hunnenkönig hatte mit Sicherheit mehr Sex als so Weicheier wie Gandhi. Aber DIESER Typ in seinem zum Zerreißen gespannten Fred-Perry-Poloshirt war doch ein schlechter Witz!

»KOMMSTE KLAR ODER WATT, HAB ICK JEFRAGT!«, fuhr er Steffi plötzlich so lieblich an wie der Vietcong einen amerikanischen Kriegsgefangenen. Ich hatte mit einem Mal das ganz bestimmte Gefühl, dass ich den Typen von irgendwoher kannte. War der nicht bei Peter Zwegat gewesen, weil er rund zweihunderttausend Euro Spielschulden gemacht und seine Frau und seine sechs Kinder jahrelang verdroschen hatte? Er sah ihm jedenfalls verdammt ähnlich.

Steffi schaute ängstlich in ihre Handtasche und atmete einen kurzen Moment später erleichtert auf.

»Hier ist es ja. Boah, ich hab schon gedacht, ich hab's zu Hause vergessen.«

Sie öffnete ihr Portemonnaie und gab dem Verkäufer einen Zehn-Euro-Schein.

»Rest kannste behalten«, lächelte sie ihn an.

»BISTE NOCH JANZ BEI DIR ODER WATT?!«, ging

Arschfotzenkopf unsanft dazwischen. »JIBT KEEN TRINKGELD, VERSTANDEN?!«

Der Verkäufer hinter der Theke verstand nur zu gut. Er griff in die Kasse, zählte die zwanzig Cent Wechselgeld vorsichtshalber gleich dreimal hintereinander ab und reichte sie nicht Steffi, sondern Arschfotzenkopf.

»Na also«, sagte der überheblich lächelnd und packte Steffi unsanft am Arm. »So, Süße, und jetz ab nach Hause.«

Anstatt diesem ekelhaften Typen einfach eine zu scheuern, setzte Steffi einen Blick auf, der Erinnerungen in mir weckte. Erinnerungen an ebensolche Nächte, wo wir betrunken von irgendeiner Party gekommen waren und dann im Bett noch zwei, drei Stunden »rangehängt« hatten. Sofort krampfte sich mein Magen zusammen und etwas stieg in mir hoch, das sich am ehesten als schwarze, bittere Galle beschreiben lässt. Für einen kurzen Moment dachte ich tatsächlich, dass ich ohnmächtig werden würde, doch ich blieb stehen und musste mit ansehen, wie Steffi die Hand dieses Typen nahm, sich auf ihre Zehenspitzen stellte und ihm einen sanften Kuss auf den Mund gab. Was sie heute noch so alles mit ihm machen würde, wollte ich mir gar nicht erst vorstellen. Klappte aber nicht. Den recht expliziten Film hätte man direkt aus meinem Pils-Hirn bei youporn hochladen können. Dann gingen die beiden Arm in Arm nach draußen. Mittlerweile nieselte es leicht, und ein nasser Wind stieß durch die Tür in mein Gesicht. Einen Augenblick später war alles still.

Steffi Gehrasch wird heute mal wieder richtig feiern! ... und morgen dann ihr Profil für Moritz sperren!!!
vor meinem geistigen Auge

Ich verstehe gar nicht so richtig, warum ich nicht mehr auf Steffis Profil darf. Und ich weiß auch nicht, wie man sein Profil überhaupt für einen Freund sperren kann. Jedenfalls kann ich seit einer Woche keine Fotos mehr von ihr sehen, nicht sehen, mit wem sie sich neu befreundet oder welche Statusmeldungen sie gepostet hat. Dabei habe ich mich nach besagtem Abend doch ziemlich entspannt verhalten. Mit »entspannt« meine ich, dass ich sie ein paar Mal angerufen, auf ihren Anrufbeantworter geheult (oder gesungen?), ihr wieder Hunderte von SMS geschickt und ihr Facebook-Postfach mit Nachrichten zugemüllt habe.

Nur auf eine dieser Nachrichten gab es eine Antwort:

Hey ...

Zwischen dir und Steffi Gehrasch

Steffi Gehrasch

01. Oktober um 18:12

Hallo Moritz,

es tut mir leid, zu erfahren, dass es dir so geht. Aber ich hatte gehofft, dass wir in Zukunft irgendwann Freunde sein können, und habe dich deswegen auch noch als Facebook-Kontakt. Dachte, das wäre für dich kein Problem.

Steffi

Da kam sie also, die große Klatsche.

»Freunde« sollten wir in Zukunft sein.

Voll schön.

Natürlich habe ich auf diese Nachricht geantwortet. Es

hat mich auch nur zwei Flaschen Wein gekostet, um die richtigen Worte zu finden. Mit »richtig« meine ich, dass es die absolut falschen waren. Ich bekomme immer noch einen hochroten Kopf und muss meine Augen wie zum Schutz halb zusammenkneifen, wenn ich lese, was ich da betrunken geschrieben habe:

Hey ...

Zwischen dir und Steffi Gehrasch

Moritz Meschner

02. Oktober um 03:31

Hey Baby,

ich habe mich seher über diene Nachricht gefreut. Es geht mir so schlecht im Moment, dass ich gar nicht weiß, wie ich es dir beschriebn soll. Du bist so eine krasse Fotze aber iommer die Liebe meines Lebes. Ich liebe dich über alles und will nicht das es vorbei ist!!! ICH WOLL DAS NICHT UND ES TUT MIR ALLES SO LEID UND SO WEH!!! Manshcmal denke, ich dass es besser ist mit allem Schluss zu machen. ODer mit deinem neuen Freund solltes du schluss machen, das ist so ein krasser Idiot! (Kannst Du ihn auch ruhig zeigen, ich HABE KEIN AGNST VOR DEM!!! Ich hasse dich, du dumme Bitch, so eine Schlampe braucht jkein Mensch mehr.

Tausend Küsse und alle sgute in deinem Lenem!

ICH LIEBE DICH!

Morutz

Meinem zukünftigen Psychiater gefällt das.

Tja. Hätte auch schlimmer kommen können.

Wenn ich zum Beispiel DREI Flaschen Wein getrunken hätte.

Das war vor etwa einer Woche. Am Morgen danach hat sie dann ihr Profil gesperrt. Das soll wohl bedeuten, dass sie auch keine Nachrichten mehr von mir haben will.

Im ersten Moment hat es mich ein bisschen gewundert, dass sie die Facebook-Freundschaft mit mir nicht ganz beendet hat, mich nicht einfach aus ihrer Freundesliste rausgeschmissen hat, aber nur ein paar Minuten später dämmerte es mir: Sie will keinen Facebook-Freund »verlieren«! Man befreundet sich nicht einfach mit irgendwem, man SAMMELT Facebook-Freunde! Die Anzahl der Freunde wird ja auch im Profil angezeigt. (Steffi hatte letztens übrigens gerade mal 97! – HA!) Und da gibt man dann später niemanden leichten Herzens wieder ab.

Nicht mal den stalkenden Exfreund.

Ich zünde mir eine neue Zigarette an, hole das Amazon-Päckchen vom Schuhschrank und drehe es lustlos zwischen meinen Händen. Ich weiß ja genau, was drin ist. Irgendwann letzte Woche habe ich mir »Das Liebeskummerbuch für Männer« bestellt. Ich glaube aber nicht, dass ich das noch brauche.

Ich habe nämlich schon im Internet genug zu diesem Thema gefunden. Unter anderem eine Seite, die mir verrät, »wie ich meine Exfreundin zurückgewinne«. Als Erstes bin ich mal die »Checkliste der zu vermeidenden Fehler nach einer Trennung« durchgegangen, habe sie mir dann ausgedruckt und meine Gedanken unter den jeweiligen Punkt geschrieben:

1. Nicht die Liebe gestehen
(Gut, das hat jetzt nicht so geklappt, schauen wir uns mal den nächsten Punkt an.)

2. Nicht erwähnen, wie wichtig sie ist
(Pfff … wenn sie glaubt, sie sei mir wichtig, nur weil ich sie die »Liebe meines Lebens« nenne, dann ist sie wirklich SEHR eingebildet! Also weiter.)

3. Nicht den Eindruck erwecken, nicht glücklich zu sein oder den Partner zu brauchen
(Da muss ich gar keinen Eindruck erwecken; ich BIN glücklich! Wenn »glücklich« bedeutet, dass man weinend und fast den ganzen Tag lang vollständig alkoholisiert in einer Messie-Wohnung dahinvegetiert.)

4. Nicht der Ex hinterherrennen
(Okay, diesen Punkt sollte ich besser auch überspringen.)

5. Keine Anrufe oder Besuche
(Das ist einfach. Sie lässt mich ja nicht zu sich. Und eine Nacht besoffen vor ihrer Tür zu liegen zählt bestimmt nicht als Besuch.)

6. Keine Mails, SMS oder Gespräche
(Wie gesagt, wir SPRECHEN tatsächlich nicht mehr miteinander. Und explizit von Facebook-Nachrichten ist hier nicht die Rede.)

Wenn ich mir das so angucke, dann habe ich schon eine ganze Menge richtig gemacht. Es wird also langsam Zeit für den nächsten Schritt: Die Ex ZURÜCKGEWINNEN! Auch hier hat der Ratgeber jede Menge gute (und angeblich erprobte) Tipps für mich parat. Der wichtigste scheint zu sein: »Nachdem Sie den Kontakt abgebrochen haben, sollten Sie MINDESTENS 5 bis 8 Wochen warten, bis Sie sich bei Ihrer Exfreundin melden! Anders geht es nicht!«

WAS?! 5 bis 8 Wochen???!!! Die sind wohl nicht mehr ganz richtig!

Abgesehen davon, dass nicht ich, sondern Steffi den Kontakt abgebrochen hat, habe ich allein in der letzten Woche schon wieder zwei Kilo abgenommen, mir etwa zweitausend Kippen und ebenso viele Biere zugeführt und mehr geheult als Bruce Darnell in allen »Supertalent«-Folgen zusammen! Das geht auf keinen Fall! Da müssen die sich verschrieben haben! Die meinten bestimmt »5 bis 8 TAGE«. Und die habe ich jetzt durch.

Ich überlese geflissentlich die nächsten Tipps und gehe direkt zum letzten: »Wenn Sie wirklich alle Schritte befolgt haben, dann dürfen Sie bei Ihrer Exfreundin um ein Treffen bitten. Jetzt ist sogar ein Vorwand (wie etwa ein vergessenes Hemd o.Ä.) erlaubt. Aber wirklich NUR dann, wenn Sie auch alle vorherigen Schritte befolgt haben!!! NUR dann!!!«

Jaja, hab ich.

Ich nehme mein iPhone und will gerade eine SMS schreiben, als es plötzlich klingelt und mir vor Schreck aus der Hand flutscht. Ich hebe es auf und hoffe, dass Steffis Name auf dem Display steht. Natürlich nicht. Es ist mein bester Freund Max. Ich gehe nicht ran.

Nur ein paar Sekunden später ploppt das Chat-Fenster bei Facebook auf.

 **Max Schöller**

Max ist online.

Max

Du Schwachkopf, ich weiß doch, dass du da bist! Du bist ja auch online!

Ich überlege einen kurzen Moment. Dann antworte ich.

Ich

Habe zu tun.

Max

Klar, du Opfer! Wichsen oder was?

Was machst du heute Abend?

Ich

Keine Ahnung. Vielleicht probiere ich das mit dem Pulsadern-Aufschneiden mal aus, von dem alle so schwärmen.

Max

Wir treffen uns um acht bei mir und gehen dann weg. Chicks sind auch am Start! Du musst mal wieder raus, du Einsiedler!!! ☺

Ich

Ich weiß noch nicht so genau.

Max
Wenn du nicht kommst, reise ich in der Zeit zurück und töte deine Eltern!!! Ab ACHT!!!

Max ist offline.

Ich zünde mir eine Zigarette an. Dabei habe ich die letzte gerade erst ausgemacht. Ja, Max hat vermutlich recht. Ich muss raus. Keine SMS mehr an Steffi! Keinen jämmerlichen Liebeskummer mehr! RAUSRAUSRAUS! Heute Abend werde ich eine neue Frau kennenlernen! Die neue, WAHRE Liebe meines Lebens!

Ich lege die Zigarette im Aschenbecher ab, mache meine Hose auf und schaue mir wieder das Party-Bild von gestern Abend an, auf dem Janina Irgendwer in einem kurzen Rock zu sehen ist. Dann setze ich mir das Massagegerät auf den Kopf.

2 Status: Abgemeldet

Moritz Meschner Party-Night out @ the boys.
vor 51 Minuten
Sascha Hettmann gefällt das.

Als ich gegen neunzehn Uhr mit einem Sixpack vor Max' Haustür stehe und die Klingel betätige, fragt Max »Wer da?« durch den Lautsprecher, und ich sage mit verstellter Stimme »Staatssicherheit«.

Im Fahrstuhl aktualisiere ich mein Facebook-Profil ganze drei Mal auf meinem iPhone, um zu schauen, ob jemand meine Statusmeldung kommentiert hat. Bis auf Sascha, den ich ja sowieso gleich treffen werde, scheint niemanden groß zu interessieren, dass es mir wieder besser geht, und dass mir heute eine großartige Partynacht mit Freunden inklusive dem Abschleppen einer ebenso großartigen Frau bevorsteht. Na ja, die coolen Kommentare werden schon noch kommen. Ich gucke mir meine Statusmeldung noch mal genauer an: »Party-Night out @ the boys.« Hmm. Irgendetwas ist komisch an dieser Formulierung. Ich weiß nur nicht genau, was.

Die Fahrstuhltür öffnet sich, und Max steht schon mit einer halbleeren Flasche Bier in seiner Wohnungstür.

»Na, wie geht's?«, fragt er.

»Na ja, geht so«, sage ich.

Am Wohnzimmertisch sitzen Sascha und André. Sascha versucht anscheinend gerade, einen Tetrapak zu essen, denn er hat den Giebel der Verpackung in kleine Einzelteile zerrissen, und steckt sich zwei davon in den Mund, als ich ins Zimmer komme.

»Wir haben da was laufen«, sagt André und gibt mir die Hand.

»Was denn?« frage ich.

»Wir haben um zwanzig Euro gewettet. Der Idiot ist der Meinung, dass man eine ganze Milchtüte essen kann.«

»Total durchgeknallt«, sagt Max.

Wir machen oft so einen Schwachsinn, wenn uns langweilig ist.

Früher hat mir das sogar Spaß gemacht.

Früher, als es Steffi noch gab.

»Du siehst nicht besonders gut aus.«

Max reicht mir ein geöffnetes Bier und wir stoßen an.

»Vergiss sie endlich!«

»Leck mich endlich«, sage ich und hole mein iPhone aus der Jackentasche. Immer noch hat keiner meiner Freunde meinen Status kommentiert. Ich frage mich, ob Steffi das lesen kann. Falls ja, dann wird sie jedenfalls wissen, dass ich heute Abend eine andere knallen werde, und sie wird sich allein bei dem Gedanken daran hundeelend fühlen. Vielleicht wird sie mich sogar anrufen.

»Party-Night out @ the boys.« Hmm. Was stört mich nur daran?

Ich nehme einen Schluck Bier und beobachte Sascha dabei, wie er auf den Milchtütenfitzeln rumkaut. Plötzlich steigen ihm Tränen in die Augen, und er muss aufgeben. Tatsächlich bekommt er nichts runter von dieser Milchpackung, denn die besteht nicht nur aus Pappe, sondern ist im Innern mit Plastik überzogen, und Sascha vermutet, dass man stirbt, wenn man das isst.

»Dann bekomme ich zwanzig Euro, der Herr«, sagt André, als Sascha sich in den Sessel zurücklehnt und somit das Handtuch wirft.

»Ich gebe dir keine zwanzig Euro, du Vollidiot«, grinst Sascha. »Das weißt du ganz genau.«

»Arschloch!«, sagt André und macht sich eine neue Flasche Bier auf.

»Pech gehabt, du Niete!«, sagt Max. »Vielleicht sollte der Einsatz das nächste Mal vorher auf den Tisch gelegt werden.«

»Anfänger«, sage ich und stelle fest, dass ich mein erstes Bier schon geleert habe, dabei bin ich doch gerade mal drei Minuten hier.

Einen Moment lang ist mir das ein bisschen unheimlich.

Ich nehme das iPhone und gehe auf mein Facebook-Profil. Aaaaaha! Da hat jetzt endlich doch jemand meinen Status kommentiert:

Moritz Meschner Party-Night out @ the boys.
vor etwa einer Stunde
Sascha Hettmann gefällt das.

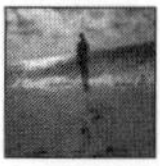

Phillip Ziegler Mach ma, mein Süßer. Viel Spaß! ;-)
vor 2 Minuten

Moment mal. Wieso nennt mich Phillip »mein Süßer«? Das ist jetzt nicht der Kommentar, den ich mir gewünscht habe.

»Was macht eigentlich die Uni, Meschner?«

»Fragt ja genau der Richtige«, sage ich zu Max.

Max ist genau wie wir anderen noch an der Uni eingeschrieben. Er ist da aber nie, sondern designt nebenbei irgendwelche Internetseiten und kann wohl ganz gut davon leben. Sascha und André sind ein paar Jahre jünger als wir und studieren auch.

Gehen also AUCH nie hin.

Was alle drei ganz gut können ist Saufen.

Deswegen bin ich im Moment auch so oft mit ihnen zusammen.

Nach ein paar Minuten und einem weiteren Bierchen schaue ich wieder auf mein iPhone. Zwei weitere Kommentare sind dazugekommen. Na also, jetzt läuft's doch!

Moritz Meschner Party-Night out @ the boys.
vor etwa einer Stunde
Sascha Hettmann gefällt das.

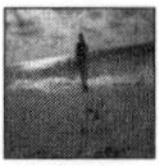

Phillip Ziegler Mach ma, mein Süßer. Viel Spaß! ;-)
vor 5 Minuten

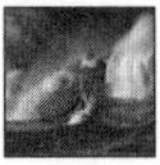

Manuel Strass Vielleicht sehen wir uns ja. Wollte auch mal wieder dahin.
vor 3 Minuten

Sebastian Berger OH MY GOD! Ich dachte,

das »boys« gibt's gar nicht mehr. Von mir auch viel Spaß! Küsschen.
vor 2 Minuten

Was soll denn DAS jetzt? Warum kommentieren ausgerechnet meine drei schwulen Freunde diese Statusmeldung? Und was meint Sebastian damit, dass es das »boys« gar nicht mehr gibt?

»Heirate dein tolles Handy doch gleich«, nörgelt Max.

»Wart mal 'ne Sekunde«, sage ich.

Das »boys« ist doch ein Schwulenladen.

Ich schaue mir meine Statusmeldung noch mal an und merke, wie mir das Blut in den Kopf schießt und ich eine Panikattacke bekomme.

OH! MY! GOD!

Moritz Meschner Party-Night out @ the boys.
vor etwa einer Stunde

Ich und mein beschissenes MTV-Englisch! Natürlich hätte es »Party-Night out WITH the boys« heißen müssen!!! Sofort drücke ich auf »Entfernen«. Nichts passiert.

»Kommschonkommschonkommschon«, stammle ich.

»Was ist denn?«, fragt Sascha irritiert.

»Du bist mir sowieso der Größte«, fahre ich ihn an. »Wieso hast du denn geschrieben, dass dir mein Status gefällt?!«

Ein Grinsen legt sich auf Saschas Gesicht.

»Weil du 'ne absolute Englisch-Null bist.«

Noch immer passiert nichts. Nur ein kleines buntes Rädchen dreht sich auf dem Display.

Dreht sich.

Und dreht sich.

Scheinbar habe ich keine gute Verbindung.

»Ist der an?«, frage ich Max und zeige auf seinen Laptop auf dem Schreibtisch.

»Siehst du doch«, antwortet er, aber ich stehe schon davor und logge mich in meinen Facebook-Account ein.

Aber auch jetzt kann ich meine Statusmeldung nicht löschen.

Verdammt! Wie lange dauert das denn?! Das geht doch sonst zack, zack! Nach einer gefühlten Ewigkeit öffnet sich endlich ein Fenster. Die Worte darin sind wie ein Schlag in meine Magengrube:

> **Hoppla**
>
> Da ist etwas schiefgelaufen. Wir arbeiten daran, dies so schnell wie möglich zu beheben. Du kannst es möglicherweise gleich noch einmal versuchen.
>
> OK

HOPPLA?!

Was bitte schön soll an dieser Stelle »Hoppla« heißen?! DAS IST JETZT ALLES ANDERE ALS »HOPPLA«! Das ist DRAMA!!!

Ich versuche es noch mal, klicke hektisch das Fenster weg und drücke auf »Entfernen«.

»JA, ICH BIN SICHER!«, schreie ich.

»Alles okay bei dir?«, fragt Max.

»NICHTS IST OKAY!«, schreie ich zurück. »DA IST ETWAS SCHIEFGELAUFEN! … HOPPLA!«

Ich starre wie in Trance auf den Bildschirm.

»Da! Schon wieder!«

»Was MACHST du denn überhaupt?«, will Max wissen.

»Ich glaube, er versucht, seine schwule Statusmeldung zu löschen«, antwortet Sascha grinsend.

»Hoppla«, lese ich erneut. »Scheißdrecksmist! Ich KANN das nicht löschen!«

»Manchmal geht das einfach nicht. Vielleicht zu viel Traffic«, versucht André mich zu beruhigen.

»Vielleicht kann ich aber was kommentieren.«

Ich gucke Sascha an und drohe ihm mit meinem Zeigefinger.

»Wehe, Alter!«

Ich sehe gerade noch, wie er sein iPhone zurück auf den Tisch legt.

»Hab ich schon.«

»Nicht dein Ernst«, sage ich leise.

»Guck doch.«

Sascha hat recht. Er hat meinen Status wirklich kommentiert.

Moritz Meschner Party-Night out @ the boys.
vor etwa einer Stunde
Sascha Hettmann gefällt das.

Phillip Ziegler Mach ma, mein Süßer. Viel Spaß! ;-)
vor 11 Minuten

Manuel Strass Vielleicht sehen wir uns ja. Wollte auch mal wieder dahin.
vor 9 Minuten

Sebastian Berger OH MY GOD! Ich dachte, das »boys« gibt's gar nicht mehr. Von mir auch viel Spaß! Küsschen.

vor 8 Minuten

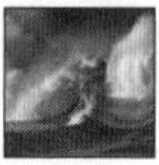

Sascha Hettmann Vielleicht bringt dich ja ein herber Männerkörper über deine Ex hinweg und du heulst nicht mehr ständig rum.

vor 7 Sekunden

»LÖSCH DAS SOFORT!«, brülle ich Sascha an.

»Lösch's doch selber«, sagt der unbeeindruckt.

Wieder versuche ich, meine Statusmeldung zu entfernen.

Hoppla
Da ist etwas schiefgelaufen. Wir arbeiten daran, dies so schnell wie möglich zu beheben. Du kannst es möglicherweise gleich noch einmal versuchen.
OK

Nach weiteren zehn Minuten Todeskampf gebe ich auf und füge mich in mein Schicksal.

»Jetzt setz dich erst mal hin«, sagt Max und macht mir ein neues Bier auf. »Du bist ja total durch den Wind.«

»Ich kann meine Statusmeldung nicht löschen«, wimmere ich.

»SETZ … DICH!«

»Okay.«

Nicht nur, dass ich nichts löschen kann. In den letzten zehn Minuten sind auch noch zwei weitere Kommentare dazugekommen! Beide von Gerrit. Keine Ahnung, warum ich überhaupt mit dem befreundet bin.

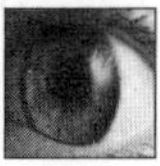

Gerrit Winter Ach, du bist mit Steffi auseinander?
vor 3 Minuten

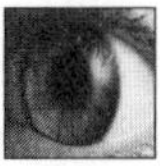

Gerrit Winter Vielleicht besser so! Ihr habt nie richtig zusammengepasst. Alles Gute. ;-)
vor etwa einer Minute

Dieser Penner! Ich wusste schon immer, dass er auf Steffi steht. Ich schreibe »@ Gerrit: Dann leg dich mal mit Arschfotzenkopf an, du Arschfotzenkopf!« und drücke auf den »Kommentieren«-Button. Natürlich geht auch das nicht. Hoppla. Da ist etwas schiefgelaufen.

Ich setze mich auf das Sofa neben Sascha und will gerade von Steffi erzählen, als es plötzlich klingelt.

»Das müssen Kathrin und Simone sein.«

»Simone?«, frage ich Max. »Ich kenne keine Simone.«

»Eine Freundin von Kathrin«, sagt Sascha.

Irgendwie hätte ich mir das selbst denken können. Trotzdem blitzt es in meinem Kopf plötzlich auf. Eine weitere Facebook-Freundin! Und vielleicht sieht sie ja auch noch richtig geil aus! Und vielleicht kriegt Steffi das mit und wird eifersüchtig und kommt zu mir zurück!

Moritz und Simone Nachnamenkennichnochnich sind jetzt Freunde.

Ich habe mittlerweile 202 Facebook-Freunde. Über hundert mehr als Steffi. Zumindest nach meinem letzten Kenntnisstand. Nicht schlecht für einen dreißigjährigen Studenten, finde ich. Dass da auch so ziemlich jeder aus meiner Grundschulklasse und dem Kindergarten dabei ist (im Übrigen habe ich die alle selbst gesucht und angefragt), verrate ich natürlich niemandem. Am Ende geht es um die ANZAHL der Freunde. Nicht um die Qualität.

»Aha, Simone«, sage ich und gehe rüber zum Spiegel, weil ich wissen will, ob meine Haare sitzen. Ich hole meine Sonnenbrille aus der Brusttasche und setze sie auf. Glücklicherweise bemerke ich aber sofort, dass das jetzt ziemlich unangemessen ist, und ich nehme sie wieder ab und befestige sie mir vorsichtig auf dem Kopf.

»Na, so der Hammer ist sie nun auch nicht«, sagt Sascha, und als die beiden Mädels zur Tür reinkommen, muss ich ihm recht geben, denn Simone ist nicht wirklich mein Fall, und doch hat sie einen gewissen Reiz, so wie jede »neue« Frau in meinem derzeitigen Leben. Allein die Tatsache, dass sie überhaupt da ist, reicht aus, um mir einzureden, ich könne mich in sie verlieben. Dieser Gedanke hält allerdings nur einen Moment lang vor.

Simone ist ganz in Schwarz gekleidet, eigentlich meine Lieblingsfarbe, aber das, was sie anhat, ist irgendwie seltsam, so eine Art Rock, der lang und weit ist, und darunter noch eine Hose, auf jeden Fall sieht das ein bisschen albern aus, und man weiß gar nicht so richtig, was das sein soll. Außerdem hat sie eine vollkommen übertriebene Solarium-Bräune, die mich ziemlich abtörnt.

Ich küsse Kathrin auf die Wange und gebe dann Simone die Hand.

»Hi, ich bin Moritz.«

»Simone«, sagt sie. »Wie geht's?«

»Moritz geht es heute ausgezeichnet«, poste ich und zünde mir sofort die nächste Zigarette an.

Kathrin und Simone trinken Sekt, den sie selbst mitgebracht haben, und Simone raucht eine Zigarette nach der anderen. Sie scheint genauso nervös zu sein wie ich, das gefällt mir irgendwie.

»Und, was machst du so?«, fragt Simone mich nach einer Weile.

»Studiert«, wirft André abfällig ein.

»Echt?«, sagt Simone. »Ich hätte dich älter geschätzt.«

André wirft seinen Kopf nach vorne und prustet los. Ein bisschen Bier spritzt auf den Teppich.

»Witzig«, sage ich.

»Sorry, ich wollte dich nicht beleidigen.«

»Hast du auch nicht«, sage ich beleidigt.

Dann sagen wir ein paar Sekunden lang nichts.

»Was studierst du denn?«, fragt Simone schließlich.

»BWL«, lüge ich, denn BWL, das ist so ein Fach, da fragt man nicht weiter nach, wenn man sich nicht selbst ein bisschen damit auskennt. Wieder entsteht eine Pause. Dann habe ich den rettenden Einfall.

»Bist du auch bei Facebook?«

Simones Augen beginnen zu leuchten.

»Klar«, sagt sie gespielt lässig. »Ist doch heute jeder.«

»Cool«, sage ich.

Dann sage ich nichts mehr. Ich muss plötzlich an Steffi denken.

»Also, Mädels«, springt Max für mich ein, »lasst uns was trinken, so jung kommen wir nie wieder zusammen.«

Was, wenn ich nie wieder mit Steffi zusammenkomme? krampft es in meinem Magen, und ich merke, wie mir Tränen in die Augen steigen, und ich trinke den Rest meines Bieres auf ex.

Den Anonymen Alkoholikern gefällt das.

Ich habe ja versucht, in den letzten zwei Monaten eine neue Frau zu finden. Genauer gesagt: eine Frau, mit der ich zusammen sein möchte. Noch genauer gesagt: eine Frau, die mit MIR zusammen sein möchte. Zwar habe ich – vor allem in der ersten Schock-Phase nach der Trennung von Steffi und der damit verbundenen, klassischen Männerreaktion, die da heißt: SO SCHNELL WIE MÖGLICH VÖGELN! – ein paar Frauen kennengelernt, die Richtige war allerdings nicht dabei. Und mit Vögeln war auch nix. Am besten von allen hat mir aber Katharina Klemper gefallen, die später meine hundertsechzigste Facebook-Freundin wurde.

Katharina ist mir während eines Vorstellungstermins für irgendeinen erbärmlichen Promotion-Job aufgefallen, für den ich mich bewerben musste, weil das Geld ein bisschen knapp wurde. Sie war blond, hübsch, ... und *blond*. Ich war gerade gelangweilt dabei, den mir zugeteilten Personalbogen mit unwahren Informationen zu füttern (Ausbildung: Imker; Hobbys: Menschen häuten; etc.), als Katharina, die am Nebentisch saß, mit den Worten »Meinen Sie MEINE Bankverbindung?« auf sich aufmerksam machte. Hübsch und doof, schoss mir durch den Kopf, genau das Richtige für einen Frauenhelden wie mich, der auch locker ohne seine Freundin auskommen kann. Sofort bat ich die vierzehnjährige Teamleiterin um einen neuen Personalbogen.

»Wenn du etwas falsch ausgefüllt hast, dann kannst du es auch durchstreichen«, sagte sie zu mir.

»Äh, ich hab da glaub ich so einiges durcheinandergebracht«, antwortete ich.

Zwei Tage später zogen Katharina und ich durch diverse Berliner Cafés und verteilten irgendwelche Camel-Gewinnspielkarten nebst Zigaretten an gleichaltrige Besserverdiener. Natürlich habe ich auf unserer Tour auch ehemalige Mitschüler von mir getroffen, aus denen bereits »etwas geworden« war (zum Beispiel Facebook-Freund Nr. 68 Thorben Draeger, der in einer Werbeagentur arbeitet und Facebook-Freund Nr. 103 Matthias Tüchsel, der irgendeine Sendung beim Radio moderiert); alles in allem ziemlich demütigend. Für mich stand fest, dass dies mein erster und letzter Tag als Promo-Girl sein würde! Besonders gut oder gar freundlich war ich in dieser Phase meines Lebens sowieso nicht. Katharina hingegen, die schien in diesem Primaten-Job geradezu aufzugehen. Mit einem kandierten »Hallöchen« glitt sie an die Tische und warf ihre Karten über dem Zielgebiet ab wie der Rosinenbomber Schokotaler, während mich zwei jugendliche Biertrinker zeitgleich davon überzeugen wollten, meinen Job zu schmeißen und Amnesty International über meinen Stundenlohn zu informieren. Als wir nach drei Stunden endlich fertig waren, fühlte ich mich definitiv fiebrig, und ich fragte Katharina, ob wir denn nicht noch irgendwo ein Bier zusammen trinken könnten.

»Warum nicht?«, antwortete sie.

Wir machten uns auf den Weg in die Pariser Straße, die wir etwa eine Stunde zuvor schon mal als Schwarzarbeiter (zumindest ich) beackert hatten, und aus Katharinas Bier wurde zunächst eine Weinschorle und dann eine Cola.

Ich bestellte mir vorsichtshalber gleich zwei Bier, mit Fieber ist ja bekanntermaßen nicht zu spaßen, und wir kamen ins Gespräch. Im ersten Nebensatz bemerkte Katharina, dass sie einen Freund hätte, und im zweiten, dass sie nach der Cola ganz gerne gehen würde, was sie dann auch tat. Ich für meinen Teil versoff meinen Tageslohn und noch einiges mehr und kotzte nachts aus dem Schlafzimmerfenster.

So viel zu Katharina.

Der Abend bei Max wird dann alles in allem doch noch ganz nett, wir unterhalten uns ein bisschen und ich kommuniziere auf Autopilot mit, und je mehr Bier ich trinke, desto attraktiver wird Simone plötzlich. Wenn sie lächelt, erinnert mich das zwar manchmal an Steffi, aber ich schaffe es, diesen Gedanken zu verdrängen und mir einzubilden, dass Simone tierisch auf mich steht. Als ich den zweiten Sixer geleert habe, traue ich mich sogar, ihr ein paar Sekunden lang auf die Titten zu schauen, und ich stelle mir vor, wie die wohl unter Pulli und BH aussehen, und mit einem Mal beschließe ich, während ich einen weiteren kräftigen Schluck Bier nehme, dass Simone heute Abend noch gefickt wird.

Und zwar von mir.

»Alles okay, Schwachkopf, oder wo guckste hin?«

Max' Stimme weckt mich aus meinen angetrunkenen Phantasien.

»Wieso? Was is'n?«

»Wir wollen tanzen. Kommst du mit, oder willst du nach Hause?«

»Los«, sage ich.

Der Club in Mitte, dessen Namen ich gleich wieder vergesse, entpuppt sich als Niete. Die Musik ist zwar okay, manchmal sogar richtig gut, sie ist aber viel zu leise. Bevor wir los sind, habe ich noch dreimal versucht, meinen Status zu löschen und mir drei weitere »Hopplas« abgeholt. Und dann noch mal von meinem iPhone aus. Da waren wir schon in Simones Auto. Und auch da hat es nicht geklappt. Ach, scheiß doch drauf! FALLS Steffi das überhaupt lesen kann, dann wird sie es bestimmt eh schon getan haben. Außerdem weiß sie ja, dass ich nicht schwul bin.

Also, hoffentlich.

Ich bestelle mir für zwölf Euro einen Long Island Ice Tea, in den sie für meinen Geschmack viel zu wenig Alkohol reingetan haben, und setze mich mit den anderen an einen Tisch. Nach ein paar Minuten wollen Kathrin und die Jungs tanzen, nur Simone sagt, sie hätte noch keine Lust, also bleibe auch ich sitzen, um mich ein bisschen mit ihr zu unterhalten.

»Du studierst also BWL?«, fragt sie nach einer Weile.

»Ja«, antworte ich und zünde mir eine Zigarette an.

»Und?«, lächelt Simone.

»Was UND?«, frage ich.

»Na, arbeitest du nebenbei, oder bist du sonst irgendwie spannend?«

»Was soll denn das heißen?«, frage ich. »Was machst DU denn überhaupt?«

»HEEEY!«, schallt es plötzlich aus Richtung der Bar. »HEY! KOLLEGE!«

»Ich glaube, der meint dich«, sagt Simone und deutet auf den Barkeeper.

»Hier ist Rauchverbot!«

»Hä?«, frage ich.

»MACH DIE KIPPE AUS! ABER PRONTO!«

Ich fühle mich, als hätte man mich beim Schwarzfahren erwischt.

Fahrkarte? Ticket? Billetti?

Nö, nix.

»WEG MIT DER KIPPE!«

Ich schlucke einmal kurz und drücke meine Zigarette dann vorsichtig im Deckel der Schachtel aus.

»Sorry«, sage ich leise.

»Was für ein Arsch«, sagt Simone.

Ich schlürfe den Rest meines Ice Teas auf ex aus und frage Simone, ob ich ihr noch etwas mitbringen soll.

»Ja, gerne.«

Ich vermute, dass sie einen Cuba Libre hat, also gehe ich zur Bar, entschuldige mich noch mal für die Kippe und bestelle Simone einen Cuba Libre und mir einen Ice Tea. Dann setze ich mich wieder zu ihr an den Tisch und sage ohne groß nachzudenken: »Du bist echt ganz geil.«

»Was?«, fragt sie. »'tschuldigung. Ich hab grad 'ne SMS bekommen.«

»Ach, nichts«, sage ich, hebe mein Glas und proste ihr zu.

Nach einer Weile gehen auch wir rüber auf die Tanzfläche. Dass die Musik immer noch so leise ist, stört uns mittlerweile recht wenig, wir sind schon einigermaßen betrunken, und wir tanzen zu Hits aus den Achtzigern und Neunzigern, so ein Scheiß, den ich mir nicht mal im Radio anhören würde, aber zu so was besoffen tanzen geht immer.

Ich habe in der nächsten halben Stunde noch zwei oder drei Ice Teas und gehe ganz schön ab. In diesem Zustand MUSS es doch einfach klappen, ich meine, ich bin gut drauf, ich tanze, ich lächle, und manchmal setze ich einen absolut coolen Machoblick auf. Jedenfalls glaube ich, dass es einer ist. Seltsamerweise steigt Simone nicht darauf ein. Selbst, als ich sie aufs Schärfste antanze, meinen Unterkörper kurz an ihrem reibe und den Arm dabei um sie lege, gibt es von ihr keinerlei positive Reaktion, es sei denn, man ließe ihr Augenrollen und ein kurzes Aufstoßen als positive Reaktion durchgehen. Simone windet sich aus meiner Umarmung und sagt, dass sie mal aufs Klo müsse. Dann verschwindet sie von der Tanzfläche.

»Alter, was ist das denn für 'ne Bitch?«, frage ich Max und wische mir den Schweiß von der Stirn.

»Wieso? Was meinst du denn?«

»Na, Simone! Die ist ja wohl total ungeil drauf. Wir wollen hier 'nen netten Abend haben, und die stellt sich voll an. Ist die verklemmt oder was?«

»Vielleicht hat sie nur keinen Bock auf dich!«

Ich beschließe, eine kurze Pause zu machen und mir einen neuen Drink zu holen, da sehe ich plötzlich Simone, wie sie alleine an der Bar sitzt. Von wegen »aufs Klo«! Ich gehe zu ihr rüber, räuspere mich einmal und setze mich direkt zwischen die beiden Barhocker neben ihr.

Für einen Augenblick läuft alles in Ultra-Slow-Motion ab. Ich spüre, wie ich das Gleichgewicht verliere, spüre, wie ich weder den einen noch den anderen Barhocker mit meinem Arsch treffe, und wie ich vom Boden beinahe magisch angezogen werde. Kurzum: Ich falle hin wie ein nasser besoffener Sack.

Simone schaut zu mir herunter.

»Hoppla«, sage ich leise.

Da ist wohl etwas schiefgelaufen.

Sie weiß nicht so genau, ob sie lachen oder mir ihre

Hilfe anbieten soll, entscheidet sich dann aber wohlweislich für Variante eins: Sie lacht so laut, dass alle anderen ebenfalls zu mir gucken und anfangen zu lachen.

»Alter!«, ruft Max von der Tanzfläche. »Sollen wir dir 'nen Krankenwagen kommen lassen?!«

»Fick dich!«, brülle ich zurück.

In diesem Moment hält mir Simone ihre Hand hin. Sie hat Tränen in den Augen, so sehr muss sie lachen.

»Hey, komm. Ich helf dir hoch.«

»Neenee, geht schon«, sage ich und stehe vorsichtig wieder auf. Mein Ellenbogen ist aufgeschürft und blutet ein bisschen. Ich kremple meinen Hemdärmel nach unten und verschwinde schnellstens in Richtung Toilette.

»Ist doch alles okay«, ruft mir Simone mit einer Stimme hinterher, die ein bisschen nach Entschuldigung klingt. Dann höre ich sie wieder lachen.

»Jaja«, sage ich. »Ich komm ja gleich wieder.«

Auf der Toilette lasse ich mir am Waschbecken kaltes Wasser über meine Hände laufen und benetze dann mein Gesicht damit. Ich atme einmal tief durch und gucke mich im Spiegel an. Abgesehen davon, dass ich knallrot bin und dass meine Sonnenbrille im Haar ein bisschen verrutscht ist, kann ich nichts Schlimmes an mir feststellen.

»Okay«, sage ich zu mir, »das war jetzt ein bisschen daneben. Aber das bedeutet nicht, dass der Abend an dieser Stelle schon zu Ende sein muss.«

Ich stelle das Wasser wieder ab.

»Du gehst da jetzt raus und tust so, als sei nichts gewesen.«

Ich setze das ungekünsteltste Lächeln auf, das mir mein Gehirn unter diesen Umständen anzubieten hat, halte meine Hände in den kalten Luftstrahl des Handtrockners und mache mich auf den Weg zurück an die Bar. Simone ist nicht mehr da.

»Einen Ice Tea«, sage ich zum Barkeeper.

Anstatt mir einfach meinen Drink zu mixen, guckt dieser mich besorgt an und fragt, ob alles okay sei.

»Ja, is nix«, sage ich und merke, wie mir schon wieder das Blut in den Kopf schießt.

»Wenn was ist, ich kann Erste Hilfe.«

Und ich kann mir nichts Schöneres vorstellen, als von ihm eine Mund-zu-Mund-Beatmung verpasst zu bekommen. Höchstens noch, dass mir jemand eine Dartscheibe aufs Gesicht malt und kostenlose Pfeile an alle verteilt.

»Weißt du was«, sage ich schnell, »gib mir doch einfach ein Bier.«

»Okay«, sagt er. »Vier Euro.«

Ich gebe ihm das Geld, nehme die Flasche Bier vom Tresen und mache mich auf die Suche nach meiner Truppe. Meine Beine fühlen sich dabei sehr zittrig an.

Simone und Kathrin stehen neben der Tanzfläche und unterhalten sich mit ein paar Typen, die ich nicht kenne. Plötzlich zupft mich jemand am Ärmel. Es ist Max.

»Gegen deine peinlichen Auftritte hat Indira direkt was Seriöses«, sagt er und grinst mich an.

»Weißt du, was ich mache, mein Lieber? Ich werde in der Zeit zurückreisen und deine Eltern töten.«

»Hallo? Das ist MEIN Spruch. Den habe ICH dir heute im Facebook-Chat verraten! ICH reise zurück in der Zeit und töte DEINE Eltern!«

Wir schauen uns einen Moment lang an. Dann müssen wir beide lachen.

»Komm schon«, sagt Max und legt mir seinen Arm um die Schulter. »Hast du dir weh getan?«

»Nee, is schon in Ordnung«, sage ich und folge ihm zur zweiten Bar, an der auch Sascha und André stehen. Sie lächeln und prosten mir zu.

»Ich will KEINEN Kommentar mehr hören!«

Mit steigendem Alkoholpegel bessert sich meine Laune wieder. Zwar schmerzt mein Ellenbogen ein bisschen, aber die Biere bringen das so nach und nach in Ordnung, und nach einer weiteren halben Stunde glaube ich, dass auch Simone die ganze Sache schon wieder vergessen hat.

»Findest du die geil, oder was?«, fragt Sascha mich plötzlich.

»Wen? Simone?«

Er nickt.

»Weiß nicht genau. Geht so.«

»Ach, zum Ficken ist die doch völlig ausreichend.«

Gegen halb sechs verlassen wir den Club. Wir sind besoffen wie die Tiere, allen voran Simone, aber wir schaffen es, sie zu überreden, noch mit ihrem Auto zu fahren, genauer gesagt: Simone, André, Sascha, Max und ich, denn Kathrin hat irgendeinen Typen kennengelernt und möchte bleiben, aber sie kommt noch kurz mit raus und sagt: »Passt mir ja auf die Simone auf!«

»Versprochen«, sagt Max.

Wir haben alle mächtig Spaß, denn Simone ist so blau, dass sie konstante Vierzig fährt und sich dabei ein Auge zuhalten muss. Sie hat einen ziemlichen Rechtsdrall, und wir rufen immer, wenn sie in die rechts parkenden Autos zu fahren droht »Achtung!«. Sofort reißt Simone das Steuer nach links rüber, so dass wir fast auf die andere Spur kommen, und dann geht das Spiel wieder von vorne los.

Irgendwie schafft es Simone, uns unbeschadet durch die halbe Stadt bis vor Max' Wohnung zu chauffieren. »Du, Max«, sagt sie. »Ich kann auf keinen Fall weiterfahn. Kann ich auch bei dir schlafm? Oder stört dich das?«

»Quatsch, überhaupt kein Problem«, antwortet Max.

Nach einer guten Viertelstunde hat Simone ihren kleinen Fiat Punto endlich in eine ziemlich große Parklücke hineinmanövriert. Wir steigen aus und gehen rein.

»Jetzt geht's mir auf jeden Fall besser«, sagt Simone, als wir oben ankommen. »Allein das Gefühl, nicht mehr weiterfahn zu müssen, reicht, dass ich mich besser fühle.«

»Na dann«, sagt Max, und wir gehen in die Küche.

Max macht das Licht an und gibt uns allen ein Bier aus dem Kühlschrank.

»Jetzt geht's mir besser«, nuschelt Simone, aber sie sieht, um ehrlich zu sein, nicht so aus, als ob es ihr wirklich besser ginge.

»Ich geh rüber«, sagt Max und nimmt noch einen letzten Schluck Bier. »Ich bin echt müde.«

»Ich komm lieber mal mit«, sagt André, der sich auch kaum noch auf den Beinen halten kann.

»Pennst du auch hier?«, fragt er mich. »Dann musst du aber auf der Couch schlafen. Ich nehm das Bett.«

»Mal sehn«, sage ich ein bisschen geheimnisvoll, denn wer weiß, ob das mit Simone und mir nicht eventuell doch heute noch klappt. Ich bin zwar lattenstramm, aber Bock auf Sex hätte ich schon noch; ihr Gesicht ist mittlerweile wunderhübsch, und auch ihr Körper macht jetzt so langsam einen recht knackigen Megan-Fox-Eindruck, auch wenn das wohl eher von meinem Pegel herrührt. Und dass sie in ihrer seltsamen schwarzen Hose-Rock-Kombi von der Hüfte an abwärts wie ein zu kurz geratener Darth Vader auf hochhackigen Schuhen aussieht, stört mich auch nicht mehr.

In meinem jetzigen Zustand würde ich auch Darth Vader nageln.

Obwohl sein Lust-Gestöhne bestimmt die gesamte Nachbarschaft im Umkreis von drei Lichtjahren aufwecken würde.

»Nacht, die Herrschaften«, sagt André und verschwindet.

Sascha und ich stoßen an, das dritte Mal hintereinander, denn wir haben ordentlich Schlagseite. Sascha mustert Simone gründlich, er starrt sie regelrecht an, zumindest denke ich das; es kann auch sein, dass er nur nach einem Fixpunkt sucht, damit er nicht ohnmächtig wird, oder so in der Art, ich bin schon zu betrunken, um noch alles genau zu peilen.

»Sag mal, gehst du eigentlich oft ins Solarium?«, fragt Sascha. »Du bist so braun.«

»Dann fühl ich mich eben besser«, sagt Simone nach einer kurzen Pause, so als ob Saschas Worte erst mit Verzögerung bei ihr angekommen sind.

»Ich sag dir jetzt mal was«, bringt Sascha mühsam hervor. »Wenn du noch oft ins Solarium gehst, dann siehst du irgendwann aus wie ein alter Pueblo-Indianer!«

Scheiße, denke ich, ist das lustig, und ich muss lachen, und ich verschlucke mich an meinem Bier und fange an zu husten.

»Aber es geht mir doch besser«, sagt Simone, und dann will sie anscheinend noch etwas sagen, aber in diesem Moment wirft sie ihren Kopf nach vorne und kotzt. Der Schwall trifft direkt vor Sascha auf den Boden, und es gibt ein ziemlich unappetitliches Geräusch, so als ob jemand einen Eimer auskippt.

Simone hält sich die Hand vor den Mund, als ein erneuter Brechreiz sie überwältigt, und die ganze Kotze spritzt durch ihre Finger, und ich habe so ein bisschen die Befürchtung, dass ich mich vielleicht anstecken lassen könnte, dass ich mich auch gleich übergeben muss, und ich zünde mir schnell eine Zigarette an, um den säuerlichen Geruch zu überdecken, der binnen Sekunden vom Boden aufsteigt.

Wahrscheinlich denkt Simone, dass dies alles nur ein Traum ist, denn ihre Reaktionen und Sinne scheinen merklich geschwächt, und erst als sie ein drittes Mal kotzen muss, nimmt sie ihre Beine sprichwörtlich in die Hand und rennt durch den Flur auf die Toilette und schlägt die Tür hinter sich zu.

»Sie trifft bestimmt nicht mehr die Schüssel«, grinst Sascha. »Wetten?«

»Ich hau ab«, sage ich, und ohne ein weiteres Wort bin ich durch die Tür, durchs Treppenhaus und im Freien, und ich übergebe mich in ein Gebüsch.

Nach einer Weile geht es mir wieder etwas besser, und ich merke, wie die kalte Luft mir guttut, und ich beschließe, nach Hause zu laufen.

Auf dem Weg weine ich nur ein einziges Mal.

Seit einer Dreiviertelstunde starre ich auf meinen Computermonitor und rauche eine Zigarette nach der anderen.

Eine neue Nachricht im Postfach.

Vielleicht ist sie von Steffi.

Ich traue mich nicht, das Postfach zu öffnen, weil ich Angst davor habe, enttäuscht zu werden. Es ist viel schöner, sich der Illusion hinzugeben, dass die Nachricht, die da im Postfach liegt, TATSÄCHLICH von Steffi ist, und dass sie darin Dinge schreibt wie »Ich bin so traurig, ich weiß auch nicht, aber ich kann ohne dich einfach nicht leben« oder »Oh Mann, ich habe einen großen Fehler gemacht, und je mehr ich drüber nachdenke, desto mehr tut mir alles leid, und ich liebe dich immer noch so sehr!«.

Nach einer Weile öffne ich das Postfach dann doch, denn ich bin so ziemlich alle Möglichkeiten durchgegangen und zu dem Schluss gelangt, dass WIRKLICH nur Steffi einen Grund dazu hat, mir zu schreiben.

Natürlich ist die Nachricht von Sascha.

War doch geil gestern!
Zwischen dir und Sascha Hettmann

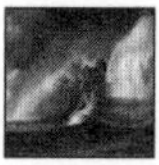

Sascha Hettmann
10. Oktober um 14:02
Na, Alter, biste noch gut nach Hause gekommen? Sahst mir am Ende etwas blass aus. Bin vor 'ner Stunde aufgestanden und jetzt bei mir. Was ist denn mit 'nem Bierchen heute Abend?
Übrigens: Ich hab Simone noch klargemacht! ☺

Wie bitte? Simone »noch klar gemacht«?

Sofort schaue ich ins Chat-Fenster und sehe, dass Sascha online ist.

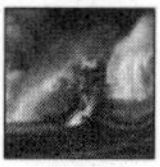

Sascha Hettmann
Sascha ist online.

Ich
Wie ... Simone klargemacht?

Sascha
Ich hab sie vom Klo geholt, sie ausgezogen und auf die Couch gelegt. Und mit einem Mal ging's ihr wohl wirklich besser, und wir haben gevögelt. ☺

Ich
Nicht dein Ernst, Alter. NACHDEM sie gekotzt hat???

Sascha
Ich hab sie nicht geküsst.

Ich schreibe »Wundervoll«, schicke die Nachricht ab und gehe offline.

Genau in dem Moment, in dem ich das tue, sehe ich für den Bruchteil einer Sekunde ein mir sehr vertrautes kleines Foto in der Chat-Leiste. Ich gehe sofort wieder online, um mich zu vergewissern. Krass! Das ist Steffi!

Ich habe keine Ahnung, warum ich sie im Chat sehen kann, sie hat doch ihr Profil für mich gesperrt. Vielleicht kann man ja nicht alles sperren, denke ich, ist ja auch vollkommen egal, ICH KANN SIE ANCHATTEN, mit ihr in Kontakt treten, mich ganz einfach wieder mit vollster Hingabe total und ohne einen Hauch von Stolz oder Selbstachtung vor ihr erniedrigen! Toll!

Ich klicke auf ihr Bild, und das Chat-Fenster öffnet sich augenblicklich. Jungfräulich und unbeschrieben. Wie ein weißes Blatt Papier, auf das ein Autor seine ersten Zeilen bringen darf. Ich kann quasi völlig neu beginnen! Ich kann mir jetzt ganz einfach irgendetwas Cooles ausdenken und ihr rüberschicken! ICH KANN SIE ANCHATTEN!

Ich schreibe »Hey« und drücke auf ENTER, und dann wird mir heiß und ich befürchte, dass ich einen Schlaganfall bekomme. Nervös zünde ich mir eine Zigarette an.

Zehn Sekunden vergehen.

Nichts passiert.

Wieder vergehen zehn Sekunden.

Nichts passiert.

Nach weiteren zehn Sekunden wird der kleine grüne Kreis, der anzeigt, dass Steffi online ist, plötzlich dunkelgrau. Das heißt, sie ist offline gegangen.

Sie hat mich einfach ignoriert.

Ich schaue noch eine Ewigkeit auf diesen beschissenen, abgefuckten, von irgendeinem fetten amerikanischen Programmierer eingebauten dunkelgrauen Kreis. Als mir die Zigarette fast bis auf die Finger runtergebrannt ist, schmeiße ich sie in den Aschenbecher, schreie laut »MANN!« und schlage mit der flachen Hand auf den Schreibtisch.

Dann heule ich eine halbe Stunde.

Einer sehr esoterisch veranlagten Freundin von mir, die immer behauptet, auch Männer müssen ihre Gefühle »mal rauslassen« und Dem fetten amerikanischen Programmierer, der diesen dämlichen grauen Kreis nur aus EINEM Grund eingebaut hat, nämlich, damit man sehen kann, wann die Exfreundin WIRKLICH keinen Kontakt mehr haben will, und es einem danach voll schlecht geht gefällt das.

Dabei haben Steffi und ich doch so viel gemeinsam. Uns beiden gefällt:

Stromberg	Gefällt mir
Ulmen TV	Gefällt mir
Ausschlafen	Gefällt mir
Burger King	Gefällt mir
Packstation	Gefällt mir

Nora Tschirner Gefällt mir und

FarmVille Gefällt mir

Darüber hinaus sind wir beide der Facebook-Gruppe Dank Ed Hardy erkenne ich Vollidioten sofort! beigetreten. Was bitte schön soll uns denn noch mehr verbinden?! Wir sind doch eindeutig füreinander bestimmt!

Außerdem bin ich nett. Und Arschfotzenkopf ist eben ein, na ja, ein Arschfotzenkopf eben.

Ich aktualisiere die Startseite bei Facebook und gucke, was es Neues gibt. Natürlich nichts. Nur unsinniges Geposte. Timo Hengst »ist heute gar nicht auf der Höhe«. Ich habe keine Ahnung, wer Timo Hengst ist.

Ich gehe auf mein Profil. Zwei neue Freunde sind dazugekommen. Jochen Gerstner, ein Typ, mit dem ich mal ein paar Monate im Hockeyverein war, und Theresa Olias, die arbeitet an meiner Tanke. Geil, jetzt habe ich schon 204 Facebook-Freunde! Ich aktualisiere die Startseite und gucke, was es Neues gibt.

Manchmal stehe ich sogar mitten in der Nacht auf, um zu gucken, was es Neues gibt. Facebook schläft niemals. Und einmal bin ich sogar mitten während eines Vorstellungsgesprächs für irgendeinen scheiß Studentenjob aufgestanden und habe dem Typen gesagt, ich hätte jetzt ein anderes Vorstellungsgespräch, nur damit ich nach Hause gehen und gucken konnte, was es Neues gibt. Damit mir so etwas nicht wieder passiert, habe ich mir ein iPhone zugelegt. Jetzt kann ich auch in der U-Bahn, im Kaufhaus oder in der Gosse gucken, was es Neues gibt.

Ich aktualisiere die Startseite.

Nichts Neues.

Mein Gott, Meschner, nun schließ die Seite doch einfach und mach mal was anderes! Geh raus! Kauf dir 'nen Strick! Erhäng dich!

Nichts Neues.

Und auch keine Nachricht von Steffi.

Nicht mal online ist sie.

Ich schließe Facebook mit einem flauen Gefühl im Magen, und nehme mir vor, es heute nicht mehr zu öffnen. Den ganzen Tag lang nicht. Fühlt sich an wie freier Fall. Egal. Das ziehst du jetzt durch, Meschner!

Was, wenn Steffi genau in diesem Moment eine Nachricht an mich geschickt hat?

Glücklicherweise klingelt genau in diesem Moment mein Telefon. Sascha.

»Erzähl mir bloß nichts von Simone!«, eröffne ich. »Ich will nichts hören.«

»Ist ja gut«, sagt Sascha. »Ich wollte dich ja nur fragen, was mit Bierchentrinken nachher ist.« Er hört sich ziemlich fit an.

»Weiß ich noch nicht genau!«, sage ich.

»Was ist denn mit dir los? Bist du dumm, oder was?«

»Alter, ich hab voll den Kater und nur fünf Stunden geschlafen.«

»Ich nur drei! Komm nachher zu mir und dann trinken wir einen!«

»Ich bin echt voll fertig.«

»Um acht bei mir!!! Bring Wodka mit! Dann machen wir unser Tassendiplom und gut.«

»Ich muss auch mal endlich was für die Uni machen!«

Sascha lacht und legt auf.

Das mit der Uni stimmt tatsächlich.

Ich muss wirklich mal was tun. Ich weiß zwar nicht genau, was, aber IRGENDWAS muss ich tun. Geht aber im Moment nicht. Bin einfach zu schlecht drauf. Außerdem habe ich mit der Uni sowieso eine Art Stillschweigeabkommen getroffen. Die Uni wartet still und leise auf irgendwelche Scheine, die ich nie machen werde, und ich warte im Gegenzug genauso still und leise auf die Zwangsexmatrikulation.

Ach, völlig egal alles!

Ich öffne den Internet Explorer und klicke in meiner Favoritenliste Facebook an. Warum ist das eigentlich nicht meine Startseite? Könnt ich gleich mal einstellen.

STOPP!

Du wolltest doch heute nicht mehr zu Facebook!

Den ganzen Tag lang nicht!

Es gibt BESTIMMT nichts Neues! Und Steffi hat dir GARANTIERT auch nicht geschrieben!

Ich stelle fest, dass meine rechte Hand leicht anfängt zu zittern, und ich nehme mir schnell eine Zigarette aus der Schachtel. So also fühlt sich der kalte Entzug an!

Ich rede mir ein, dass ich Facebook nicht brauche, nicht will, nicht VERDIENE, aber gleichzeitig höre ich die schmierige Stimme eines Dealers, die sich Gollum-artig von hinten in mein Gehirn fräst:

Komm schon, Moritz, öffne die Seite doch nur EIN Mal! Nur ein EINZIGES Mal!

»Nein!«, sage ich streng und ein bisschen geschauspielert, und ich erschrecke darüber, dass ich es laut gesagt habe.

Moooooritz … flüstert es in mir.

Mooooooooooritz.

»Nein!«

Kleiner, einsamer Mooooooooritz.

»Ich WERDE es nicht tun!«

Ich verstehe dich, säuselt mein Dealer übertrieben einfühlsam. *Du MUSST es natürlich nicht tun.*

Aha, umgekehrte Psychologie.

»Darauf falle ich nicht rein!«

Es ist einen Moment lang still in meinem Kopf. Ich glaube, ich habe es tatsächlich geschafft!

Aber mal angenommen, Steffi hat jetzt DOCH eine Nachricht geschickt. ... Nur mal angenommen.

Scheiße, mein Dealer ist gut.

Willst du denn nicht mal einen klitzekleinen Blick riskieren?

»Nein, will ich nicht«, sage ich nach einer kurzen Pause sehr bestimmt und gebe einfach youporn.com ein.

Das wird mich hoffentlich ein bisschen ablenken.

Ich greife nach meinem Kopfmassagegerät, klicke mich durch die diversen Pornos und bleibe schließlich bei »Laura DS« hängen.

Glücklicherweise ist Laura dunkelhaarig. Pornos mit Blondinen kann ich mir momentan nicht mehr anschauen. Steffi.

Jetzt also »Laura DS« statt Steffi. »Laura DS« statt Facebook. »Laura DS« statt rauszugehen, sich 'nen Strick zu kaufen und sich zu erhängen. »DS« bedeutet in diesem Fall übrigens »Doggy Style«, das wird aber dann auch ziemlich schnell aus dem Filmchen selbst ersichtlich.

Mit pornographischen Abkürzungen kenne ich mich mittlerweile aus.

Laura DS gefällt das.

Ich habe nicht viele Talente. Und es gibt auch nicht viele Dinge, die ich wirklich gut kann. Als ich neulich mal in der *Zweiten Hand* nach einem Job gesucht habe, bin ich schon an den Überschriften verzweifelt: »EDV«, ... »Trockenbau«, ... »Sprachen«. Manchmal könnte ich mir selbst dafür in die Fresse hauen, dass ich nichts »Anständiges« gelernt habe und demnach auch nichts »Vernünftiges« kann!

Eine Sache kann ich allerdings recht gut: Ich kann so ziemlich alle pornographischen Abkürzungen verstehen. So viel treibe ich mich – neben Facebook (NEIN, ICH WERDE ES NICHT ÖFFNEN!) – im Internet auf Schmuddelseiten herum. Deswegen weiß ich also auch, dass »DS« die Abkürzung für »Doggy Style« ist. Ich frage mich, was Nintendo wohl dazu sagen würde.

Leider ist mit diesem enormen Fachwissen kein Geld zu verdienen.

Es sei denn, es gibt irgendwann mal eine Spezial-Ausgabe von »Wer wird Millionär?«, in der sich alles nur um versaute Abkürzungen dreht.

So, wie es mit dem Fernsehen in den letzten Jahren bergab geht, ist das bestimmt nur eine Frage der Zeit.

Einem Müsli-Fresser mit hanebüchenen Retro-Idealen und Meinem achtzig Jahre alten Opa gefällt diese Phrase.

Ich sehe es schon förmlich vor mir, wie ich dann beim Jauch auf dem Stuhl sitze. Plattmachen würde ich den arroganten Immobilien-Hai! Überrennen würde ich den!

Publikum applaudiert in meinem Kopf.
JAUCH: »Herr ... Meschner, Sie kommen aus Berlin, sind 30 Jahre alt, Stu ... Ach herrje, Sie sind immer noch Student, na wollen wir mal hoffen, dass Sie zumindest das Grundstudium hinter sich gebracht haben, hahahahaha ...«
MESCHNER: »Hahahahahaha.«
JAUCH: »Kommen wir zur ersten Frage, fünfzig Euro gibt es, wenn Sie das hier wissen ... Wofür steht die Abkürzung DP?«
MESCHNER: »Double Penetration.«
JAUCH: »Herr Meschner, wollen Sie denn nicht erst mal unsere vier Antwortmöglichkeiten abwarten?«
MESCHNER: »Brauch ich nich. DP steht für Double Penetration.«
JAUCH: »Okay ... wir müssen natürlich trotzdem gucken, ob es dabei ist. Also, A) Double Penetration, B) Dirty Pflaume, C) Dildo Putzen oder D) ... Das Passt!«
Publikum lacht.
JAUCH: »Das Passt! Also manchmal frage ich mich schon, wie ihr da oben auf so einen Schwachsinn kommt.«
Publikum mag Günther Jauch, da er gerade menschelt.
JAUCH: »Also, klar, A) Double Penetration ist richtig!«
Publikum applaudiert.
JAUCH: »Double Penetration oder, wie es viele von uns eher bezeichnen, das ›Sandwich‹, also zwei Männer und eine Frau ... Egal, ein Dreier quasi. Richtig.«
MESCHNER: »Wusst ich schon vorher.«
JAUCH: »Ich sehe, Herr Meschner, Sie kennen sich gut aus. Weil Sie? ... Sich viel mit Pornos beschäftigen?«
MESCHNER: »Und mit Facebook.«

Publikum addet mich.

MESCHNER: »Sind Sie auch bei Facebook?«

JAUCH: »Um Himmels willen! Diesen Müll hab ich sogar meinen Kindern verboten! Aber kommen wir zur nächsten Frage. Einhundert Euro, wenn Sie mir verraten, was die Abkürzung BDSM bedeutet.«

MESCHNER: »Das weiß ich auch. BDSM steht für Bondage und Sadomaso, also Fessel- und Schmerzspielchen, die auch gerne mal über die Grenze gehen.«

JAUCH: »Wieder blind? Soll ich die Antwortmöglichkeiten nicht vorlesen?«

MESCHNER: »Loggen Sie's ein!«

JAUCH: »Guuut. ... Bondage und Sadomaso ... Na klar!«

Publikum applaudiert.

Ich sehe mich in Gedanken nur so von Runde zu Runde fliegen, weiß natürlich, was MILF oder CS bedeutet, mache mir einen Spaß daraus, alle Fragen sofort und ohne Blick auf A), B), C) oder D) zu beantworten und räume schließlich mit der Antwort ab, dass HH nicht für Hamburg steht, sondern schlicht und ergreifend Hobby-Hure heißt.

Günther Jauch, das Publikum und ganz TV-Deutschland sind schwer beeindruckt von meiner Leistung, und als ich den Jauch mich dann in Gedanken auch noch fragen lasse, was ich mit der Million jetzt mache, sage ich, dass ich meine Exfreundin Steffi ganz gerne in den Urlaub einladen würde.

Vielleicht zwei Wochen nach Bad Saarow.

Ich starre ein paar Minuten auf meinen Computerbildschirm, auf »Laura DS«, die mich seltsamerweise gerade ganz und gar nicht anmacht – womöglich war es das ja jetzt mit mir und meinem Sextrieb –, und ich überlege, ob ich mir nicht einfach ein Bier aufmachen soll, als wieder das Telefon klingelt.

»Was ist?«, frage ich Sascha.

»Du glaubst es nicht. Max und André sind bei mir aufgeschlagen. Mit Pokerkoffer und Wodka. Das heißt für dich, du kommst SOFORT vorbei.«

»Auf keinen«, sage ich entschlossen.

»Jetzt ist kurz vor vier. Anziehen und los!«

»Stirb«, sage ich und lege auf.

Um zehn nach vier stehe ich auf dem U-Bahnhof. Ich habe ein Bier in der Hand und zwei bereits intus.

Ich schaue auf mein iPhone und aktualisiere die Startseite bei Facebook. Mein Dealer hat gewonnen.

Sascha Hettmann ist jetzt mit Simone Mahlschewski befreundet.
vor 12 Minuten

Oh Mann, das ist doch bestimmt die Simone von gestern. Ich gehe auf ihr Profil, drücke »Als Freundin hinzufügen« und nehme einen Schluck Bier aus der Flasche. Dann gucke ich in den dunklen U-Bahn-Tunnel und warte. Sascha wohnt nur ein paar Stationen entfernt.

»Tach, die Damen«, sage ich, als ich mit Sascha ins Wohnzimmer komme, in dem Max und André bereits am Tisch sitzen und die Pokerchips vor sich aufgestapelt haben.

Max prostet mir mit einem Glas zu, in dem sich vermutlich Wodka O befindet, André und der Hausherr halten sich an Bier. Ich habe an der Tankstelle noch drei Flaschen Weißwein gekauft, eine davon öffne ich und setze mich dazu. Sascha teilt die Karten aus.

»Blinds sind fünf und zehn Cent, Einsatz zehn Euro, Cash-Game. Das heißt, du kannst dich immer wieder neu einkaufen, okay?«

Ich habe keine Ahnung vom Pokern und gewinne dementsprechend die ganze Zeit. Irgendwie habe ich immer so schöne Kombinationen wie Straßen, Volle Häuser oder auch einen Straight Flush, von dem mir Sascha wenig belustigt erzählt, dass den eigentlich nie jemand bekommt, nur eben ich, die dumme Anfängersau.

Wir pokern ein paar Stunden, essen zwischendurch ein ziemlich scharfes Chili con Carne, von dem ich allerdings nur wenig runterkriege, wir rauchen und trinken ordentlich durcheinander, und wir bemerken gar nicht, wie die Zeit vergeht, als Max plötzlich auf die Uhr schaut und sagt: »Krass, schon kurz nach neun.«

»Wieder einen halben Tag rumgekriegt«, sagt André. »Fuck, ich hab kaum noch Kohle. Liegt alles bei dir.«

Er deutet auf den Chip-Everest vor mir auf dem Tisch.

»Egal. All-in.«

Er schiebt seine restlichen Chips in die Mitte. Es dürften wohl noch etwa zwei Euro fünfzig sein. Max und Sascha steigen aus. Ich nehme meine Karten und schaue sie mir an. Eine Herz-Dame und eine Pik-Zwei.

»All-in?«, frage ich. »Du hast doch noch nicht mal in deine Karten geguckt.«

»Scheiß drauf«, antwortet er, zündet sich eine Zigarette an und lehnt sich zurück in den Sessel.

Herz-Dame und Pik-Zwei. Ist das gut? Bestimmt.

»Okay. Ich geh mit.«

»Zum HUNDERTSTEN Mal! Das heißt CALL, du Nerd!«, regt sich Max plötzlich künstlich auf. »Hast du noch nie die Stefan-Raab-Pokernacht gesehen?«

»Ich hasse Stefan Raab.«

»Und wir hassen dich. Also, Karten aufdecken. Showdown.«

Ich lege meine beiden Karten offen auf den Tisch, und André dreht daraufhin seine um.

»Krass«, sagen Sascha und Max fast gleichzeitig.

»Könige«, sagt André triumphierend.

Sascha nimmt einen Zug von seiner Zigarette und teilt dann die restlichen Karten aus. Es kommen zwei Damen, eine Zehn, eine Sieben und zum Schluss noch eine Zwei.

»Was für ein Bad Beat«, stöhnt André.

»Drei Damen«, sage ich und nehme den Pot an mich.

»Ist zwar ein Full House, aber gewonnen hast du trotzdem«, sagt André und fügt nach einer kurzen Pause laut hinzu: »So ein Opfer.«

»Wieso? Ich hab doch gewonnen!«

»Ach, leck mich! Ich brauch jetzt erst mal was zu trinken. Ist noch Wodka da? Dann mach ich mir 'nen Wodka O.«

»Auf dem Kühlschrank«, erwidert Sascha.

»So ein Idiot«, grummelt André, als er in der Küche verschwindet. Ich zähle währenddessen meine Chips. Alles in allem habe ich etwa zweiunddreißig Euro gemacht.

»Also, von mir aus können wir ruhig weiterspielen.«

Sascha steht auf und geht zur Anlage.

»Vergiss es! Ich mach jetzt erst mal ein bisschen Musik an.«

Ich schaue zu Max, der ebenfalls keine Lust mehr auf Pokern zu haben scheint. Dann trinke ich mein halbes Glas Weißwein auf ex und fülle mir nach.

»Das Geile ist, dass ich irgendwie gar nicht betrunken bin.«

»Jaja«, sagt Max. »Wahrscheinlich das Adrenalin.«

Drei Stunden später sind wir dann doch alle ziemlich dicht. Max und Sascha sind sogar schon über ihr, vom Körper festgesetzten, Sprit-Limit hinaus und gleiten nach und nach in eine verworrene Nadja-Abd-el-Farrag-Parallelwelt über. Max lallt nur noch irgendwelches unverständliches Zeug vor sich hin, ab und zu taucht in dem Geseiere noch so etwas auf wie »Abzocker« oder »Schwachbirne«, und auch bei Sascha scheint so langsam Schichtende zu sein, was sich vor allem daran erkennen lässt, dass er die Augen halb geschlossen hat, und seine Zigarette unbeachtet zwischen seinen Fingern kurz über der Brust vor sich hin glimmt.

»Du Dummkopf verbrennst noch«, sage ich laut und nehme ihm vorsichtig die Zigarette aus der Hand.

Mehr als ein Brummen bringt er nicht raus. André hingegen macht noch einen recht stabilen Eindruck, obwohl auch er schon ordentlich voll ist.

»Wie sieht's aus, Dré?«, starte ich einen Versuch. »Max wird bestimmt hier pennen. Wollen wir noch losziehen?«

»Was meinste denn mit ›losziehen‹? Ich hab keinen Bock auf Club oder so. Außerdem ist Sonntag.«

»Nee, muss ja kein Club sein. In meiner Kneipe unten können wir noch ein Bierchen nehmen. Die ist angenehm ranzig, schön viele Alkis da und so. Und hat immer auf.«

Er überlegt einen Moment, dann steht er auf und nimmt seine Jacke.

»Und was machen wir mit den beiden«, fragt er.

»Ach, Sascha ratzt doch schon. Und Max ist auch fertig. Der kriegt gar nicht mehr mit, was los ist.«

»Eyyyy«, schreit Max plötzlich, und seine Augen versuchen mich zu fixieren, gucken aber in etwa tausend verschiedenen Richtungen an mir vorbei wie die Augen eines Chamäleons. Dann probiert er noch etwas zu sagen, das ein Professor für Alt-Arabistik mit viel gutem Willen eventuell als »Macht doch, was ihr wollt« übersetzt hätte, und André und ich, wir schauen uns an und machen uns auf den Weg.

»Taxi?«, fragt André im Treppenhaus.

»Jupp«, sage ich.

»Du zahlst«, sagt André.

Eine Viertelstunde später sind wir in meiner Kneipe angekommen, einer kleinen Ein-Raum-Lokalität, in der glücklicherweise noch geraucht werden darf. Wir setzen uns an die Bar, und ich bestelle uns bei Jana zwei Pils. Jana entspricht so ziemlich dem Klischee einer Berliner Tresendame: üppig, einen kleinen Drachen über der Brust tätowiert und immer frei nach Schnauze.

»Na, ihr Hübschen, denn mach ick euch ma zwee Schnelle«, sagt sie, und ihre Riesenbrüste wackeln dabei. Ich nehme mein iPhone aus der Jackentasche und aktualisiere die Startseite von Facebook. Nichts Neues. Und auch keine Nachricht von Steffi, aber das ist ja auch nichts Neues. Ich stecke mein iPhone zurück in die Jackentasche und sehe dann, dass auch Sascha auf sein iPhone starrt.

»Was machst du denn?«, frage ich.

»Wollte nur mal gucken«, antwortet er.

Jana kommt und stellt uns zwei Bier auf den Tresen.

Dann nimmt sie eine kleine Schnapsflasche und hält sie in die Luft.

»Prostata!«

»Prost«, sage ich.

»Il Prosito«, stimmt André mit ein.

Wir trinken.

»Ich steh ja nicht so auf große Titten«, sage ich, als Jana sich wieder den anderen Gästen zuwendet.

»Ich schon«, sagt er und zündet sich eine Zigarette an.

»Steffi hatte normale Brüste«, sage ich leise.

»Geht das jetzt schon wieder los?«

»Sorry«, sage ich. »Aber die Frau macht mich noch fertig. Jetzt hat sie den Kontakt völlig abgebrochen.«

»Weiß ich. Haste mir schon erzählt.«

»Was soll das nur heißen, wenn eine Frau den Kontakt zu dir abbricht?!«

»Dass sie keinen Kontakt mehr mit dir haben möchte!«

»Ja, aber WARUM denn nicht?«

»Weil du ein Idiot bist.«

Ich muss ein bisschen lachen, als André das sagt.

»Nein, mal im Ernst. Vielleicht hat es ja was anderes zu bedeuten, wenn sie den Kontakt abbricht.«

»Was anderes, als dass sie keinen Kontakt mehr haben möchte?«

»Mann, Alter, geh mir nich auf die Eier! Ich meine, vielleicht geht es ihr so wie mir, und sie hat nur Angst davor, dass sie quasi ZUERST nachgibt! Damit sie nicht versehentlich DOCH sagt, dass sie mich liebt! Vielleicht ist Kontaktabbrechen ja GUT!«

André denkt einen Moment lang nach.

»Wenn du einen Flugzeugabsturz prinzipiell auch als GUT bezeichnest, dann ja.«

»Du bist ja heute witziger als Mario Barth«, sage ich eingeschnappt und nehme einen großen Schluck Bier und dann mein iPhone, um die Facebook-Startseite zu aktualisieren.

»Sag mal, kommst du eigentlich auf ihr Profil?«, frage ich André plötzlich.

»Auf Steffis? Keine Ahnung, denke schon.«

»Kannst du bitte einmal raufgehen?! Ich will wissen, mit wem sie neu befreundet ist! Und wie viele Freunde sie überhaupt hat!«

André ist vollkommen perplex.

»BITTE!«, flehe ich.

»Alter«, sagt André, nachdem er einmal tief Luft geholt hat, »Du MUSST damit aufhören!«

»Ja. Ich weiß«, sage ich geknickt.

»Du MUSST wirklich damit aufhören, verstehste? Ihr seid jetzt zwei Monate auseinander, und es geht dir jeden Tag beschissen! JEDEN TAG! Seit ZWEI MONATEN!«

Ich starre auf mein Bier.

»Nicht jeden Tag. Nur FAST jeden Tag.«

»Und in der ganzen Zeit lief überhaupt nichts mit 'ner anderen Frau bei dir! Gar nichts!«

»Ach, so stimmt das doch auch nicht«, lüge ich.

»Nein?! Wann hattest du das letzte Mal Sex? Hä? Wann? Und vor allem, mit wem?«

Ich starre weiter auf mein Bier.

»Am zweiundzwanzigsten Juli«, beginne ich. »Dem Tag vor Steffis Abreise. Wir haben nett zusammen gekocht, und dann habe ich ...«

»Hast du sie fast angefleht, dass ihr miteinander schlaft, weil sie müde war und früh rausmusste«, führt André die Geschichte fort.

»Und dann haben wir es schnell auf der Couch gemacht«, übernehme ich wieder. »Ohne dass sie dabei viel Spaß gehabt hätte.«

»Und nach gerade mal drei Minuten hat sie einfach aufgehört und ist ins Bad gegangen.«

»Es war genau halb zehn. Ich hab auf die Uhr geguckt. Sie hat einfach aufgehört.«

»Und du bist nicht mal gekommen«, sagt André.

»Und ich bin nicht mal gekommen«, sage ich und drücke mein Gesicht in meine Hände.

»Ich kann die Geschichte auswendig, Moritz. AUSWENDIG! Ich kann deine ganze dreijährige Beziehung auswendig! Ich kenne jede Mail, jeden Zettel, jedes Foto von ihr!«

»Ich weiß. Tut mir leid.«

»Worauf ich hinauswill, ist: Sie LIEBT dich nicht mehr! Sie hat einen Neuen! Wahrscheinlich hat sie dich am Ende eurer Beziehung schon nicht mehr geliebt!«

»Ich weiß.«

André legt mir etwas unbeholfen die Hand auf den Rücken.

»Moritz. Komm klar. Such dir 'ne andere. Geh ficken! Oder hast du keinen Bock mehr zu ficken?«

»Doch«, sage ich und nehme meinen Kopf wieder hoch. »Hab ich. Irgendwie läuft im Moment aber alles an mir vorbei. Wer soll denn mit MIR ficken wollen? Wer denn bitte schön?«

André fällt wohl keine Antwort ein. Er schweigt einen Augenblick lang und trinkt in der Zeit zweimal aus seinem Bierglas. Dann stellt er es auf den Tresen und hebt die Hand.

»Jana?! Ist das da drüben die *B.Z.*? Kannst du mir die mal holen, bitte?«

»Klaro«, sagt Jana und reicht André die Zeitung.

»Wie viel Geld hast du, Meschner?«

»So um die fünfzig Euro.«

»Und auf dem Konto?«

»Keine Ahnung. Nicht mehr viel. Vielleicht noch so achthundert.«

»Das reicht«, sagt André und schlägt die Zeitung auf.

»Ach nee«, sage ich. »Jetzt keine Nutte.«

»Wieso nicht? Es gibt doch bestimmt ein paar ganz billige. So ein paar nette Mädels, die uns mal richtig schön verwöhnen.«

»UNS?«

»Klar. Ich will auch!«

»Ich weiß nich, Alter.«

»Nicht lange überlegen, einfach mal MACHEN!«

Ich zünde mir eine neue Zigarette an und überlege.

»Stell dir mal vor: Eine blutjunge Blondine sitzt auf dir und …«

»Keine Blondine!«, unterbreche ich ihn.

»GERADE eine Blondine! BESONDERS eine Blondine! NUR eine Blondine! Und weißt du auch, warum? Weil Du Steffi nicht mehr brauchst! Weil Du jetzt über sie hinweg bist! UNBEDINGT eine Blondine!«

»Du hast recht«, sage ich laut und nehme einen großen Schluck Bier. »Du hast absolut recht! Wir bestellen uns jetzt zwei Nutten und knallen die weg!«

»Wirklich?«, fragt André etwas irritiert.

»WIRKLICH«, setze ich nach. »WIRKLICHWIRKLICH!«

»DAS ist der wahre Moritz«, lächelt mich André an.

»Okay«, sage ich. »Schlag schon auf!«

André stellt unsere beiden Biergläser zur Seite und breitet die Zeitung vor uns auf dem Tresen aus.

»Hier«, sagt er. »Das wäre doch was für heute Abend.«

Ich schaue mir die Anzeige aus dem »Berlin diskret«-Teil etwas genauer an:

> Herrmannplatz 24: Wieder da! Blonde Lettin Svetlana mit Traumbody, Vollservicemodelle: Türkin Aynur, geile Tina + junge Eva, Riesen Busen Amanda 20/85E + neue Polinnen. Empfang und Escort.

»Wusste gar nicht, dass die mal weg waren«, sagt André, und wir müssen lachen.

»Na ja«, sage ich. »›Riesen Busen‹ ist schon was für dich. Aber jetzt noch nach Neukölln? Da brauchen wir ja 'ne Dreiviertelstunde.«

»Wieso?«, kontert André. »Da steht doch ›Empfang und Escort‹. Ich nehme an, Escort bedeutet, dass die auch nach Hause kommen.«

»Glaub ich nicht. Sonst würde da bestimmt so was wie ›Haus und Hotel‹ stehen oder so. Wie hier.«

Ich zeige ihm das Inserat von dem »hübschen und anschmiegsamen Topmodel Silvi«, das ihre Kunden gerne »im Hotel und zu Hause« besucht.

»Ist aber nur eine«, sagt André und zieht geistesabwesend an seiner Zigarette, die fast bis auf den Filter runtergebrannt ist.

»Wie wär's denn damit?«

> St. beh. Lustluder Pia und Anett, 28 und 36J. FF/AN/GB/Deepthr! A. H/H!

»Bist du bescheuert?«, frage ich. »Weißt du, was die erste Abkürzung bedeutet?«

»Keine Ahnung. Stattlich behindert?«

»Das würde ja noch gehen«, sage ich. »Stark behaart!«

André schaut mich angewidert an. »Und die anderen Abkürzungen?«

Ich sehe mich plötzlich wieder im Stuhl vom Jauch sitzen.

»Also, Deepthroat ist ja klar, FF bedeutet Faustfick, und AN dürfte wohl für Anal stehen, und … GB … äh …«

Hoppla.

»GB heißt …«

Verdammt. Das darf doch wohl nicht wahr sein. Ich habe nicht die geringste Ahnung, was diese Abkürzung bedeutet.

Publikum hält den Atem an.

»Geee … Beee … steht für …«

Publikum nässt sich fast ein vor Spannung.

»… Gang Bang, glaube ich.«

»Oder für Gesichtsbesamung.«

Ein älterer Mann, der mir bislang nicht aufgefallen ist, obwohl er genau rechts neben mir sitzt, schaut mich an und lächelt nett. Nett wie ein Kinderschänder.

»Wie bitte?«

»Gesichtsbesamung«, sagt er ruhig. »Lassen sich also ins Gesicht spritzen. Die jungen geilen Bückstücke machen doch heutzutage alles. Kennt man ja aus den Filmen.«

Für einen Moment verschlägt es André und mir die Sprache. Wir sind wohl eine Spur zu laut gewesen. Aber … Respekt. Der alte Bock weiß mehr als ich. Im Geiste trete ich ihm meine Million ab, denn die hat er sich wirklich verdient! Und Steffi kann er noch dazubekommen. Die brauche ich nicht. Nicht mehr. Und außerdem ist es in Bad Saarow SCHEISSLANGWEILIG!

Ich sammle mich wieder.

»GB steht also tatsächlich für …«

»Ist doch egal, wofür das steht«, unterbricht mich André. »Hier rufst du jetzt an. Ist 'ne andere Bude. Und dann bestellst du die ganz einfach hoch in deine Wohnung!«

»Wieso rufe ICH da an?«

»Nimm dein Handy aus der Tasche und wähl die Nummer, die da steht! ›Versaute geile Girls in den Zwanzigern!‹ Haus, Hotel, Bus, LKW, was weiß ich, wo die überall hinkommen, fest steht nur, wir wollen ficken und du rufst da jetzt an! Jana, machst du mir bitte noch ein Bier!«

»Zwei«, sage ich, hole mein iPhone raus, atme einmal tief durch und wähle dann die Nummer.

»Aber nur, weil du heute so mies gepokert hast.«

Es tutet. Ich nehme einen großen Schluck Bier, dann noch einen.

»Hallo?«, meldet sich eine weibliche Ostblock-Stimme am anderen Ende.

»Ja, äh, hallo. Ich … also wir sind zwei gutaussehende junge Männer, und, ja, wir hätten gerne zwei, äh, also Frauen.«

Es klickt in der Leitung. Nach einer kurzen Pause meldet sich die Stimme am Telefon zurück.

»Name und Adresse!«

Ich nenne der Dame meinen Namen und die Straße nebst Hausnummer. Wieder klickt es in der Leitung, und ich warte einen Augenblick.

»In halbe Stunde.«

Ich schaue zu André und flüstere schockiert: »In halbe Stunde?«

André zieht gespielt lässig an seiner Zigarette.

»Was kostet's denn?«, fragt er.

»Oh, ja, äh … was kostet das Ganze denn?«

»Hundertzwanzig Euro für Stunde«, sagt die Frau am Telefon.

»Hundertzwanzig Euro? Für … BEIDE?«

»Ja, beide.«

»Äh …«

André hebt den Daumen.

»Okay«, höre ich mich ängstlich sagen.

»In halbe Stunde.«

Der Satz klingt plötzlich wie eine Drohung.

»Ach ja, und bitte DOCH keine Blondine!«, sage ich, aber da klickt es schon wieder in der Leitung.

Dieses Mal endgültig.

»Dann können wir ja noch ein Bierchen trinken«, sagt André.

»Fuck, Alter, weißt du, wie es bei mir aussieht?!«

Ich fingere einen Zwanziger aus meiner Hosentasche und werfe ihn auf den Tresen.

»Wir zahlen. Jana!«

»Was ist denn los? Nun mach mal hier nicht so 'ne Hektik!«

Ich stehe auf, reiße meine Jacke von der Stuhllehne und packe André am Arm.

»Aua!«

»Hallo?! Hast du überhaupt Geld mit? Du hast doch vorhin alles beim Pokern an mich verloren.«

André überlegt kurz und muss dann kräftig schlucken. Außerdem scheint er mit einem Mal wieder nüchtern zu sein.

»Scheiße.«

»Also, wir machen Folgendes: Ich gehe zur Tanke und hole was zu trinken. Wir brauchen ein bisschen Sekt oder so. Da ist auch gleich 'ne Bank. Da hol ich Geld, das gibst du mir morgen einfach zurück. FUCK, was mache ich hier eigentlich?! Ich brauch das Geld doch!«

»Ist doch total billig alles«, sagt André und setzt ein verunglücktes Lächeln auf.

Als wir aus der Kneipe raus sind, drücke ich André meinen Wohnungsschlüssel in die Hand.

»Noch mal der Plan: Ich gehe zur Tankstelle. Du räumst in der Zeit die Wohnung auf!«

»Muss das echt sein?«, fragt André.

»Nur oberflächlich. Alle Klamotten, Bücher und sonst den ganzen Dreck einfach in mein Zimmer werfen! Der Abwasch ist sowieso schon in der Badewanne, also Duschvorhang zu! Ach ja, ... und putz das Klo!«

»Was?!«

»Ich habe da oben zwei Gegenstände, eine Klobürste und eine dreckige Toilette. Wie in einem Computer-Adventure: Du kombinierst die beiden Dinge miteinander und erhältst eine saubere Schüssel. Noch Fragen?«

»Ich töte dich«, mault André und trottet dann in Richtung Haustür. »Irgendwann töte ich dich, Meschner.«

Es ist kalt, und es regnet. Die Autos rutschen am Rande meines Wahrnehmungsfeldes über die Straßen. Das Licht der Ampeln und Leuchtschilder spiegelt sich in den Pfützen. Eine seltsame Nacht ist das. Und in nicht mal »halbe Stunde« werden zwei Nutten in meiner Wohnung sein.

Als ich nach ein paar Minuten am Automaten stehe, habe ich das Gefühl, dass mein Herz kurz aussetzt, denn mir schießt heiß durch den Kopf, dass ich eventuell doch nicht genug Geld auf dem Konto habe, und dass der Automat nichts ausspucken wird, aber ich versuche, den Gedanken schnell wieder abzuschütteln. Als dann das beruhigende Rattern des Geldzählers einsetzt, gefolgt von der weitaus weniger beruhigenden Anzeige meines Kontostandes, da geht es mir wieder etwas besser, und ich nehme das Geld und gehe rüber zur Tankstelle. Ich kaufe drei Flaschen Sekt, etwas Bier und Wein müsste ich noch im Kühlschrank haben, und ich überlege allen Ernstes, ob ich nicht vielleicht eine kleine Blume mitnehmen soll, als plötzlich mein Handy klingelt.

»Ja, ich bin's, André. Wo bist du denn?«

»An der Tanke. Ich bin gleich da.«

»Weil... unsere beiden Gäste sind auch schon da.«

»Wie ›schon da‹?«

»Na ja, sie sind eben ... schon da.«

Andrés Stimme ist leise und dünn. Er klingt, als würde er aus einer weit entfernten Galaxie anrufen. Der Galaxie der Panik.

»Alles klar«, sage ich und lege auf.

Ich stopfe die Sektflaschen hektisch in eine Tüte, so eine typische Tankstellentüte, die schon reißt, wenn man nur in sie hineinpustet, und klemme sie mir unter den Arm. Als ich etwa zehn Meter weit gekommen bin, klingelt das iPhone. André.

»Ja, ich bin's, André. Wo bist du denn?«

»Auf dem Weg.«

»Die beiden sind schon da.«

»ICH WEISS«, sage ich und lege auf.

Scheiße, worauf haben wir uns da nur eingelassen? Zwei Nutten in meiner Wohnung! Ich schaue auf die Uhr. Es ist kurz nach halb zwei. Seltsamerweise muss ich plötzlich an Steffi denken, und ich kriege vollkommen irrationale Schuldgefühle. Mein Handy klingelt. Ich gehe nicht ran.

Es sind nur noch wenige Meter bis zu meinem Haus. Ich überquere die Straße und sehe einen dicken BMW, der direkt davor parkt. Die Scheinwerfer sind eingeschaltet, und zwei Männer sitzen im unbeleuchteten Inneren des Autos.

Fuck.

Wie kann man eigentlich so naiv sein?

Ich habe doch nicht im Ernst daran geglaubt, dass mitten in der Nacht zwei Nutten zu mir in die Wohnung kommen und keinen Wachschutz mitbringen. Natürlich kommen die nicht allein. Natürlich nehmen sie nicht die U-Bahn oder den Bus, quatschen und lachen miteinander und bringen sich mit dem einen oder anderen Schluck Sekt schon mal in Stimmung für die tolle Liebesnacht. Natürlich sind die Männer im Auto ihre Zuhälter. Und die werden garantiert so lange bleiben, wie es eben dauert, und wenn irgendwas schiefläuft, dann werden sie uns die Hände abhacken und uns im Wannsee versenken. Hurra.

Es ist zu dunkel im Auto, als dass ich die Typen erkennen könnte. Es sind zwei Glatzköpfe, so viel kann ich sehen, groß und breit, und einer von ihnen raucht eine Zigarette, deren Glut seine Nasenspitze für einen Augenblick erhellt. Er sieht aus wie Arschfotzenkopf.

Ich versuche so zu tun, als hätte ich das Auto nebst Insassen nicht bemerkt, gehe rüber zu meiner Haustür und drücke auf die Klingel. Es surrt. Zwei Stockwerke zu Fuß, dann wieder eine Tür, meine Wohnungstür, irgendwie ist gerade alles wie im Film, und als sich dann auch diese Tür öffnet, steht da André, käseweiß und mit Schweiß auf der Stirn.

Ich hole einmal tief Luft und will gerade in die Wohnung, doch André macht einen Schritt auf mich zu und zieht die Tür vorsichtig ran.

»Alter«, flüstert er. »Ich dachte, du wärst tot!«

»Was?«

»Ich dachte, du wärst tot! Ehrlich, Mann! Die eine, die hatte 'nen Zettel mit deinem Namen und deiner Adresse drauf. Den hat sie mir gezeigt, als die beiden reingekommen sind.«

Er fährt sich nervös mit der Hand durch seine Haare.

»Und dann bist du plötzlich nicht mehr an dein Handy gegangen. Ich habe wirklich gedacht, du bist tot!«

»Verstehe ich nicht. Nur, weil sie einen Zettel dabeihatte?«

»Mann, Alter, sie hat mir den Zettel gezeigt, und dann hat sie gefragt ›Dein Freund?‹, und da hab ich genickt, und dann hat sie den Zettel einfach durchgerissen. DURCHGERISSEN! Und dann hat sie wieder gesagt ›Dein Freund!‹ – und da hab ich gedacht, die hätten dich umgebracht, und ich bin als Nächster dran!«

Es entsteht eine kurze Pause. Ich versuche ruhig zu bleiben und nachzudenken, aber es will mir nicht so recht gelingen.

»Du hättest mal ihren Blick sehen sollen!«

»Jetzt komm wieder klar«, fahre ich ihn an. »Wir können sowieso nichts mehr ändern. Wir gehen da jetzt rein und ziehen das durch. So wie du gesagt hast. Okay?«

André starrt mich an.

»OKAY?!«

»Ja«, sagt er schließlich. »Okay.«

»Wie sehen die beiden überhaupt aus?«, frage ich.

»Frag lieber nich«, sagt André.

Wir gehen rein.

Ich schließe die Wohnungstür und folge André ins Wohnzimmer. Ich weiß nicht, wie er es in den paar Minuten geschafft hat, aber meine Wohnung sieht einigermaßen in Ordnung aus! Wenn man von den Staubmäusen, der seltsamen Schmiere auf dem Boden und den Bierpullen im Bücherregal mal absieht. Und er hat auch rausgefunden, wie man meine Anlage in Gang kriegt, denn es läuft Musik, James Brown, wenn ich mich nicht irre, die CD muss er irgendwo rausgekramt haben, und als ich ins Zimmer gucke, da sitzen da tatsächlich zwei Frauen so Mitte zwanzig, eine dicke Schwarzhaarige und eine Blondine, die aussieht wie eine verunglückte Mischung aus Giraffe und Pferd. Mit leichtem Esel-Einschlag. Auf jeden Fall nicht wie Steffi.

»Hallo«, flüstere ich völlig verängstigt.

Die beiden sagen nichts.

»Gib mir mal den Sekt«, sagt André. »Ich mach den auf.«

Ich gebe André die Tüte mit den Sektflaschen, setze mich mechanisch auf einen Stuhl und nehme mir mit zittrigen Fingern eine Zigarette aus der Schachtel vor mir auf dem Tisch. Keine Ahnung, wem die gehört. Die dicke Schwarzhaarige holt ein Feuerzeug aus ihrer viel zu engen Jeans, beugt sich zu mir rüber und zündet meine Zigarette an.

»Rauchen?«, fragt sie mit einem leicht rollenden, osteuropäischen »R« am Anfang.

Ich habe nicht den blassesten Schimmer, ob das wirklich eine Frage war, antworte aber trotzdem mit einem heiseren »Ja« und schlage meine Beine dann ziemlich unmännlich übereinander.

Irgendwie habe ich mir die Damen anders vorgestellt. Vor allem »nuttiger«!

Der blonde Giraffe-Pferd-Mix (mit Esel-Einschlag) sitzt verkrampft auf der Couch, hat einen gelben Schlabberpulli und Jeans an, ihr Haar ist zu einem Zopf zusammengebunden, keine Ohrringe oder sonstigen Schmuck, und ungeschminkt ist sie auch, und als sie den Ärmel ihres Pullis hochschiebt, um sich am Arm zu kratzen, sehe ich, dass der voll ist mit blonden langen Haaren, so viele, dass ich für einen Augenblick denke, sie könnte eigentlich auch ein Mann sein.

Vielleicht ist sie es ja.

Ihre »Kollegin« ist das genaue Gegenteil von ihr. Das heißt aber nicht, dass sie hübscher wäre, sie ist nur vollkommen anders: mopsig bis fett, deutlich kleiner und schwarzhaarig – alles in allem ein lustiger Bauerntrampel mit schlechten Zähnen.

Wir sagen immer noch kein Wort, als André aus der Küche ruft.

»Wo hast du denn Gläser?«

»Im Schrank«, rufe ich zurück.

»Ja, aber wo genau? Komm doch mal bitte!«

Ich gehe in die Küche und sehe, dass André bereits vier Gläser vor sich auf den Tisch gestellt hat und den Sekt eingießt.

»Alter, was sind denn das für Bratzen?«, frage ich. »Die haben ja beide Jeans an. Keinen Minirock, keine hohen Schuhe oder sonst was Weibliches! Wo kommen die überhaupt her? Aus Usbekistan? Taiga? Tundra? Schwachmanien?«

»Polen«, sagt André und drückt mir zwei volle Sektgläser in die Hand. »Das haben sie jedenfalls gesagt. Also, die Schwarzhaarige ist Iga, und die Blonde heißt Natti.«

»Sag bloß, ihr habt euch unterhalten?«

»›Unterhalten‹ wäre wohl etwas zu viel gesagt. Liegt vor allem daran, dass die beiden kein Deutsch sprechen. Oder nur ganz gebrochen. Jedenfalls Iga. Die kann ganz wenig Deutsch und ein bisschen Englisch. Natti kann nur Polnisch.«

»Na großartig.«

»Ist doch okay«, sagt André. »Wir wollen doch sowieso nicht reden, oder?«

»Was? Du willst doch nicht mit denen …«

»Können haben noch eine … *water*?«, kommt es plötzlich aus dem Wohnzimmer.

»Ein, äh, ›Wasser‹?«, ruft André. »Jaha!«

Er nimmt einen hellgrünen IKEA-Plastikbecher aus dem Schrank, öffnet den Wasserhahn über der Spüle und lässt den Becher volllaufen.

»Alter, du nimmst doch kein Wasser aus diesem Hahn?!«

Ich schaue ihn fassungslos an.

»Du weißt doch, dass die Spüle seit drei Jahren verstopft ist! Oder was meinst du, warum ich mein Geschirr in der Badewanne abwasche?«

»Was hat denn das damit zu tun?«

»Hallo? Der Wasserhahn ist seit drei Jahren nicht mehr geöffnet worden! Das heißt, das Wasser steht da seit drei Jahren drin und hat zwei extrem heiße Sommer mitgemacht. Das müsste man erst mal durchlaufen lassen. Trinken kann man das auf jeden Fall nicht!«

»Oh«, sagt André. »Na ja, einen Becher haben sie schon überlebt.«

»Die haben …«, setze ich an. »Die … Du hast denen schon 'nen Becher mit diesem Wasser gegeben? Warum hast du nicht den Hahn in der Toilette benutzt?«

»Das Licht im Klo geht nicht.«

»Ach ja«, sage ich und schaue auf den kleinen hellgrünen Plastikbecher in Andrés Hand. »Und die haben das wirklich getrunken?«

»Die haben sich so ein Glas geteilt, ja. Und nichts gesagt.«

Wir gucken uns an. Dann lachen wir gleichzeitig los. Vielleicht wird der Abend ja doch nicht so dramatisch wie befürchtet.

»Aber mal im Ernst«, sage ich, nachdem ich mich wieder ein bisschen beruhigt habe, »ich fick die auf keinen Fall. Lass uns lieber noch ein Bier trinken und ein bisschen Musik hören. Und dann ab ins Bett!«

»Okay«, grinst André. »Aber ich finde die Dicke gar nicht so hässlich.«

Er nimmt die beiden Sektgläser, lässt den Becher Wasser in der Spüle stehen, und wir gehen wieder rüber ins Wohnzimmer und setzen uns.

»Prost«, sage ich.

Iga nimmt einen großen Schluck Sekt und stößt danach leise auf, Natti nippt nur kurz an ihrem Glas und stellt es dann schüchtern zur Seite.

»Do you speak English?«, frage ich.

»Bisschen«, antwortet Iga.

Ich leere mein Glas in einem Zug, gieße mir gleich darauf wieder Sekt ein und drücke meine Zigarette im Aschenbecher aus. Dann nehme ich mir eine neue.

»Und ... *where are you come from? Polish?*«

»*Yes*«, sagt Iga. »*It's a* ... kleiner Dorf in *Poland*.«

Natti versucht zu lächeln, doch man kann ihr die Nervosität anmerken. Sie streicht mit der Hand über ihren blonden Armteppich.

»And you always … working here in Berlin?«

»Just weekend«, antwortet Iga. *»We have our families in Poland.«*

»Ah, your families. Your parents?«

»No, my husband and my children.«

Prompt verschluckt sich André an seinem Sekt und hustet los wie ein Lungenkranker.

»Ich, äh …«, versucht er sich zu entschuldigen.

»You have children?«, frage ich schnell.

»Yes. Vier *children.«*

»Oh«, sage ich, und dann fällt mir auch schon nichts mehr ein.

Eine unangenehme Stille entsteht. Ich schaue André kurz an und gehe aufs Ganze. Das hier muss ein Ende haben. Und zwar genau jetzt.

»Also, mal Klartext«, beginne ich ängstlich. »Wir … äh, *we … well*, also, zwischen uns … also, es wird nichts laufen zwischen uns.«

Ich gestikuliere wild mit den Armen und hoffe inständig, dass André mir irgendwie hilft, aber er sitzt nur da und trinkt seinen Sekt.

»Das Geld, also, the money, das kriegt ihr natürlich, das ist kein Problem, aber es wird eben nichts laufen, *no sex*, versteht ihr? Also, nicht dass ihr das jetzt in den falschen Hals bekommt, in den *wrong* äh Dings, André, was heißt ›Hals‹ auf Englisch?«

»Woher soll ICH das wissen?«

»THROAT! In se wrong … na ja, egal, ihr seid ja, also, ihr seht ja total sexy aus und so, aber …«

Iga greift ohne zu zögern in ihre Tasche und holt ein Handy heraus, und plötzlich muss ich an den zerrissenen Zettel und die beiden Schlägertypen unten im Auto denken. Mein Herz fängt an zu rasen. Iga drückt ein paar Knöpfe und zeigt André das Display.

»Hier … das meine *children*.«

Oh my god! Zu behaupten, das Sprichwort »Mir fällt ein Stein vom Herzen« würde in diesem Moment passen, wäre die Untertreibung des Jahres. Vielleicht müssen wir ja heute doch nicht in den Wannsee. Ich nehme einen Zug von meiner Zigarette und rücke meinen Stuhl so zurecht, dass auch ich das Foto auf dem Display erkennen kann.

»Und hier … das mein *dog. Dog,* weißt du?«

André nickt, macht einen Hund nach, und ich setze ein gekünsteltes Schwiegersohnlächeln auf, das Lächeln, für das mich Steffis Mutter nie hat leiden können und weswegen sie wahrscheinlich auch nicht meine Schwiegermutter geworden ist. Dann schauen wir wieder auf das Handy der polnischen Nutte.

»Das … schön«, sage ich, und André nickt. »Schön, schön. Ist das *where you living*?«

»Yes«, sagt Iga und zeigt uns ein weiteres Foto, auf dem drei kleine Kinder vor einer brüchigen grauen Betonmauer spielen.

»Das in *Poland*. Auch Natti da wohnen.«

Ich sehe vor meinem geistigen Auge ein heruntergekommenes Bauernhäuschen irgendwo im Niemandsland hinter der polnischen Grenze, in dem Iga, Natti, die Eltern und Großeltern, Tanten und Onkel, Geschwister, Ehemänner, Kinder und Hunde zusammengepfercht dahinvegetieren und jeder es mit jedem treibt. Schlagartig fällt mir wieder ein, warum die beiden überhaupt hier sind, und was mich das alles kostet, wenn wir uns Igas Familienfotos angucken. Also versuche ich es noch einmal. Ich ziehe mein Portemonnaie aus der Hosentasche und lege einen Hunderter und einen Fünfziger auf den Tisch.

»Das euer Geld«, sage ich zögerlich. »Wie, also, *like I say before, we don't want to have sex tonight. We are a little tired, you know, and we have to go into the bed, you understand? But it was a very nice evening, and maybe* …«

Sofort steckt Iga das Handy zurück in die Tasche, nimmt das Geld vom Tisch und sagt etwas auf Polnisch, das mich an einen Zigeunerfluch aus einem Horrorfilm erinnert. Dann stehen die beiden auf, ziehen ihre Jacken an und gehen. André und ich folgen ihnen zur Wohnungstür. Als wir an meinem Schlafzimmer vorbeikommen, in dem man durch einen Spalt das ungemachte Bett und meine Bier- und Weinflaschensammlung daneben erkennen kann, grinsen Iga und Natti sich kurz an. Ich habe keine Ahnung, was das bedeuten soll. Wahrscheinlich denken sie, wir seien schwul.

»*Okay*, also *maybe* bis *next time*«, sage ich und umarme Iga etwas unbeholfen. Sie küsst mich und André auf die Wange und verschwindet mit Natti nach draußen.

Ich schließe die Tür.

»Danke für diesen schönen Abend«, sage ich zu André.

Dann trinken wir den restlichen Sekt und noch eine Flasche Wein aus meinem Kühlschrank und legen uns angezogen nebeneinander aufs Bett. Als ich ein paar Stunden später kurz aufwache, stelle ich fest, dass ich meinen Arm auf Andrés Brust gelegt habe.

👍 2 Cowboys vom Brokeback Mountain gefällt das.

4 Hier kommt Alex!

Die Privatsphäre ist ein überholtes Konzept.

Zumindest wenn es nach Facebook-Erfinder Mark Zuckerberg geht. Und DER muss es wissen! Schließlich gilt er als jüngster derzeit lebender Milliardär. Angeblich haust er aber trotzdem weiterhin in einer kleinen New Yorker Wohnung. Zumindest in diesem Punkt unterscheide ich mich nicht groß von ihm.

Laut Zuckerberg stellen immer mehr Menschen persönliche Informationen von sich ins Internet. Freiwillig.

Er hat absolut recht.

Wenn ich auf den Facebook-Profilen von Freundinnen rumsurfe, sehe ich dort mehr und vor allem sexuell anregendere Bikini-Fotos als in der *FHM*. Außerdem kann ich jederzeit ihre Hobbys und Interessen, die Lieblingsmusik, den Beziehungsstatus, die politische Einstellung oder die religiösen Ansichten einsehen. Viele schreiben sogar ihre Telefonnummer rein. Freiwillig!

Dabei behaupten die Leute immer, sie hätten Angst vor solchen Dingen wie Rasterfahndung, Nacktscannern und überhaupt den Methoden der USA, weil sie nicht zum »gläsernen Menschen« werden wollen, »Big Brother« gucken wir im Fernsehen, aber UNS soll der große Bruder bitte schön in Ruhe lassen! Von wegen. Die CIA muss heutzutage bestimmt keine Spione mehr in die Welt rausschicken, um diese sich irgendwo »einschleusen« und jahrelang »verdeckt operieren« zu lassen. Warum auch? Reicht doch, wenn die den ganzen Tag bei Facebook sind! Da steht mehr über mich drin, als die mit 'nem Wahrheitsserum oder Water-Boarding-Folter aus mir rauskriegen könnten. Bestimmt hatte auch Osama Bin Laden ein eigenes Facebook-Profil, dem man entnehmen konnte, dass sich der alte Höllenfürst irgendwo in einem Zwei-Höhlensterne-Apartment im Abbottabadischen Raum einquartiert hatte, sonst hätten ihn die Amis doch nie im Leben aufgespürt.

Ich gebe »Osama Bin Laden« in die Suchzeile bei Facebook ein, lösche den Namen aber schnell wieder, weil ich befürchte, dass sonst, trotz seines Ablebens, gleich zwei anzugtragende, sonnenbebrillte Herren mit einem Blitzdingsstäbchen wie in »Men in Black« vor meiner Tür stehen und mein Gedächtnis löschen. Obwohl ich im Moment eigentlich ganz gerne mal geblitzdingst werden würde.

Jedenfalls ist Facebook mit geschätzten vierhundert Fantastilliarden Mitgliedern mittlerweile ein Spiegel der Gesellschaft. Nach dem »Sommerfest der Volksmusik« vielleicht sogar DER Spiegel. Das erklärt übrigens auch, warum Nelson Mandela bei Facebook rund 36 000 Fans hat.

Und FarmVille 30 Millionen.

Jeder von uns vernetzt sich täglich mit neuen Menschen, postet oder kommentiert Statusmeldungen, chattet mit Freunden und Bekannten, sendet Nachrichten, füttert seine Happy-Aquarium-Fische oder melkt seine braunen FarmVille-Kakaokühe.

Nur nicht meine Nachbarn.

Die schreiben mir 'nen Brief.

Gott, sind die einspunktnull!

Es ist eigentlich kein Brief, sondern vielmehr ein kleiner gelber Zettel, auf den irgendjemand aus meinem Haus »Wenn Du noch mal mitten in der Nacht so einen Radau machst, dann hauen wir Dir auf die Fresse!!!« geschrieben hat. Keine Ahnung, von wann der Zettel ist. Ich habe ihn nur deswegen heute gefunden, weil der Briefkasten so übervoll war, dass ich ihn einfach mal leeren musste. Ein Briefkasten ist so etwas wie ein Facebook-Postfach und hängt im Hausflur.

Ich überfliege lustlos die Absender: Sparkasse. Finanzamt. Versicherung. Wusste gar nicht, dass ich überhaupt irgendwo versichert bin. Um solche Dinge kümmert sich mein Vater. Mir ist das echte Leben da draußen zu anstrengend.

Ich werfe die Briefe ungeöffnet weg.

Wenn was Wichtiges dabei wäre, hätten die mich auch über Facebook anschreiben können.

Warum macht die Sparkasse das eigentlich nicht? Würd ich wenigstens lesen!

Dispositionskredit

Zwischen dir und Sparkasse Berlin

Sparkasse Berlin

14. Oktober um Punkt 09:30

Hi Morri, alte Säge!

Hab grad festgestellt, dass Du im letzten halben Jahr immer wieder Deinen Dispo überzogen hast. Gut für mich, das gibt Prozente! ☺

Nee, im Ernst: Das is doch scheiße für Dich, Du zahlst da jeden Monat echt ordentlich drauf!!!

Hast du schon mal an 'nen Kredi gedacht? Ist auf jeden Fall günstiger! Mach ma!
CU am Schalter! ☺

Moritz Meschner

14. Oktober gegen 12:30

Hi Sparki!
Das Problem ist, dass mich meine Freundin verlassen hat, und ich mein Geld jetzt einfach sinnlos in Alkohol investiere, und es mir eigentlich scheißegal ist, ob und was für Dispozinsen ich abdrücke! Mir ist sowieso ALLES scheißegal! Mein Geld, meine Wohnung, mein Leben! Ich bewege mich einsam ohne Steffi jeden Tag ein Stückchen weiter in Richtung Ewigkeit!
Hast DU schon mal daran gedacht, nettere Mitarbeiter einzustellen?!
CU nie wieder!
(Und Steffi vermutlich auch nicht.)

Die letzten Tage waren ganz in Ordnung. Mit »ganz in Ordnung« meine ich, dass ich nach der Nuttennacht nur noch in der Wohnung gesessen und an Steffi gedacht habe. Vier Tage lang. Heute ist Freitag. Ich bin nur mal kurz runter zum Kiosk, um Bier und Kippen zu kaufen. Und danach dann an den Briefkasten. Fast schon ein Abenteuertrip! Außerdem weiß ich nicht mehr genau, wann ich das letzte Mal geduscht habe.

Heute MUSS ich aber raus! RICHTIG raus! Und das wird mir bestimmt guttun. Hoffe ich jedenfalls.

Ich habe nämlich eine Veranstaltungseinladung für eine Kostümparty. Die ist heute Abend. Zwar hasse ich

Kostümpartys, aber die Einladung ist von Vanessa, einer alten Freundin, die ich schon lange nicht mehr gesehen habe, und wahrscheinlich kommen da heute Abend auch noch mehr alte Freunde, und ganz bestimmt kommen da auch FRAUEN!

Ich klicke die Veranstaltungseinladung auf Facebook an.

31 Stars, Sternchen and more …

Art:	Party
Datum:	Freitag, 14. Oktober
Zeit:	20:00 - 06:00
Ort:	Kollwitzstraße 3

Beschreibung:
Hallo Leute!
Ich werde wieder mal ein Jahr älter und veranstalte aus diesem Grund eine Kostümparty am Freitag, den 14. Oktober bei mir. »KOSTÜMPARTY« bedeutet, dass jeder – wirklich JEDER – auch ein Kostüm tragen sollte! ☺
Das Motto der Party ist »Stars, Sternchen and more …« – also alles rund um die Glitzerwelt von Hollywood!
Seid kreativ! Denkt euch was aus!
Ich freu mich auf euch.
Nessa.

Glücklicherweise habe ich eine wirklich gute Idee für mein Kostüm gehabt! Im Fernsehen lief Mittwochnacht nämlich »Clockwork Orange«, ein alter Film von Stanley

Kubrick, den ich schon mindestens zehnmal gesehen habe, und als die Hauptfigur Alex da mit seinen Kumpels auf einen Obdachlosen eindrosch, da war mir sofort klar, dass ich als Alex gehen will!

Ich habe schon ein paar Fotos von Alex gegoogelt und glaube, dass das mit dem Kostüm nicht allzu schwer wird. Alles, was ich brauche, sind ein weißer Pulli und eine weiße Hose (hab ich sowieso schon), schwarze Stiefel (meine alten Doc Martens aus dem Keller) und einen Schlagstock (habe vorhin meine Gardinenstange aus Holz in der Mitte durchgesägt und mit schwarzem Tesa umklebt – wieso ich schwarzes Tesa dahabe, weiß ich nicht). Die restlichen Utensilien muss ich mir noch schnell im KaDeWe besorgen: eine falsche Wimper, einen Weichteil-Schutz und eine schwarze Melone, wie Alex sie auf dem Kopf trägt.

Da ich a) heute schon mal kurz unten war und b) sowieso wieder in meinen Klamotten geschlafen habe, brauche ich mich nicht lange mit Anziehen aufzuhalten. Ich setze ein Cap auf und gehe los. Nach draußen!

Früher hat es mir gefallen, wenn die Sonne geschienen hat. Heute hasse ich das. Nicht nur, dass ich den Sonnenschein hasse, ich hasse die Sonne selbst! Sie erinnert mich an Steffi.

Auch die Bäume, deren Blätter jetzt schon ganz bunt geworden sind, hasse ich. Ich weiß noch, wie ich einmal mit Steffi durch irgendeinen Park spaziert bin. Da waren die Bäume auch bunt.

Wir sind durch den Park spaziert, und Steffi hat meine Hand gehalten, und dann haben wir uns auf eine Bank gesetzt, uns geküsst, und Steffi hat »Ich liebe dich« gesagt, und dann habe ich gesagt, dass sie die Liebe meines Lebens ist, und wir haben uns angeguckt und hatten beide Tränen in den Augen.

👍 Rosamunde Pilcher gefällt das.

Jetzt also die bunten Bäume und der Sonnenschein und der blaue Himmel, durch den nur ein paar kleine weiße Schäfchenwolken ziehen.

GEFÄLLT MIR NICHT!

Das sieht alles aus wie ein Gemälde von Bob Ross, diesem toten Offenen-Kanal-Maler mit Pusteblumefrisur, der in etlichen Wiederholungen eine wirre Geschmacksverirrung nach der anderen auf die Leinwand gepinselt und dabei ebenso wirre Yoga-Suren vor sich hin gestammelt hat. … *I take some titanium white, some phthalo blue and some van dyke brown … maybe there's a happy little rabbit living in the hole under the tree right here …*

Ich hasse Hasen. Obwohl Steffi nie einen hatte.

Außerdem stelle ich fest, dass es viel mehr Pärchen als sonst gibt, die mir glücklich und händchenhaltend auf die Eier gehen.

Steffi wird jetzt bestimmt mit Arschfotzenkopf spazieren. Und dann werden die beiden sich auf eine Bank setzen, und Steffi wird sagen »Ich liebe dich«, und Arschfotzenkopf wird sie anbrüllen und ihr an die Titten fassen, und Steffi wird Tränen in den Augen haben vor Glück, und Arschfotzenkopf wird Tränen in den Augen haben, weil ihm einfällt, dass er heute Morgen vergessen hat, seine Steroide zu nehmen.

Ich hasse Bänke!

Um achtzehn Uhr sitze ich fertig verkleidet vor meinem Computer und trinke Wein. Die Melone, die ich für zwölf Euro in der Hutabteilung gekauft habe, ist ein bisschen zu eng. Eine neue Nachricht im Postfach. Dieses Mal öffne ich es sofort.

Kostümparty heute

Zwischen dir und Vanessa Neigert

Vanessa Neigert

15. Oktober um 17:55

Hey Moritz,
Du kommst doch heute??? Du hast nämlich gar nicht zugesagt. Kannst auch Steffi mitbringen, würde mich sogar freuen, ich habe sie nämlich lang nicht mehr gesehen. Und GANZ WICHTIG (habe ich auch den anderen noch mal geschrieben): Du MUSST Dich verkleiden! Ohne Kostüm lasse ich Dich nicht rein. ☺
Knutscha, Nessa.

»Ja, ich bringe Steffi gerne mit … in drei Plastiktüten« schreibe ich und lösche es wieder.

Ich bin ein bisschen nervös. Niemand kann mir sagen, wie ich aussehe. Also laufe ich alle paar Minuten rüber zum Spiegel und überprüfe mein Outfit. Das Anbringen der falschen Wimper war am schwierigsten, da habe ich beinahe eine halbe Stunde für gebraucht, mir zwei, drei Mal versehentlich mit dem Finger ins Auge gefasst, und jetzt ist es ziemlich rot, ich hoffe, dass das bis nachher wieder in Ordnung ist.

Dann schaue ich, was es Neues gibt.

Nichts Neues.

Zeit für ein eigenes Posting!

Moritz Meschner IST ALEX!!!

genau jetzt

Zumindest HOFFE ich, dass ich Alex bin. Wie gesagt, es sieht mich ja niemand. Leider kennen Sascha, André und Max Vanessa nicht besonders gut und kommen auch nicht zur Party. Sonst hätten wir uns bestimmt vorher getroffen, und sie hätten mir sagen können, wie ich aussehe. Oder wenn ich noch mit Steffi zusammen wäre, dann hätte SIE mir natürlich ACH LECK MICH DOCH!

Ich gehe wieder rüber zum Spiegel und betrachte mich zum etwa tausendsten Mal. Ja, Mann, das sieht total cool aus! Du bist Alex! Das ist ein Hammer-Kostüm! Die Frauen werden auf dich abfahren und darauf, dass du ein Typ aus einem Kultfilm bist! Du bist Alex!

Es ist wirklich ein cooles Kostüm.

Ja.

Ich bin Alex!

»Charlie Chaplin!«, begrüßt mich Vanessa an der Tür. »Welch Glanz in unserer Hütte!«

»Ich möchte mich sehr gerne umziehen«, sage ich. »Und zwar auf der Stelle.«

»Komm rein, Charlie!«

Vanessa gibt mir einen Kuss. Sie hat ein rotes Abendkleid an und rote Handschuhe aus Samt.

»Wer bist DU denn?«, frage ich.

»Phantasie«, sagt sie.

Schon im Flur wird mir klar, dass es hier ein kleines Problem gibt: MICH.

Nur etwa ein Viertel der Leute ist verkleidet. Die meisten haben sich ein ganz originelles Vampirgebiss in den Mund gesteckt, das sie aber wieder rausnehmen müssen, wenn sie was essen oder trinken wollen, die anderen in ihren gewöhnlichen Ausgeh-Klamotten, und von irgendwoher kommt ein heiteres »Hey, Charlie!« angeflogen. So sieht's aus.

»Pass lieber auf, dass dir der gute Charlie nicht mit seinem Schlagstock den Gulliver einschlägt«, sage ich leise.

Den verliere ich übrigens auch gleich, meinen selbstgesägten und mit schwarzem Tesa umklebten Schlagstock, als ich mich durch die glotzende Menge drücke, und ich kann ihn den ganzen Abend lang nicht wiederfinden. Am liebsten möchte ich mich in den Arm kneifen und aufwachen!

Nein, das ist natürlich eine Lüge. Am liebsten hätte ich jetzt ganz gerne was zu trinken.

Ich gehe in die Küche, in der eine Art kleine Bar aufgebaut ist, und bestelle zwei Tequila Sunrise, die kippe ich auf ex, danach ein Bier im Pappbecher.

Eine Party ist eine Party ist eine Party. Nicht mehr, nicht weniger. Man erinnert sich natürlich gerne an so französische Pubertätsmärchen wie »La Boum« oder amerikanische 80er-Jahre-Spaß-Torpedos wie den Film »Lisa – Der helle Wahnsinn«: Gag-technisch betrachtet ein Feuerwerk, die Küche ist irgendwann blau gepinselt, die Großeltern stehen versteinert im Schrank und in einem Zimmer im ersten Stock schneit es.

In Wahrheit sehen solche Partys immer völlig anders aus. Hier im Wohnzimmer, in dem ein kleines DJ-Pult untergebracht wurde (eigentlich wechselt irgendwer nur alle paar Stunden die CD), stehen etwa zwanzig Idioten und gucken dumm rum. Mich selbst mit eingerechnet. Und von diesen etwa zwanzig sind nur fünf verkleidet. Mich selbst mit eingerechnet.

Selbstverständlich wird auch mal über die Strenge geschlagen, ausgerastet, rumgepöbelt, ein Bier verkippt, in den Blumentopf gereihert, 'ne Nase genommen oder Ähnliches. Trotzdem bewegt sich alles in einem fest abgesteckten Rahmen, der nicht gesprengt werden soll, von einer blauen Küche oder einem Blizzard hält hier niemand was. Die meisten Leute sind so Ende zwanzig, Anfang dreißig, stecken in Beziehungen, die mehr oder weniger gut laufen, ein paar haben schon Kinder und müssen bald gehen, alles in allem mehr so die Vorstufe einer guten Party, wahrscheinlich wird es dabei bleiben.

Vanessas beste Freunde kenne ich noch von früher. Sali, Hendrik und Bernd. Die drei kommen gerade durch die Tür. Alle haben sie sich in ein freches John-Travolta-Ensemble geschmissen, weißer Siebziger-Anzug, schwarzes Hemd, überall Schlag, und das obligatorische Goldkettchen fehlt auch bei keinem. Wenn ich mich recht erinnere, sehen die eigentlich immer so aus, und alle drei sind Kiffer und Kokser, je nach Tageszeit und Laune.

Hendrik hat von allen dreien aber das größte Drogenproblem. Bei dem war ich sogar schon mal zu Hause. Irgendwann vor ein paar Wochen, als ich nicht wusste, wohin.

»Meschner, das darfst du jetzt aber keinem erzählen«, sagte Hendrik damals zu mir und zog an seiner Zwei-Meter-Wasserpfeife. Leute wie Hendrik rauchen keine Tüten mehr, höchstens in Gesellschaft.

»Was denn?«, fragte ich ihn.

»Wir bauen unser eigenes Gras an«, sagte er und hustete. »Ganz großer Stil. Bernds Oma hat irgendwo in Wessiland so einen riesigen Bauernhof. Im Keller bauen wir schon an, aber nächstes Jahr, da geht es richtig los: Wir expandieren, ich meine, alles, was wir brauchen, ist Strom, dann wohnen wir da, und am Wochenende fahren wir das Zeug nach Berlin und verticken schön.«

»Klasse Idee«, sagte ich. »Was ihr noch dazu braucht, ist Grips.«

»Wir hören alle mit dem Scheiß auf. Du musst clean sein, wegen der Logistik und Organisation. Meinst du, daran hätten wir nicht gedacht? Wie gesagt, ganz großer Stil.«

»Das wird bestimmt was«, sagte ich.

»Hier, nimm mal 'nen Zug!«, sagte Hendrik und reichte mir die Pfeife.

»Danke«, sagte ich. »Is nich so meins.«

»Komm schon. Das Zeug is absoluter Wahnsinn.«

Hendrik hatte recht: Das Zeug WAR absoluter Wahnsinn! Ich zog einmal an diesem riesigen Marokko-Monster, dann wurde mir schlecht. Ich stand auf, wollte zur Tür (Frische Luft!), bin aber gleich in den Kleiderschrank und dort liegen geblieben, bestimmt so an die zwei Stunden. Dann hat Hendrik Fotos von mir gemacht und bei Facebook hochgeladen.

Meschner im Schrank.

Ich hasse Schränke.

Und ich hasse Hendrik.

»Wo ist denn Steffi?«, fragt mich Vanessa plötzlich.

Ich zucke zusammen.

»Kann sie nich?«

Was für eine bescheuerte Frage. DOCH, sie kann. Mich

verletzen, mich ignorieren, mich alleine kraft ihrer Gedanken zum Heulen bringen. DAS kann sie.

»Wir sind nicht mehr zusammen«, sage ich leise, aber Vanessa hat sich schon umgedreht, weil gerade neue Gäste zur Tür reingekommen sind. Unverkleidet natürlich.

Ich kenne Vanessa seit dem Kindergarten. Wir waren in derselben Grundschule, auf dem gleichen Gymnasium, und auch in der Uni habe ich sie ein paar Mal getroffen. Ist aber schon länger her.

Die letzten Jahre sehen wir uns immer seltener, die Luft zwischen uns ist ein bisschen raus, an unseren Geburtstagen vielleicht mal, die sind beide im Oktober, oder auf einem Klassentreffen.

Scheiße.

Vanessa HAT ja Geburtstag. Heute!

Und ich habe natürlich kein Geschenk dabei.

Ich müsste wenigstens hinterhergehen und ihr gratulieren. Stattdessen hole ich mein iPhone raus und gehe zu Facebook.

Ich habe jetzt 207 Freunde.

Moritz und Simone Mahlschewski sind jetzt Freunde.

Moritz und Iga Gorzycka sind jetzt Freunde.

Moritz und Nathalia Pryck%zxrk§&krtz*!z? sind jetzt Freunde.

Mein selbsterklärtes Ziel ist es, noch in diesem Jahr die Dreihundertermarke zu knacken. André hat diese dunkle Obsession in mir geweckt. Er hat nämlich schon 297 Facebook-Freunde. Um das Ziel zu erreichen, frage ich neue potentielle Freunde mit der verbissenen Hartnäckigkeit eines Hochleistungssportlers an. Das Schöne an dieser Sportart ist, dass man sie bequem und depressiv von zu Hause ausüben kann.

Ich habe sogar zwei Frauen angefragt, die ich überhaupt nicht kenne. Nur weil sie geil aussahen. Ach ja, und Steffis Schwester Nele, die mich schon drei Mal abgelehnt hat. Ich stelle so ziemlich jeder Person nach, die mich meinem Wunsch nach der Dreihundert ein Stückchen näher bringen könnte.

Ich bin ein Bock.

Ein Facebock.

Ich leere mein Bier und gehe wieder in die Küche, um mir ein neues zu besorgen.

Vanessa steht mit einem Typen an der kleinen Bar, der »Nettes Kostüm, Charlie« sagt, als ich reinkomme. Er selbst trägt keins.

»Danke«, sage ich übertrieben freundlich.

»Das ist übrigens mein neuer Freund«, sagt Vanessa.

»Wow«, sage ich und gucke mir den Typen genauer an.

Was für eine Wurst! Da hätte sie ja gleich mit mir zusammen sein können.

Aber mit Vanessa hätte ich es nicht ausgehalten. Nicht in einer Beziehung. Sie ist so ziemlich die anstrengendste Frau, die ich kenne. Eine absolute Oberzicke. Und sie hat mehr Psychoprobleme als ich, das will schon was heißen. Ich habe die nie so richtig mitbekommen, aber ihr Exfreund Timm natürlich. Als er sich nach dem Beziehungsende bei mir ausgeheult hat, da hat er mir ein paar Geschichten über Nessa erzählt. Dass sie ihn nur belogen hat, jahrelang. Und dass sie selbst an diese Lügen geglaubt hat.

»Narzisstische Persönlichkeitsstörung« nennt sich das. Zwanghaftes Lügen. Hat sie wohl aber nur ihm gegenüber gemacht. Wenn ich mich mit ihr getroffen habe, dann ist mir nie was aufgefallen. Gut, ich habe auch nie ein zweites Mal nachgefragt, wenn sie erzählt hat, wo sie war, mit wem, oder ob sie heute gearbeitet hat, das hat mich ja nicht besonders interessiert. Timm schon. Und wenn er die zickende Zeitbombe dann bei einer Lüge ertappt hat, ist sie ausgerastet, hat ihn angeschrieen und sich neue Lügen ausgedacht, um die alten zu untermauern. Für Timm war das natürlich der absolute Alptraum. Und mit ihr drüber reden ging auch nicht, sagte er, sie hat ja dann einfach behauptet, dass ihre Geschichten wahr seien und ihn wieder angeschrieen und ihn einmal sogar geschlagen. Nach zwei Jahren Beziehung war Timm dann nur noch eine leere ausgelutschte Hülle mit grade mal um die sechzig Kilo und lustigen Selbstmordgedanken. Ich glaube, er ist immer noch in Therapie.

Vanessa war übrigens meine erste sexuelle Erfahrung. Mich hat sie allerdings vergessen. Wir waren vier oder fünf Jahre alt und saßen unter einem Tisch, Kindergeburtstag, und da haben wir uns berührt, angefasst, ich könnte das beschwören, aber Nessa erinnert sich angeblich nicht daran. Vielleicht hat sie es auch verdrängt, ich meine, wer will schon seine erste sexuelle Erfahrung mit MIR gemacht haben? *(Einkaufsnotiz an mich selbst: neues Selbstwertgefühl besorgen!)*

Jetzt hat sie also einen neuen Freund. Wie schön für sie.

Er ist wohl Steuerberater, wenn ich das richtig verstehe, trägt ein total hässliches kariertes H&M-Hemd und ist etwas übergewichtig. Das wird sich geben, mein Freund! Da werden noch ein paar Pfunde runtergehen, ganz klar, er ist ja jetzt mit Narzissa zusammen, da hält man sein Gewicht nicht lang, die geistige Gesundheit zu konservieren ist Aufgabe genug.

Nach ein paar Minuten habe ich keine Lust mehr auf den zukünftigen Klapsen-Insassen und gehe zurück ins Wohnzimmer. Mittlerweile sind ein paar mehr Leute da, und einige sind sogar ... verkleidet!

In einer Ecke stehen zum Beispiel zwei Typen im »Star-Trek«-Sternenflotten-Outfit, so »Next-Generation«-Uniformen, eine blaue und eine rote. Die beiden trinken Beck's aus der Flasche und scheinen in ein interessantes Gespräch vertieft. Vermutlich geht es um den Warp-Antrieb. Der Captain, oder wen auch immer der Typ in Rot darstellen will, hat kurzgeschnittene Haare und ist auch ansonsten ziemlich gepflegt, sein Kumpel hingegen ist das genaue Gegenteil. Er hat fettiges, mittellanges Haar und einen Drei- bis Acht-Tage-Bart, und sein Polyesterkostüm spannt merklich im Bauchbereich, tatsächlich hat er eine ganz schöne Wanne, ein echter Trekkie eben.

Ich zünde mir eine Zigarette an und gehe zu den beiden rüber, denn irgendwie sind mir Nerds immer sympathisch. Bis vor kurzem dachte ich ja auch noch, dass ich selbst KEINER wäre.

»Möge die Macht mit euch sein«, sage ich.

Der Captain rollt mit den Augen.

»War nur 'n Scherz«, sage ich. »Ich bin selbst ›Star-Trek‹-Fan.«

Natürlich auch auf Facebook.

»Worüber quatscht ihr denn? Den letzten Film?«

»Nein«, sagt der Dicke. »Über die gefälschte Mondlandung.«

»Ich liebe Verschwörungstheorien«, sage ich. »Glaube da aber irgendwie nicht richtig dran.«

»Das hat mit GLAUBEN nichts zu tun«, fährt mich der Captain an. »Da gibt es genug BEWEISE für.«

»Jaja«, sage ich eine Spur zu arrogant. »Und die Hitler-Tagebücher waren auch echt!«

»Das ist doch was völlig anderes«, nervt der Dicke.

Ich merke, wie eine leise Aggression in mir aufsteigt.

Seit ein paar Wochen leide ich unter Stimmungsschwankungen. Meistens wenn ich was getrunken habe. Also immer.

Vielleicht haben diese Stimmungsschwankungen ja mit Steffi zu tun. Nur vielleicht.

»Ihr Idioten würdet sogar die Jesus-Tagebücher kaufen, wenn's die gäbe«, sage ich sauer und gehe.

Denen hab ich's gezeigt!

So hätte ich mal mit Steffi umspringen sollen, dann hätte sie mich respektiert und geliebt, und wir wären immer noch zusammen!

Ich gehe in den Flur und setze mich auf einen Stuhl. Dann nehme ich mein iPhone und gucke nach, was es Neues gibt.

Moritz Meschner IST ALEX!!!

vor drei Stunden

André Langenfels gefällt das.

André Langenfels Viel Spaß, Chef!

vor 50 Minuten

Danke, Chef, denke ich und nehme einen großen Schluck Bier. Dann lehne ich mich in den Stuhl zurück und atme einmal tief durch.

»Jesus-Tagebücher«, sage ich laut, und plötzlich kichere ich los wie ein Schuljunge, der zum ersten Mal das Wort »Titten« ausspricht. Das ist das einzig Schöne an diesen Stimmungsschwankungen: Manchmal werde ich nach einem Aggro-Tief fast hysterisch gut drauf und muss lachen. Am Ende mündet das aber meist wieder in einen Weinkrampf.

»Jesus-Tagebücher!«

Scheiße, ist das lustig.

Ich starre für ein paar Sekunden auf mein Display. Dann beginne ich wie aus heiterem Himmel mit einigen Notizen:

Arbeitstitel: Die Jesus-Tagebücher

Ideen:
Liebes Tagebuch,
seit gestern höre ich Stimmen. Mutti sagt zwar, das legt sich; ich bin da aber skeptisch.
Irgend so ein Typ in Kamelhaarjacke hat mich nämlich getauft (Das Wasser! – es war bestimmt das Wasser). Jedenfalls: Seit dieser Taufgeschichte höre ich Stimmen, und mir ist auch sonst nicht so, also vom Körpergefühl her. Ich komme auf die seltsamsten Ideen. Möchte mal was ganz Außergewöhnliches machen, was Kreatives. Vielleicht gehe ich vierzig Tage in die Wüste. Vielleicht auch nicht.

Nazareth, 05.02.20 (?)
Wir haben wohl eine neue Zeitrechnung. (Ist irgendwie an mir vorbeigerauscht.) Wer, um Gottes willen, ist denn dafür wieder verantwortlich? (Hatte mich gerade so an den Julianischen Kalender gewöhnt.) Wann wird denn jetzt die Uhr umgestellt? Und was ist mit den römischen Feiertagen? – Jesus!

Galiläa, 32.07.20 (??)
Mit den Jungs fischen gewesen.
Simon bekommt von mir einen neuen Namen. Ich nenne ihn fortan »Petrus«. (Der Name passt auch viel besser zu seinem Haarschnitt.) Andreas war unartig. Ihm gebe ich keinen neuen Namen.
Mit den Frauen klappt es zurzeit nicht so. Kein Wunder: Wir sind zwei Fischer und ein arbeitsloser Zimmermann. (Frauen wollen ja immer gleich 'nen König!)
Vielleicht mache ich mein Abi nach. Die Volkshochschule Genezareth bietet da so Abendkurse an. Allerdings wollen die 30 Silbertaler im Voraus. So viel Geld habe ich nicht. Petrus feixte, da müsse man wohl schon jemanden an die Römer für verraten. Ich konnte darüber gar nicht lachen. (Der Blödmann soll doch am Kreuz verrecken!)

Ich lese mir die Ideen zweimal nacheinander durch und kichere wieder dabei. Gott, ist das lustig! Was, wenn ich einfach eine Schriftstellerkarriere beginne? Schriftsteller kommen SEHR gut bei Frauen an! So wie Schlagzeuger oder Footballspieler. Ja, ich werde Schriftsteller! Und alles wird gut! Steffi wird mich lieben, und Arschfotzenkopf wird sich fragen, was ein Schriftsteller überhaupt ist!

Ich drücke auf »Notiz speichern«, und das Display wird schwarz.

Ich schlucke kurz und wische mit dem Zeigefinger hektisch über das Touchpad.

Nichts.

Ich versuche das iPhone neu zu starten.

Geht nicht.

Ich brauche nicht darüber nachzudenken, ob mein kack iPhone das jetzt gespeichert hat oder nicht. Natürlich nicht. Ich WEISS es! Und das nur, weil ich Gottes Sohn ein bisschen dissen wollte?! Wär doch lustig gewesen! Oder lacht Gott nicht?! Oder ist Gott TATSÄCHLICH eine Frau?! Fuck!

Ich hasse Gott.

Und sie hasst mich.

»Na, du«, sagt plötzlich eine weibliche Stimme über mir.

Für einen Moment glaube ich, dass das Gott ist. Wahrscheinlich um mir mitzuteilen, dass Steffi grad 'nen Dreier hat.

Als ich nach oben schaue, erkenne ich Daniela sofort, obwohl sie irgendwie generalüberholt und runderneuert scheint. Sie muss mindestens fünfzehn Kilo abgenommen haben.

»Dani!«, sage ich. »Gut siehst du aus!«

Das letzte Mal habe ich Daniela vor etwa einem Jahr auf der Straße getroffen. Da sah sie noch aus wie ein Panzer. Schwer und angriffslustig. Ihr Gesicht war so aschfahl wie das ihres zehn Jahre älteren Mannes, dem auch eine Blutinfusion nicht mehr geholfen hätte, graue Haare, weiße Haut, ein richtiger Zombie und auch ansonsten wenig lebensfroh, irgendwas mit Versicherungen, glaube ich.

Daniela hat früh geheiratet, mit Anfang zwanzig, sie war sich ganz sicher, dass das halten würde. An besagtem Tag auf der Straße gingen die beiden allerdings schon in gehörigem Abstand nebeneinander her, und Händchen gehalten haben sie auch nicht mehr.

»Was eine Trennung so alles ausmachen kann«, sagt sie und lächelt mich an.

In der Tat, denke ich, sie hat sich ganz schön gemacht.

Und früher in der Schule hat sie ja auch noch nicht ausgesehen wie ein Panzer. Das kam erst später, mit den Schokoriegeln und ihrem Job im Öffentlichen Dienst.

Daniela hat sich die Haare abgeschnitten. Noch so ein Trennungs-Phänomen. Man möchte, nein, man MUSS sich einfach verändern! Frauen mit langen Haaren schneiden sich die ab. Was kurzhaarige Frauen und Skinhead-Mädels tun, weiß ich nicht, vielleicht verbrennen sie etwas beziehungsweise jemanden.

Ich selbst habe mich nach der Trennung von Steffi eigentlich gar nicht groß verändert. Außer dass ich zehn Kilo abgenommen, dunkle Ringe unter den Augen und ständig Sodbrennen vom Billigwein habe. Ich bezweifle, dass Steffi diese Änderungen gefallen würden.

Dani trägt ihr Haar jetzt mittellang, und mit roter Henna-Tönung ist es zum Glück auch vorbei. Das ist wohl ihre Naturhaarfarbe, dunkel, nicht ganz schwarz, aber fast, ein bisschen sieht sie aus wie Kate Beckinsale in »Underworld«, nur hat sie leider kein so enges Lederoutfit an.

»Du bist ja gar nicht verkleidet.«

»Vanessa hat mir nichts davon gesagt.«

»Jaja, die Nessa«, sage ich und meine »Blöde Fotze«.

»Schönes Kostüm«, sagt sie. »Ich bin mit Janine hier. Komm doch mit!«

»Okay«, sage ich und stehe auf.

Im gleichen Moment ruft irgendein Typ »Hey, Charlie, dein Schuh ist offen!«.

»Wer ist Charlie?«, fragt Daniela. »Bist du nicht einer von den Blues Brothers?«

In Daniela bin ich ziemlich verknallt gewesen, damals in der Siebten.

Sie hat in der Reihe vor mir gesessen, neben Janine, und sie hatte zu jener Zeit ein äußerst bizarres Hobby, nämlich das Sammeln von Blei- und Buntstiftabfällen, all den Müll, den man für gewöhnlich nach dem Anspitzen eines Stiftes in den Papierkorb zu werfen pflegt. Dani aber hat sich den in Klarsicht-Tüten abgefüllt und mit zu sich nach Hause genommen, ich habe bis heute keine Ahnung, warum.

Trotz oder vielleicht auch gerade wegen dieser verrückten Sache, ging sie mir nach ein paar Wochen Oberschule nicht mehr aus dem Kopf. Ich war plötzlich schrecklich verliebt in sie und habe von da an immer nur an sie gedacht. Und irgendwann bin ich auf die Idee gekommen, mir ein Skateboard zu kaufen. Skateboards waren zu der Zeit ziemlich »in«. Und der Begriff »in« auch. Jedenfalls wollte ich Daniela unbedingt beeindrucken, denn sie hatte damals so einen Freundeskreis, der weitaus älter als sie und weitaus cooler als ich war. Das waren so Ted- oder Billy-Typen, die Bands wie The Clash und die Meteors hörten: Elvis-Tolle, Lederjacken, Ringe an den Fingern. Ich trug zu dieser Zeit noch sogenannte »Garnituren«, Unterwäsche-Absurditäten aus dem noblen Hause C&A, mit dem kleinen Palomino-Pferdchen auf dem Etikett. Also musste ich mir etwas einfallen lassen. Allerdings kam die Sache mit dem Skateboard irgendwie nicht so richtig an.

Nach etwa vier Wochen härtester Auseinandersetzung mit diesem rollenden Mistding beherrschte ich einen einzigen Trick, und den dann auch noch eher schlecht als recht: Man nehme den vorderen Fuß während der Fahrt vom Brett und drücke selbiges mit hinterem Fuß nach unten, das Ganze selbstverständlich in angemessenem Fahrttempo, also bei etwa achtzig Stundenkilometern. Das Skateboard schnellt in die Höhe, und man kann es im Flug an der vorderen Achse greifen. The Artist (formerly known as »Palomino-Prince«) hält seinen teuflischen kleinen Diener nun lässig in einer Hand, er selbst mit beiden Füßen wieder fest auf dem Boden stehend, triumphierend über die Gesetze der Trägheit, lachend gegen die Gefahren der Straße – so weit zumindest die Theorie.

An einem warmen Junimorgen brettert der kleine Moritz also durch das Schultor auf den Hof (die drei Kilometer zur Schule hat er selbstverständlich mit der U-Bahn zurückgelegt), erblickt seine Angebetete und legt sich, nach ordnungsgemäßer Durchführung oben genannter Anleitungspunkte in der richtigen Reihenfolge, fröhlich auf den Rücken, sehr zur Belustigung der gleichaltrigen Mit-Monster, während sein kleiner rollender Gefährte mit unverminderter Geschwindigkeit weiter über den Asphalt klappert.

Mein ganzes Leben zog in diesem Moment an mir vorbei: ein verlorenes Tischtennismatch, ein frecher Junge im Kindergarten, eine Schublade voll Unterwäsche-Garnituren.

Alle haben sie über mich gelacht, wie ich da auf dem Schulhofboden wie eine Schildkröte auf dem Rücken lag. Alle.

Ein paar Wochen später habe ich mir eine Meteors-Platte gekauft, die ich aber ziemlich schrecklich fand.

Und damit war das Kapitel Daniela dann auch beendet.

Jedenfalls für sie.

Im Wohnzimmer treffen wir Janine.

»Hi«, sage ich. »Lange nicht gesehen.«

Ich gebe ihr einen Kuss auf die Wange.

»Wie geht's dir, Moritz?«, fragt Janine sofort.

»Wieso?«, frage ich zurück.

»Ich hab gehört, du bist nicht mehr mit Steffi zusammen.«

»Das ist richtig«, sage ich nach einer kurzen Pause.

»Oh«, sagt sie, »das tut mir leid.«

Ich greife ein mir unbekanntes Glas mit mir ebenso unbekanntem Inhalt vom Tisch und trinke es auf ex.

»Sag mal, studierst du eigentlich immer noch?«, fragt Janine, wahrscheinlich um vom Thema Steffi abzulenken. Trotzdem bleibt ihr Blick sehr mitleidig.

»Nein«, lüge ich. »Ich arbeite in einer Werbeagentur.«

»Echt?«, fragt Janine verblüfft. »In welcher denn?«

»Ist das da hinten nicht Marco?«, sage ich schnell. »Der da mit dem Vampir-Gebiss!«

»Kann sein«, sagt Janine ohne irgendein erkennbares Gefühl in der Stimme. »Wir sind schon lange nicht mehr zusammen.«

»Oh«, sage ich, »das tut mir leid.«

»Das muss es nicht«, antwortet sie.

Ich hasse Frauen.

Sie war doch bestimmt mindestens zehn Jahre mit Marco zusammen! Und jetzt ist ihr das EGAL?! Wie geht denn SO WAS?!

Gut, Marco ist jetzt auch kein wirkliches Premium-Produkt.

Wir haben ihm in der Schule den Spitznamen »Argo« gegeben, nach der *Argo Merchant*, dem katastrophenträchtigsten Schiff, das jemals gebaut wurde. Unser Biologielehrer hat uns damals die Geschichte von diesem seltsamen Unglücksdampfer erzählt. Das Schiff zog das Pech an wie ein Magnet. So wie Marco. Auf der Fahrt von Amerika nach Japan stieß die *Argo Merchant* einmal mit einem anderen Frachter zusammen, fing dreimal Feuer und musste immer wieder einen Hafen anlaufen, weil die Maschine ihren Geist aufgegeben hatte. Dann hat die Besatzung gemeutert, und ein Jahr später lief das Schiff vor Borneo auf Grund. Das wiederholte sich in den nächsten fünf Jahren dreimal. Zuletzt löste das Schiff vor der Küste Nordamerikas eine ziemlich grässliche Ölpest aus, bis es schließlich endgültig auf Grund lief.

Marco hat sich in sieben Jahren Oberschule dreimal den Arm gebrochen (im Übrigen immer denselben), ist einmal die Treppe runtergefallen und ein andermal gegen eine Vitrine gelaufen. Darüber hinaus hat er sich bei einem Chemie-Experiment die Haare am Bunsenbrenner entzündet und wäre beinahe mal an einem verschluckten Kaugummi erstickt. Außerdem bekommt er so langsam eine Glatze.

Ich glaube ja, dass Pech etwas Ansteckendes ist, so wie Grippe. Janine hingegen hält das für pure Spinnerei, sie behauptet immer, sie sei mit ihrem Leben total glücklich gewesen, auch in den sieben Jahren mit Marco. Allerdings arbeitet sie seit ihrem Uni-Abschluss im Wintergarten-Varieté und serviert Getränke und Knabberkram, nichts mit Psychologie oder was auch immer sie studiert hat. Ich für meinen Teil habe zumindest immer sehr sorgfältig darauf geachtet, dass »Argo« mich nicht berührt, und dass ich ihn ebenso nicht anfasse. Das hat die letzten Jahre auch ganz gut geklappt. Ich bin bei so was scheiß abergläubisch. Einmal habe ich beim obligatorischen Silvester-Bleigießen ein kleines Schwert von meinem Löffel gekratzt und war daraufhin der Meinung, dass mich jemand abstechen würde, also bin ich gar nicht mehr mit auf die eigentliche Party gegangen, von der mir jeder danach erzählt hat, dass das wohl die coolste Party aller Zeiten gewesen sei. Erst später ist mir aufgefallen, dass die meisten Gegenstände beim Bleigießen wie kleine Schwerter aussehen.

Egal.

Solche Partyspiele mache ich jedenfalls nicht mehr mit.

»Hey, Moritz!«

Eine Hand legt sich auf meine Schulter. Ich drehe mich um und blicke in die Augen von »Argo«.

»Alles klar?«, fragt er. »Du siehst nicht gut aus.«

Ich hoffe sehr, dass sich hier jemand als Schornsteinfeger verkleidet hat. Oder als vierblättriges Kleeblatt.

Es gibt Tage, an denen Alkohol nicht richtig wirkt.

Bei mir wirkt er vor allem deswegen nicht, weil ich seit Wochen täglich trinke.

Vorhin hatte ich ein bisschen Angst davor, dass das heute so ein Tag sein würde. Zum Glück stellt sich ein paar Stunden später heraus, dass dem nicht so ist. Im Gegenteil. Ich bin raketenvoll und sitze mit Daniela auf einem Sofa im Wohnzimmer, eigentlich liegen wir mehr in diesem Sofa, es sind nicht mehr allzu viele Leute da, auch Janine ist vor einer halben Stunde gegangen (seltsamerweise mit Marco), jetzt läuft ABBA, und Vanessa und Hendrik tanzen; sie mitten im Zimmer und Hendrik vor einem Spiegel.

Ich habe meinen Hut abgenommen und werfe ihn auf die Tanzfläche, die blöde Melone, denke ich, die hat mich zwölf Euro gekostet, wirklich rentiert hat sie sich nicht.

»Warum isses denn ausnnandergegangen?«, frage ich Daniela.

»Der Sex«, antwortet Daniela nach einer kurzen Pause. »Ich hatte einfach mal wieder Lust auf richtig guten Sex.«

Sie nimmt einen Zug von ihrer Zigarette und schaut mich an.

Solche subtilen Anspielungen verstehe ich natürlich sofort. Statt sie aber zu küssen, greife ich nach meiner Flasche Bier, die zwischen meinen Beinen steht, und dann sage ich »Ja, das kenn ich«, obwohl ich eigentlich gar nicht so genau weiß, wovon sie spricht.

Wie kann man denn in einer Beziehung KEINEN guten Sex haben? Man liebt sich doch! Da muss der Sex doch automatisch gut sein.

Steffi und ich, wir hatten jedenfalls IMMER guten Sex!

Okay, bis auf das letzte Mal.

Und das davor.

Und das eine Mal, als sie währenddessen plötzlich aufstehen und sich übergeben musste, weil sie ihre Tage hatte. Und die paar Mal, als ich nach Partys oder Clubabenden keinen mehr hochbekommen habe. Und die paar hundert Mal, als sie irgendwie keinen richtigen Bock auf mich hatte.

»Oh ja«, sagt Daniela und guckt mich an. »Mal wieder richtig guten Sex!«

»Ich hab Nessa ja noch gar nich zum Gebotsta gratuliert!«, sage ich schnell, stehe auf und gehe zu ihr rüber, genauer: torkle auf sie zu, und Vanessa, die guckt mich auch gleich so an, als sei ich Charles Bukowski höchstpersönlich (Der unbekannte Bukowski, versteht sich).

»Na, meine Zuckerstange«, lalle ich. »Ich wollt doch mal gralutieren, na, hier, Dings, zum dein Geburtstag!«

Ihr komischer Freund, der die letzten zwei Stunden auf einem Stuhl am Fenster gesessen hat, wirft mir einen strengen Blick zu, der wohl »Finger weg von meiner Freundin« bedeuten soll.

Hallo?! Ich kenne diese Frau seit sechsundzwanzig Jahren! Da darf ich mich doch wohl mal nett mit ihr unterhalten. Finde ich.

Findet er nicht.

Die H&M-Wanne erhebt sich, wie aus einer mehrstündigen Trance erwachend, und baut sich demonstrativ vor mir auf.

»Ich kann es nicht leiden, wenn jemand meine Freundin anflirtet«, sagt er, und das Wort ›Freundin‹ betont er dabei ganz besonders. »Und wenn dir das nicht in die Birne geht, dann wird der Johann dich mal vor die Tür setzen müssen!«

Wer zum Teufel ist Johann?

Ich stelle mir einen zwei Meter großen Bodybuilder mit guten Manieren vor (»Sir, mit Verlaub, ich müsste Ihnen dann jetzt den Arsch aufreißen!« – »Gerne, Johann!«), glaube dann aber doch zu wissen, von wem er spricht. Die Wurst in der H&M-Pelle, ER SELBST, das ist Johann! Mit seiner Freundin tanzen, flirten, reden, das darf man nicht, mag er nicht, will er nicht.

»Hey, nu blei ma logga. Ich wollt Nessa nur drücken.«

»Drücken is nich!«, sagt er doch tatsächlich zu mir. »Am besten, du VERdrückst dich! Du bist sowieso schon ganz schön voll!«

So, das wäre dann jetzt wohl wieder mal der geeignete Zeitpunkt für eine Heulattacke. Stattdessen drehe ich mich um und gehe in die Küche. Nach etwa fünf Minuten und zwei schnellen Beck's stelle ich fest, dass ich dort alleine bin.

Außerdem starre ich auf eine Wand.

Steffi hatte in ihrer Wohnung auch Wände.

Nach weiteren fünf Minuten traue ich mich dann doch wieder zurück ins Wohnzimmer, weil ich gucken will, was mit Dani ist. Vielleicht fick ich sie ja heute noch. Sie hat mich zumindest schon angebaggert. Glaube ich.

Als ich reinkomme, ist Daniela nicht mehr da, und Vanessa sitzt knutschend mit Johann im Sessel.

Ich gehe in den Flur und schaue dort nach Daniela.

Nichts.

Dabei ist die Wohnung ja SO groß auch nicht! Und es sind nur noch ein paar Leute da.

Doch Daniela ist nicht aufzufinden.

Vielleicht ist sie auf dem Klo.

In meinem besoffenen Kopf sehe ich Daniela plötzlich mit einem Typen.

Für so was habe ich ein Gespür, ich weiß immer, was los ist, ich wusste sogar damals im Kino schon, wie der Film »The Sixth Sense« ausgeht, und da waren gerade mal ein paar Minuten vergangen. Ich wusste sofort, dass der Typ tot ist, nein, Moment, doch nicht ganz richtig, eigentlich dachte ich, dass der kleine Psycho-Junge tot ist, so ein Schwachsinn, egal, zumindest weiß ich noch, wie das Kind in Wirklichkeit hieß, also der Schauspieler, der hieß Lee Harvey Oswald, ist ja auch egal, der Film war sowieso Scheiße, jedenfalls: Ich WEISS plötzlich, dass Daniela mit einem Typen auf dem Klo ist, und dass die beiden schön am Rummachen sind!

Trotzdem öffne ich die Tür, sie ist nicht abgeschlossen, und Dani, die kniet da vor Hendrik und hat seinen Schwanz im Mund.

»Ach nee«, sage ich. »Jetz nich so was.«

»Mi casa su casa«, sagt Hendrik, und Daniela, die sagt gar nichts, sondern macht fröhlich weiter, sie ist voll drauf und bemerkt mich nicht mal.

Oder vielleicht ja doch.

Ich nehme eine Jacke vom Kleiderständer, von der ich vermute, dass sie mir gehört, obwohl ich mir im Moment nicht mal darüber im Klaren bin, ob ich überhaupt mit Jacke gekommen bin, und ich reiße die Wohnungstür auf.

Unten auf der Straße sagt jemand: »Charlie, warum gehst du schon?«

Ich glaube, es ist Sali.

Ich antworte nicht.

»So eine blöde Schlampe«, sage ich laut, und auf einmal, ganz plötzlich, schießen mir Tränen in die Augen.

»So eine blöde Schlampe! Schlampe, Schlampe, Schlampe!«

Hört denn dieses Gefühl NIE auf?

Ich gehe über einen Platz, auf dem irgendwelche Typen irgendwas verkaufen.

»So eine dumme Schlampe!«

Einer von den Typen sagt etwas zu mir, aber ich verstehe es nicht mehr.

»STEFFI, DU DUMME SCHLAMPE!«, brülle ich.

Richtig, richtig Horrorshow.

5 Inter arma enim silent leges

Moritz Meschner MUSS sein Leben ändern!
vor 20 Minuten
Meinem Leben und Meiner Leber gefällt das.

Sparkasse Berlin Was? Jetzt also doch Kredi? ;-)
vor 3 Minuten

Ich habe heute eine SMS bekommen. Von Steffi.

Irgendwann in der Nacht muss ich mein iPhone wohl wieder in Gang bekommen haben. Jedenfalls döngelte es vorhin kurz, und da war die SMS dann plötzlich da. Ich dachte zuerst, ich träume. Eine SMS. Von IHR! Was kann sie mir denn bitte schreiben? Was kann sie nur wollen? Was, wenn ich wirklich nur träume?

Als ich die SMS öffnete und den Wortlaut las, habe ich mir sofort gewünscht, dass ich nur träume.

Solltest du mir noch mal um diese uhrzeit so eine sms schicken, dann schalte ich den anwalt ein!

Das war's.

Sonst nix.

Ich lese die SMS bereits zum zehnten Mal, und mein Herz schlägt mir bis zum Hals. Ich … werde doch wohl nicht …

Doch, natürlich.

Ich scrolle den SMS-Verlauf meines iPhones etwas nach oben und finde eine Nachricht mit »5 Uhr 12« als Absendezeit. Sie ging an Steffi.

Undeutliche Bilder steigen in mir auf: eine Taxifahrt, die Tankstelle, Biere, Biere, Biere, und dann ich, wie ich mit dem iPhone auf meiner Couch sitze und mir ein Auge zuhalten muss, weil ich die kleinen Zeichen und Buchstaben auf dem Display nicht mehr erkenne.

»Den Anwalt einschalten«.

Mir wird heiß. Ich ... habe doch wohl nicht ...

Dochdoch.

Ich lese meine Nachricht an Steffi:

Es gibt dinger, die kann man nicht einfach so loswerden. Dinge, wie, die große liebe zum beispil, aber dich (! Kann ich auf jeden fall loswerden, so eine schlampe, die sich von jeden fickern lässt, du bist so eine schlampe. Ich liebe dich! Wirklich, das kannst du nicht abstellen, zu du lliebst mich auch noch. Dreckschlampe! Vergessen du wirst das niemals!

Verdammt. Hatten wir das nicht schon mal?!

Ich kann doch nicht WIEDER so etwas geschrieben haben! Wer bin ich denn? Der junge Werther mit Tourette-Syndrom? Yoda in WIRKLICH sprachbehindert?! *Vergessen du wirst das niemals, junge Skywalker! Eine einstweilige Verfügung, die es untersagt mir, mich dir auf mehr als achtzig Meter zu nähern, erwirken du musst!*

Mein Leben dreht sich scheinbar im Kreis. Und meine Tage enden immer und immer wieder in der gleichen Katastrophe. Einer Katastrophe namens Steffi.

Ich muss etwas ändern. Dringend.

Die Frage ist nur, was.

Ich füttere die Fische in meinem Facebook-Aquarium und putze die virtuelle Glasscheibe dann mit einer kleinen virtuellen rosafarbenen Comicbürste. Das gibt Erfahrungspunkte, und bei einer bestimmten Anzahl an Punkten levelt man auf. Schade, dass das echte Leben nicht so einfach ist. Statt Erfahrungspunkte zu sammeln und charakterlich aufzuleveln, mache ich immer wieder die gleichen Fehler.

Ich kaufe mir ein paar neue Fische. Sie sind gelb und ekelhaft niedlich.

Meine Farm, mein Restaurant, das Café und meine Insel habe ich in den letzten Tagen stark vernachlässigt. Und mein Pet dürfte wohl auch schon jämmerlich verendet sein.

Ich setze mich auf mein Bett und mache den Fernseher an. Dann lese ich noch mal die SMS von Steffi und kriege einen roten Kopf.

Im Fernsehen bleibe ich bei irgendeiner BBC-Reportage hängen, in der ein Schimpanse mit einem Stock ein Gummibärchen aus einer festgeschraubten Glasröhre fummeln muss. Er macht das ziemlich gut. Und als er beim nächsten Versuch das Gummibärchen versehentlich mit seinem Stock in einer Vertiefung versenkt und nicht mehr rankommt, da hebt er einfach einen Schraubenzieher vom Boden auf, schraubt die ganze Versuchsanordnung auseinander, nimmt die Glasröhre in Hände und Füße und schüttelt so lange, bis das Gummibärchen rausfällt und er es vom Boden aufheben kann.

Ich scheitere schon bei dem Versuch, den »Sylter Heringstopf« von ALDI zu öffnen.

Als ich die Plastikfolie abziehen will, reiße ich nur die kleine Lasche ab und halte sie in der Hand. Wow. Ich bin dümmer als ein Affe. Und wirke auf Frauen deutlich weniger anziehend.

Egal, ich kriege im Moment sowieso nichts runter.

Ich stehe auf, zünde mir eine Zigarette an und gehe zum Spiegel. Darin blickt mich das Gesicht von Spongebob an. Mann, seh ich kacke aus. Meine Haare stehen wirr vom Kopf ab, meine Haut ist porös und hat die Farbe von Käsekuchen, und mein linkes Auge ist mit schwarzer Schminke verschmiert. Verheult regelrecht.

Ja, es muss sich unbedingt etwas ändern!

Ich gehe an meinen Rechner und gebe »Karateschule Berlin« bei Google ein.

Ich wollte schon immer Karate machen. Frauen stehen darauf, wenn ein Mann die Kunst des Kampfsports beherrscht. Und sie stehen natürlich auf Muskeln. Vielleicht sollte ich mich doch besser in einem Fitnessstudio anmelden und mal pumpen gehen. Und so breit und männlich werden wie Arschfotzenkopf. Ich gebe »Fitnessstudio Berlin« bei Google ein.

Oder ich mache einen Pilotenschein! Und bekämpfe meine Flugangst.

Ich gebe »Flugschule Berlin« ein und starre einen Moment lang auf den Monitor. Dann schreibe ich youporn.com in die Adresszeile und suche dort nach »blonde«.

Ja, es geht bergauf!

Nach einer kopfmassierten kleinen Weile nehme ich noch mal mein iPhone und schaue mir meine gesendete Nachricht von heute früh an.

Für gewöhnlich schreibe ich weder solche SMS noch

solche Mails oder Facebook-Nachrichten an jemanden. Nur an Steffi.

Obwohl.

Vielleicht habe ich es auch MAL bei irgendeiner anderen Exfreundin gemacht, als Schluss war.

Obwohl.

Bei meinen ersten Freundinnen hatte ich noch gar kein Handy. Und Internet auch nicht.

Ich glaube, da habe ich dann besoffene Nachrichten auf dem AB hinterlassen. Ganz früher gerne auch mal auf dem AB der Eltern.

Ich bin übrigens mit allen Exfreundinnen bei Facebook befreundet. Ist auch keine große Kunst, es waren nur vier. Vor Steffi.

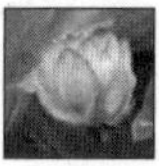
Anne Radtke war die erste.
vor etwa 14 Jahren

Moritz Meschner Mann, wenn ich heute an uns denke! Ich war krass verliebt in Dich. Ich glaube, wir waren fast zwei Jahre zusammen, von der Neunten bis zur Elften. Du warst mein erster Kuss, mein erster Sex, mein erstes wirklich gebrochenes Herz! Als wir uns vor ein paar Jahren mal wieder getroffen haben, ist mir erst aufgefallen, was Verliebtheit im Kopf so alles anrichten kann. Gott, bist Du nämlich hässlich! Ich kann gar nicht glauben, dass ich Dich mal RICHTIG attraktiv fand!!! Und wäre ich nicht manisch auf der Suche nach Facebook-Freunden, hätte ich Dich niemals geaddet!

 **Diane Friedrich** kam danach.
vor etwa 11 Jahren

 **Moritz Meschner** Ganze vier Jahre waren wir ein Paar. Die längste Zeit, die es je eine Frau mit mir ausgehalten hat. Die letzten zwei Jahre unserer Beziehung hätten wir uns allerdings sowieso schenken können. Da warst Du ja eigentlich schon in Max verknallt. Ich bin froh darüber, dass Du ihn nach gerade mal einem Jahr direkt wieder abserviert hast! Denn sonst wären Max und ich niemals mehr beste Freunde geworden! Aber wir SIND es!!! HA! Denk mal DARÜBER nach, kleine Didi! Ach, Du hast mir sowieso nie was bedeutet.

 **Miriam Panella** war die dritte Liebe, die den armen kleinen Moritz verlassen und sogar aus der ersten gemeinsamen Wohnung rausgeschmissen hat!
vor etwa 6 Jahren

 **Moritz Meschner** Panne, Panella, oder was is mit Dir??? Wir waren doch glücklich! Dachte ich. Wie konntest Du mir das nur antun?! Und danach auch noch das Schloss auswechseln, nur weil ich ein paar Mal nachts gucken wollte, ob mein Schlüssel noch passt! Und ich durfte mit Mitte zwanzig wieder bei meinen Eltern wohnen! MEINEN ELTERN! Die

mir im täglichen Wechsel an den Kopf geworfen haben, was für ein Versager ich doch wäre, und dass ICH daran schuld gewesen wäre, dass es zwischen uns beiden nicht geklappt hat! Das war so ziemlich die mieseste Zeit meines Lebens! ... Halt, falsch: JETZT ist glücklicherweise die mieseste Zeit meines Lebens. Das kannst Du UNMÖGLICH toppen!
Na, da guckste, wa?!

Antje Vogel steht hier eigentlich nur, damit es nicht so leer aussieht.
vor etwa 4 Jahren

Moritz Meschner Ich weiß, du warst eher eine Affäre. Jedenfalls behauptest DU das bis heute! Drei Monate hat es nur gedauert, bis Du herausgefunden hast, was für ein Napfkuchen ich bin. Respekt!

Und dann kam Steffi.

Und ich schreibe die krassesten und beleidigendsten SMS und Nachrichten, die man sich so vorstellen kann.

Würde ich ja gar nicht machen, wenn du mich wenigstens EINMAL sehen wollen würdest! Wenn wir uns EINMAL an einen Tisch setzen und über alles reden könnten! Es gibt doch Regeln! So wie die Genfer Kriegskonventionen! An die sich BEIDE Parteien halten müssen! Aber das willst du nicht. Und da kann ich dann auch nichts machen. Wenn DU dich nicht an die Konventionen hältst, dann ICH eben auch nicht. Also musst du mit solchen SMS leben.

Unter den Waffen schweigen die Gesetze.

Cicero und allen Star-Trek-Fans, die wissen, aus welcher DS9-Folge dieses Zitat stammt gefällt das.

Plötzlich klingelt es an meiner Wohnungstür.

Das ist nicht gut!

Ich habe nämlich gar nichts bestellt. Es kann also unmöglich der Paketbote sein!

Wer zur Hölle will an einem Samstagvormittag was von mir? Egal wer, hier kommt keiner rein! Vor allem deswegen nicht, weil die Wohnung schon wieder aussieht wie Nachkriegsdeutschland.

Es klingelt erneut.

Gar nicht gut!

Ich hocke mich auf den Boden und halte die Luft an.

Es klingelt ein drittes Mal.

Söööööt.

Der Ton ist durchdringend böse und hirnzerfressend.

Söööööööööt!

Es gibt doch so viele Wohnungstüren auf der Welt! Warum muss denn ausgerechnet jemand an MEINER klingeln?!

Sööööööööööööööt!

Ich schließe meine Augen und fange an zu beten.

Bitte, Gott, wenn du machst, dass das aufhört, dann trinke ich nie wieder … äh … Alkohol! Ich verspreche es! Ich SCHWÖRE es! WIRKLICH!

Unwahrscheinlich, dass Gott mir das abkauft. Da könnte ja gleich Tine Wittler versprechen, sie würde ab sofort das dritte Frühstück ausfallen lassen. Trotzdem ist es mit einem Mal still. Vielleicht doch ein Indikator dafür, dass Gott eine Frau ist. Auf große Versprechungen stehen Frauen nämlich.

Tja, Baby, ausgetrickst, denke ich.

Oder auch nicht. Denn jetzt klingelt stattdessen mein iPhone. Es ist meine Mutter.

»Hallo, Mama«, sage ich mit einer zuckersüßen Einzelkindstimme, die ich selbst in der jetzigen Phase meines Lebens sofort abrufen kann.

»Wo bist du denn?«, raunt es in der Leitung. »Wir stehen hier unten vor deiner Tür.«

Ganz toll, Gott!

»Wir sind jetzt verabredet, Moritz, das hast du doch nicht vergessen?«

»Nein? ... Habe ich nicht?«

»Wo BIST du denn?«

»Äh ... unter der Dusche?«

»Wir wollten doch jetzt zu Möbel Höffner. Wegen deinem Geschenk. Und Papa muss mal kurz hoch auf Toilette. Er hat vorhin ganz viel Tee getrunken.«

Natürlich.

Gott WILL es einfach nicht gut sein lassen!

Es ist ja nicht so, dass ich etwas gegen Religion hätte. Immerhin hat sie uns so wundervolle Dinge wie die CSU, die Hexenverbrennung und so ziemlich jeden Krieg seit der Erfindung des Faustkeils beschert. Es fällt mir nur schwer, daran zu glauben, dass es ein Paradies gibt, wenn Gott mir schon hier unten das Leben zur Hölle macht. Aber selbst WENN es eins gibt, dann erwarten mich da doch dieselben stumpfen Durchschnittsmenschen, die mir täglich auf der Straße, in der U-Bahn oder an der Supermarktkasse auf die Eier gehen. Diese ganzen Pauschal-Hotel-Urlauber eben. Und es muss ziemlich ätzend sein, wenn man morgens in den Garten Eden kommt und auf allen Sonnenstühlen und Hollywoodschaukeln schon Handtücher liegen.

»Ich bin gleich da«, sage ich, als hätte ich meine Mutter gar nicht verstanden und lege auf.

Dann renne ich aufs Klo und wische mir mit kaltem Wasser die Schminke und die Rest-Alk-Falten aus der Fresse, ziehe ein Cap auf und stürme die Treppen runter, während mein iPhone wieder fröhlich vor sich hin klingelt.

Unten reiße ich die Tür auf und umarme meine Mutter.

»Soooo, da bin ich dann auch schon, und jetzt nichts wie los, ich freu mich wirklich sehr, dass wir uns mal wieder sehen, ach, da hinten steht ja das Auto, und Papa sitzt auch drin, na, dann lass uns mal, Mann, freu ich mich, komm, Mama, komm, komm, Möbel Höffner haste gesagt, super, ich freu mich, stimmt, nächste Woche hab ich ja Geburtstag, komm, Mama, komm, aber is wirklich schön, euch mal wieder zu sehen, wie geht's denn, nu komm, Mama!«

»Aber Papa muss doch mal.«

»Jaja, is doch nur 'ne halbe Stunde Fahrt bis zu Höffi, das wird er ja wohl, ach, warst du beim Friseur, nu komm, keine Müdigkeit vorschützen, wir wollen ja heute noch nach meinem Geschenk gucken, was war es denn noch mal, komm doch jetzt.«

»Wir wollten dir ein Spiegelschränkchen für dein Badezimmer kaufen.«

»Spiegelschränkchen, toll, ich freu mich, komm mal jetzt, Spiegelschränkchen, brauch ich, das Licht im Bad geht ja nicht, und aus der Wand guckt nur noch die Elektrik raus, was ihr euch alles einfallen lasst, Mann, toll, ich freu mich so, komm mal, guck, der liebe Sohn, der macht dir sogar die Autotür auf, ist doch toll, ich freu mich, ich setz mich nach hinten, fahr doch mal los, Papa.«

Mein Vater dreht sich zu mir um und sagt: »Ich muss mal. Ich hab ganz viel Tee getrunken.«

»Ach, Dietmar«, nölt meine Mutter ihn plötzlich an. »Ist doch nicht weit bis zu Höffi. Stell dich mal nicht so an.«

»Aber ich …«

»Warst du beim Friseur, Papa?«, unterbreche ich ihn fieberhaft. »Steht dir gut, die Frisur.«

Sage ich und starre auf seine Glatze.

Eine Dreiviertelstunde später sitzen Mama und ich im Höffner-Restaurant »Kochmütze« und warten auf meinen Vater, der seit ein paar Minuten auf dem Klo ist. Ich stochere lustlos in meinem Gartensalat herum, während meine Mutter behutsam ein Stück Erdbeertorte auf ihrem Teller zerteilt.

»Du siehst nicht gut aus, Junge. Bist du krank?«

»Nein, Mama«, beruhige ich sie. »Alles in Ordnung.«

»Ist es wegen Steffi?«, fragt sie mich.

»Nein … is … wirklich alles okay.«

Glücklicherweise kommt genau in diesem Augenblick mein Vater und setzt sich zu uns an den Tisch.

»So, jetzt bin ich aber erleichtert«, sagt er.

Ich auch.

»Marianne, hast du denn an meine Bockwurst gedacht?«

»Liegt doch vor dir.«

»Ach ja«, sagt er und beißt herzhaft in einen dicken Pornoprügel, dem sofort ein ekelhaftes »Knack« entweicht.

Ich kann nichts essen. Aber einen Wodka O würde ich runterbekommen.

»Wie geht's dir denn, Junge?«, fragt Papa mich mit seiner Senfschnute. »Du siehst nicht gut aus.«

Wenn ich ihm sagen würde, wie es mir geht, würde er es gar nicht verstehen. Liebeskummer ist meinem Vater so fremd wie Johannes B. Kerner journalistisch anspruchsvolle Fragen. Ich glaube nicht, dass mein Vater jemals an gebrochenem Herzen gelitten hat. Er ist ja auch schon seit fast fünfunddreißig Jahren verheiratet. Und seine Standard-Antwort kenne ich sowieso: »Andere Mütter haben auch schöne Töchter«. Diese hohle Phrase drischt er gerne mal.

»Mir geht's gut, Papa.«

»Na, dann.«

Er schiebt sich den letzten Wurstzipfel in den Mund und spült mit einem ordentlichen Schluck rotem Tee nach.

»Hast du mal deine Badezimmerwand ausgemessen?«

Ich glotze ihn fragend an.

»Hast du deine Badezimmerwand ausgemessen?«

Welche Sprache spricht dieser Mensch?

»Wegen dem Spiegelschränkchen. Ich hatte dir doch gesagt, du sollst mit dem Zollstock deine Badezimmerwand ausmessen.«

Wusste gar nicht, dass mein Vater so witzig sein kann. Natürlich habe ich NICHTS ausgemessen. Das letzte Mal, als ich vor meiner Badezimmerwand stand, habe ich ins Waschbecken gekotzt. Das war heute nach dem Zähneputzen. Beziehungsweise davor. Ich weiß ja nicht mal, wo der Zollstock ist. Oder was ich ÜBERHAUPT hätte ausmessen sollen. Die Breite? Die Schräge? Das Volumen? Da könnte mich mein Vater auch gleich fragen, ob ich Uran anreichern kann.

»HAST du die Wand nun ausgemessen?«

»Sind Spiegelschränke denn nicht alle genormt?«

Er guckt mich an, als wäre ich eine Frau.

»So ein Quatsch! Die sind alle völlig unterschiedlich. Hach, ich hätte wissen müssen, dass man sich nicht auf dich verlassen kann.«

»Ach, Dietmar, nun sei doch nicht so«, versucht meine Mutter ihn zu beschwichtigen.

»Immer dasselbe«, flucht mein Vater.

»Lasst uns doch erst mal gucken«, sagt Mama.

Lasst mich doch erst mal sterben, denke ich. Ich sitze zwischen glücklichen Einkaufgehfamilien, habe einen schlimmen Kater und so viel Interesse an einem Spiegelschränkchen wie an Hodenkrebs. Mein Vater fängt an zu schmollen und meine Mutter macht daraufhin gleich mal eine Übersprungshandlung und holt völlig unvermittelt einen kleinen Katalog aus ihrer Handtasche, den sie mir unter die Nase hält.

»Guck mal, Moritz, da wollte ich mir was Schönes draus bestellen. Was würde DIR denn gefallen?«

Ich bekomme schon vom Anblick der Titelseite kalten Handschweiß und Herzrhythmusstörungen. Wieder einer von Mamas Nippes-Katalogen!

Meine Mutter ist die Königin des Kitsches. Sie sammelt so ziemlich alles, was auch nur annähernd nach geschmacklos aussieht. Je winziger, filigraner und dementsprechend von einem Kleinkind verschluckbarer, desto besser. Sie hat ganze Setzkästen voll verzierter Mini-Vasen, mundgeblasenem Glaszeugs und drollig dreinschauenden Gipsbärchen, die nur darauf warten, von einem versehentlich gelegten Feuer meines Vaters in die Gipsbärchenhölle befördert zu werden.

Der Kataloginhalt, den mir meine Mutter heute zeigt, ist schon fast pathologisch kitschig. Das sind alles irgendwie kleine Modelle von großen Modellen oder sonst irgendwelche Anfertigungen, man kann das gar nicht richtig in Worte fassen, auf jeden Fall verleihen die dem Begriff »Klimbim« eine ganz neue Dimension. Das Produkt, das meiner Mutter garantiert gefallen wird, ist der »Romantische Zaubergarten«, kreiert von einem gewissen Barry Shiraishi. Hierbei soll es sich um ein »exquisites Phantasie-Ei« handeln, das »von der königlichen englischen Gesellschaft der Miniaturmaler, -skulpteure und -graveure präsentiert wird« und welches »im Innern eine kunstvolle Gartenszene mit einem romantischen Einhorn«(!) zeigt. Nach kurzer Überlegung gelange ich zu der Auffassung, dass der »Romantische Zaubergarten« nichts anderes als ein zu Scheiße erstarrter Alptraum von Ricarda M ist, in den ein Irrer ein weißes Miniaturpferd mit goldenem Horn gepuzzelt hat. Also genau das Richtige für meine Mutter. Doch noch bevor ich ihr meine Bestellempfehlung geben kann, nervt mein Vater auch schon wieder.

»So, dann gucken wir jetzt mal nach deinem Spiegelschränkchen. OBWOHL du nicht ausgemessen hast!«

Wir stehen auf und orientieren uns in Richtung Badezimmermöbel.

Von meinem Salat habe ich nur die Tomate gegessen.

Wenn meine Mutter die »Königin des Kitsches« ist, dann gebührt meinem Vater der Titel »Unoriginellster Badezimmereinrichter der Welt«. Geschmackstechnisch ist er irgendwo in den Achtzigern stehen geblieben.

Es ist ja nett von ihm, dass er mir außer dem Spiegelschränkchen noch weiteres Mobiliar für mein Bad kaufen und bezahlen möchte. Weniger nett ist allerdings, dass er da nur Dinge im Kopf hat, die aus Glas und Chrom bestehen.

Wenn mir nicht sowieso alles egal wäre, dann würde ich ihm die Worte »Glas und Chrom ist Alte-Herren-Scheiße« entgegenfauchen. DA mir aber alles egal ist, lasse ich ihn machen und habe nach einer Viertelstunde einen verchromten Handtuchhalter, einen Glas-Chrom-Unterstelltisch und eine rechteckige Glasplatte im Einkaufswagen, von der nicht mal mein Vater genau weiß, wo die eigentlich hin soll.

Nur das Spiegelschränkchen fehlt noch.

»Hier, das sieht doch ganz schick aus.«

»Supi«, sage ich leise.

»Das ist sechzig mal achtundvierzig. Müsste eigentlich überall hinpassen.«

Gott sei Dank, wir haben es geschafft! Zumindest habe ich das Gefühl, dass wir auf der Zielgeraden sind.

»Wenn du ausgemessen hättest, wüssten wir es genau. Aber so …«

Er nimmt das Schränkchen vom Boden, hebt es direkt vor sein Gesicht und dreht es vorsichtig in alle möglichen Richtungen. Keine Ahnung, wie er so rausfinden will, ob es an meinen Wandvorsprung passt. Aber mein Vater ist eben ein Experte.

»Sechzig mal achtundvierzig«, murmelt er vor sich hin. »Achtundvierzig breit. Mensch, Junge, wenn du ausgemessen hättest, dann …«

Jaja, ich habe verstanden! Ich hätte ausmessen und dir einen kleinen Zettel mit irgendwelchen unwichtigen Zahlen mitbringen sollen! Hab ich aber nicht! Was willst du jetzt tun? Mich verchromen?

»Das passt schon«, sage ich.

»DU weißt ja immer Bescheid, Moritz! DU weißt alles, ne?«

»Ich mein ja nur.«

»Nun sei doch nicht so, Dietmar«, versucht meine Mutter die Situation gleich wieder zu entschärfen.

»Ach, is doch wahr, Marianne. Dein Sohn will mir hier erzählen, was passt und was nicht. DER Junge soll erst mal selbst klarkommen! STUDIEREN tut er! STUDIEREN! Seit Jahren schon! Wann sehen wir denn mal Ergebnisse, Moritz, hä? ERGEBNISSE?!«

»Ganz sicher bin ich mir da nicht«, beginne ich, »aber ich würde mal tippen auf: WENN DIE HÖLLE ZUFRIERT!!!«

Sofort bekommt mein Vater einen hochroten Kopf.

»Wie REDEST du denn mit mir?!«

»Ach, Dietmar, nun streitet euch doch nicht. Moritz geht's nicht gut wegen Steffi.«

»MIR GEHT ES AUSGEZEICHNET!!!«

»Ja, auch so 'ne Sache mit deiner Freundin, … entschuldige, Exfreundin! Wieder mal eine weggelaufen. Das ist doch typisch für dich!«

»Dietmar, nu lass doch.«

»SIE IST NICHT WEGGELAUFEN, SIE IST NUR …«

Plötzlich fehlen mir die Worte. Natürlich hat mein Vater recht. Mit so ziemlich allem, was er sagt. Ich muss mir kurz auf die Zunge beißen, um die aufsteigenden Tränen zu unterdrücken. Bringt aber nichts. Im Gegenteil. Wie konnte ich Idiot auch nur auf die Idee kommen, dass Auf-die-Zunge-Beißen in so einer Situation das Richtige wäre.

»Ja. Sie ist … weggelaufen. … Ja. … Weggelaufen. Vor mir. Vor eurem tollen Versager-Sohn.«

»Ach, Moritz«, sagt meine Mutter und streichelt mir ein bisschen unbeholfen über den Kopf. »Das wird schon wieder.«

Dann gibt mir mein Vater einen kurzen Klaps auf die Schulter und setzt einen betont freundschaftlichen Blick auf.

»Andere Mütter haben auch schöne Töchter.«

Mag sein.

Aber bestimmt auch coolere Söhne.

Als ich am Nachmittag endlich wieder in meinem versifften Flur stehe, lasse ich ganz einfach die Kartons mit dem neuen Badezimmerinventar auf den Boden scheppern und gehe in die Küche. Was für ein Tag! Ich bin stark unterhopft und mache mir erst mal ein Bier auf. Nach einem großen Schluck und dann noch einem starre ich auf die Kartons, die jetzt auf meinem siffigen Flurboden kleben. Zum Glück konnte ich meine Eltern davon überzeugen, dass ich das ganze Zeugs selbst anbringen würde. Ich war jedenfalls schnell durch die Haustür verschwunden, als mein Vater mir etwas anbot, das wie »Ich kann auch noch schnell mit hoch und das aufbauen!« klang. »Nein, nein, ich krieg das schon hin«, rief ich, aber da war die Tür schon zu.

Natürlich kriege ich das nicht hin. Ich wollte mal ein Loch in die Wand bohren, um ein Bild aufzuhängen. Aus dem Loch wurden zwölf. In unterschiedlichen Größen und Formen. Eins sogar mit Rissen drum rum. Und der Dübel hat in original KEINS der Löcher gepasst!

Mann, bin ich ein mieser Heimwerker.

Mann, gehen mir meine Eltern momentan auf den Zeiger.

Mann, hasse ich es, dass Steffi glücklich ist.

Ich spüle meinen Frust mit einem weiteren Bierchen runter, schalte meinen Computer ein und gehe zu Facebook.

Wenigstens an der Freundschaftsfront geht es voran! Sieben neue Freunde sind dazugekommen. Drei davon kenne ich tatsächlich.

Egal, zumindest bin ich jetzt schon bei 213 Freunden. Nur noch etwas mehr als achtzig von meinem großen Ziel entfernt. Der magischen Dreihundert!

Ich habe neulich mal irgendwo im Internet gelesen, dass Facebook-Nutzer mit mehr als zweihundert Freunden eine soziale Störung hätten, da man im wahren Leben niemals so viele wirklich gute Freunde vorweisen könne. Die Professorin, die das geschrieben hat, habe ich sofort bei Facebook gesucht, und – siehe da – sie hatte nur 102 Freunde! Um dieses unangenehme Gefühl zu kompensieren, hat sie wohl so einen Stuss veröffentlicht. Und um SIE wiederum aus ihrem virtuellen Elend herauszuholen, habe ich sie direkt als Freundin angefragt. Bestätigt hat sie bislang allerdings nicht.

ICH jedenfalls werde bis zum Jahresende dreihundert Facebook-Freunde haben und mich somit als vollwertiges Mitglied der Gesellschaft fühlen können, soziale Störung hin oder her.

Mein Leben wird sich endlich wieder zum Positiven wenden. Und Steffi kann mich mal!

Irgendwann gegen achtzehn Uhr sitze ich Bier trinkend mit Max auf seiner Couch und gucke fern.

Irgendein Scheiß über den Mauerfall.

»Dabei ist doch noch gar nicht November«, sagt Max und pult gedankenverloren am Flaschenetikett.

»Die fangen immer schon ein paar Wochen vorher damit an«, sage ich.

Sowieso egal, was läuft.

Lieber Schabowskis Pressekonferenzfresse, als ständig an Steffi zu denken. Was ich in diesem Moment schon wieder tue.

Ich nehme einen großen Schluck Bier und starre auf die Mattscheibe, in der Günther »IM Unvorbereitet« Schabowski mal wieder die legendäre Frage eines Journalisten beantwortet.

JOURNALIST: Wann tritt das in Kraft?

SCHABOWSKI: Das tritt nach meiner Kenntnis ... ist das sofort, unverzüglich.

Dann wird er weiter mit Fragen bezüglich Ausreise, Aufrüstung und vor allem Mauer torpediert, welchen Sinn die denn nun hätte, während sich die ersten Ossis schon auf den Weg machen, ein Schwarm Heuschrecken in fieser Kleidung, nur um ein Vielfaches apokalyptischer als in der Bibel.

Und einen Bildschnitt später ist sie dann auch schon da, die Begrüßungsgeldschlange: Tausende DDR-Bürger inmitten einer Blechkarawane, stone-, marmor- und wasweißichnichtalles-washed, aufgelöst und überglücklich, aufgeweckt und neugierig, wir wollen nur mal gucken, wir kommen wieder, wir sind's, das Volk, schönen Tag auch, wo geht's zum KaDeWe?

»Deine drei Lieblings-Ost-Namen?«, frage ich. »Männlich.«

»Ringo, Silvio, Dustin«, sagt Max. »Frauen?«

»Schantall, Cindy, Samansa«, sage ich, und wir müssen lachen.

»Was hältst du von Peggy?«, fragt Max. »Oder Doreen?«

»Gefällt mir«, sage ich. »Aber Silvio ist auch echt der Knaller. So ein scheiß Ost-Name!«

In meinem Schrank hängt noch ein altes, muffeliges T-Shirt, das habe ich aufgehoben, »9. November 1989 – I was there« steht drauf, ich bin im Übrigen wirklich damals dort gewesen, mit meinen Eltern, alles ziemlich unaufregend und vom Niveau her auch nicht viel anders als später die Veranstaltungen im Megapark auf Malle.

»Noch 'n Bier?«, fragt Max.

»Ach doch«, sage ich und zünde mir eine Zigarette an.

Unter dem Applaus und Gejohle der Westberliner Schaulustigen setzen sich die Trabbis und Wartburgs in Bewegung, wir können's nicht fassen, wir sind gleich nach der »Tagesschau« los, und hier und da werden Blumen und Pappbecher voll Sekt in Autos gereicht, in denen Männer und Frauen mit Fußballermatten und Schnurrbärten sitzen. Und Weintrauben und Bananen gibt's natürlich auch, ganz viel frisches Obst, so als hätten die Ossis vierzig Jahre Chiquita und Dole nachzuholen gehabt, »die Stadt, die ich immer vermisst habe«, sagt eine etwa Neunzehnjährige mit pinkfarbenen Ohrenschützern, »... glaube ich«, fügt sie hinzu, und dann beißt sie in eine unsorgfältig geschälte Orange.

Ein Wunder eigentlich, dass die DDR nicht an Skorbut verendet ist, oder an Beriberi.

»Die Montagsdemonstrationen in Leipzig, Jena und Plauen führten zum Ende der DDR«, sagt eine Stimme aus dem Off, »und zur deutschen Wiedervereinigung.«

»Gibt's nichts anderes?«, stöhnt Max. »Seit Jahren die gleiche Scheiße!«

Ich nehme die Fernbedienung und schalte um.

Irgendwann am Abend öffne ich die Augen.

Ich muss eingeschlafen sein, denn ich erinnere mich undeutlich daran, dass ich irgendwas von Steffi geträumt habe, und jetzt habe ich Herzrasen.

»Ach, der kleine Prinz ist aufgewacht«, sagt Sascha.

»Na dann, Prost«, sagt André und drückt mir ein Bier in die Hand.

Mir ist kalt, und ich zittere ein bisschen. Sofort nehme ich einen großen Schluck Bier. Der Fernseher ist aus. Stattdessen läuft Musik. »Was macht ihr denn hier?«, frage ich.

»Was machen wir wohl hier, du Schwachkopf«, pikst Sascha. »Wir trinken uns einen und gehen feiern! Es ist Samstag!«

»Feiern«, wiederhole ich und zünde mir eine Zigarette an. »Ich weiß nicht so genau.«

»Is ja was ganz Neues«, grinst André.

»Und morgen dann Fußi.«

Ach ja, da war was. Die drei sind Fußballspielen mit ein paar Leuten. Und ich soll auch mit. Ich habe zwar keinen Bock, aber Sport soll in meiner Situation ganz gut helfen. Steht jedenfalls so in meinem »Liebeskummerbuch für Männer«, das ich dann doch mal eines Abends durchgelesen habe, und dessen Quintessenz – grob zusammengefasst – lautet, dass Männer Weicheier sind und mit überhaupt nichts klarkommen.

»Wann denn? Nicht so früh, oder?«, frage ich.

»Wir treffen uns um zwölf auf dem Platz neben dem Stadion«, sagt Max. »Ist doch nicht früh.«

»Nö, gar nich«, moser ich. »Für 'nen senilen Bettflüchtigen.«

»Pennst du halt bei mir, ich mach dich morgen schon wach.«

Na gut, dann eben Fußball. Den Körper wieder in Schuss bringen. Und die ramponierte Seele auch. Außerdem bin ich ein ganz guter Kicker.

»Und Donnerstag sind wir ja auch wieder zusammen.«

Ich hatte schon befürchtet, Max hätte meinen Geburtstag vergessen. Geht aber eigentlich gar nicht. Der wird ja bei Facebook angezeigt.

»Hast recht«, sage ich. »Wird's halt ein Geburtstag mit den besten Freunden.«

Die drei gucken sich überrascht an.

»Du hast Geburtstag?«

»Leckt mich«, sage ich.

»Und an so einem Tag willst du arbeiten?!«

»Wie … arbeiten?«

»Alter, ich hab dich vor zwei Wochen gefragt.«

»Wir haben 'nen Job am Mittwoch«, sagt Sascha. »Promo.«

»Fuck«, sage ich.

Jetzt fällt mir auch das wieder ein. Wir müssen am Mittwoch Zettel verteilen. An irgendeinem Bahnhof. Na großartig. Zwei feste Termine in den nächsten fünf Tagen. Nicht ganz das Richtige für einen liebeskranken Alkoholiker wie mich, der manchmal sogar fast vergisst, rechtzeitig auf die Toilette zu gehen.

»Und du MUSST mit! Ich hab dich da jetzt eingetragen!«

»Wer bist du? Lord Voldemort? Willst du mich fertigmachen? Fuck, Alter.«

»Tja, schöner Geburtstag wird das.«

»Warum machst du denn da eigentlich mit?«, frage ich Max griesgrämig. »Dachte, dein Onlinescheiß läuft ganz gut.«

»Geht so«, sagt Max. »Machen heutzutage einfach zu viele. Außerdem ist Omar Teamleiter. Und der zahlt nicht schlecht.«

»Ach, Omar«, sage ich abfällig.

Omar ist der Freund eines Bekannten des Schwippschwagers eines Arschlochs. Oder mit anderen Worten: selbst ein Arschloch. Der zahlt okay, hat mir aber einmal mein Geld nicht gegeben. Weil ich angeblich während der Arbeit besoffen war.

»Und was müssen wir machen? Nur Zettel verteilen?«

»Ja, für irgend 'ne Hasenzüchtermesse«, sagt Max.

Ganz großes Kino.

»Aber wir müssen uns kein Hasenkostüm anziehen oder so 'ne Scheiße? Von Verkleidungen habe ich die Schnauze voll.«

»War gestern nicht so?«, fragt André. »Die Kostümparty?«

»Erinner mich bloß nicht daran«, antworte ich.

»Ach, Quatsch«, hakt Max ein. »Wenn wir ein Hasenkostüm anziehen müssten, dann hätte Omar das gesagt.«

»Trotzdem hab ich Geburtstag«, sage ich beleidigt.

»Sind doch nur fünf Stunden. Und danach können wie ja noch was trinken.«

»Apropos trinken«, sage ich. »Habt ihr noch irgendwas anderes mit außer Bier?«

»Ist der Papst katholisch?«

Sascha greift in seinen Rucksack und zaubert eine Flasche Billig-Wodka hervor.

»Das ist gut«, sage ich und merke, wie meine Laune sich ein kleines bisschen bessert. »Das ist sehr, sehr gut!«

Irgendwann stehe ich mit Max, Sascha und André in einem Club und halte einen Wodka-Red-Bull in der Hand, den Max mir spendiert hat. Erfunden hat den Drink allerdings Luzifer. Zwei, drei Gläser von diesem Teufelszeug, und ich verwandle mich in einen anderen Menschen. So als würde Clark Kent in eine Telefonzelle gehen und als Vollidiot wieder rauskommen.

Ich weiß jetzt schon, dass der Abend ganz böse ausgehen wird. Die meisten ganz bösen Abende begannen nämlich mit den Worten »Ich hätte gern einen Wodka-Red-Bull«. Und ich weiß auch jetzt schon, dass ich die Musik zum Kotzen finde.

»WAS IST DENN DAS?«, schreie ich Max an.

»MINIMAL«, schreit er zurück.

»BABY-BEL?!«

»MINIMAL!«

»HASSE ICH FAST MEHR ALS DICH!«

»GUT«, grinst er und hält mir seinen Drink vor die Nase.

Wir stoßen an, und ich ziehe einen halben Wodka-Red-Bull durch den Strohhalm. Dann gehe ich zur Bar im Vorraum.

Wenigstens ist es hier etwas leiser.

»Wer kann so 'ne Musik nur mögen?«, frage ich den Typen hinter der Bar, doch der reagiert gar nicht, sondern macht nur ein paar schlangenartige Tanzbewegungen.

»Gibste mir noch so 'nen Woddie-Bull?«

Ich trinke aus und schiebe ihm mein leeres Glas rüber.

Dann sehe ich Steffi die Treppe runterkommen.

Den Lesern, die auf diese völlig vorhersehbare, aber unumgängliche Szene gewartet haben **gefällt das.**

Mir gefällt das ganz und gar nicht.

Ich glaube, ich sterbe.

Steffi kommt die Treppe runter und entdeckt mich sofort. Sie starrt mich an und verbaut mir den einzigen Fluchtweg.

Ein paar Sekunden später kommt Arschfotzenkopf die Treppe runter.

Ich bin in eine Falle geraten!

»Moritz«, sagt Steffi in Zeitlupe.

Die Musik ist plötzlich aus.

Meine Kehle zugeschnürt.

Ich kann nicht mehr atmen.

»Hey«, hauche ich ein wahrscheinlich letztes Mal und muss dann an die SMS denken, die ich ihr heute früh geschrieben habe.

Das ist der schlimmste Horrorfilm, den ich je gesehen habe. Leider bin ich der qualvoll dahinsiechende Hauptdarsteller. Die Mutter aller Leichen.

Wie sehr ich recht habe, begreife ich allerdings erst, als eine viel zu laute Stimme die eingebildete Stille zerschneidet und mich zurück in die Realität holt. Arschfotzenkopf.

»Dit is doch der Typ!«, ruft er und zeigt dabei zufällig auf mich.

Hätte ich mich doch nur in einer Karateschule angemeldet.

»Bleib locker, Schatz«, versucht Steffi ihn zu beschwichtigen.

Einen absurden Mikro-Moment lang dachte ich wirklich, sie hätte das zu mir gesagt.

»Mach bitte keinen Scheiß«, probiert sie es noch mal.

Es hilft nichts.

Er benötigt gerade einmal die Zeit, in der man den Namen »Arschfotzenkopf« aussprechen kann, um sich vor mir aufzubauen und mir den finsteren Blick eines Cagefighters in die Augen zu bohren.

»Du bist doch ihr Ex«, dröhnt er mich an.

Wäre das hier mein eigener Film, dann würde ich ihm jetzt in die Eier treten, seine Haut mit grobem Schmirgelpapier abreiben und ihn danach in ein Bad mit China-Öl setzen. Da mich allerdings diese blöde Gott in IHREN Film geschrieben hat, agiere ich ganz nach Drehbuch und lasse meinen Kopf knallrot werden und meine Augen sich mit Wasser füllen.

Wenigstens bin ich keine Fehlbesetzung.

»ICK HABE DICH WATT JEFRAGT«, brüllt er.

Ich sage nichts.

»SILVIO«, schreit Steffi und reißt an seinem Arm.

Wie gesagt: WÄRE das hier mein eigener Film! Dann dürfte ich nämlich jetzt auch lachen. Der heißt doch nicht wirklich so!

»DU HAST HIER JAR NÜSCHT ZU MELDEN, PÜPPCHEN!«

Er stößt sie weg und gibt mir eine Ohrfeige.

Aber was für eine!

Wie von einer Dampflok erfasst, fliege ich förmlich mit meinem Oberkörper auf die Bar. Ein paar Gläser fallen zu Boden und zerklirren. Meine linke Gesichtshälfte ist zunächst taub und fängt dann an zu brennen.

»SILVIO!« Steffi ist außer sich.

Ich merke, wie mir eine Pranke ins Haar greift und Silvio Arschfotzenkopf mich dicht vor sein Gesicht zieht.

»Du hast Glück, dass Steffi dabei ist. Sonst hätt ick dir alle Zähne ausjeschlagen!«

»DU ARSCH!«, schreit Steffi ihn an. »DU BLÖDER PENNER!«

»MACH MICH BLOSS NICHT AN!«, schreit er im Adrenalinrausch zurück.

»Was ist denn HIER los?«

Max steht plötzlich mit einem fassungslosen Blick neben der Bar.

»Steffi?! Was … was ist denn hier los?«

»Es tut mir leid, Moritz«, sagt sie und rennt heulend die Treppen hoch.

»Schon wieder Glück, Freundchen!«

Endlich lässt er mich los, steckt sein Hemd zurück in die Hose und folgt Steffi zügig, aber ohne eine Spur von Aufgeregtheit. Ein paar Sekunden später sprinten ihm zwei Securitys hinterher.

Dann ist der Spuk vorbei.

»Alter«, sagt Max. »Was war denn DAS für 'ne Nummer?!«

»Das«, sage ich und rapple mich wieder auf, »das war Silvio.«

»Hast du Eis für seine Wange?«, fragt Max den Barkeeper nervös.

»Brauch kein Eis«, sage ich. »Gib mir lieber meinen Drink.«

»Alter … warum lächelst du denn?«

»Keine Ahnung«, lüge ich und sauge einen großen Schluck Wodka-Red-Bull durch den Strohhalm. Er ist kalt und süß und lecker.

Es tut mir leid, Moritz, hat sie gesagt.

Es tut ihr leid.

6 Ich habe fertig

Der Ball ist rund, und ein Fußballspiel dauert dreieinhalb Minuten. Jedenfalls für mich.

Ich liege neben der Seitenauslinie in einer sehr kalten Pfütze und hyperventiliere ein wenig vor mich hin. Dabei war ich früher wirklich mal ein guter Fußballer. So in der vierten Klasse. Allerdings war da meine Lunge auch noch nicht schwarz.

»Alles okay, Meschner?«, ruft Sascha vom Feld.

Ich versuche, einen menschlichen Laut aus meinem Mund entweichen zu lassen. Als dies nicht klappt, entscheide ich mich ganz einfach dazu, den Daumen meiner rechten Hand zu heben.

Moritz Meschner verfällt bald.

Es ist etwa Viertel nach zwölf, der Himmel bedeckt, und immer wieder regnet es kurz. Die Jungs auf dem Platz scheinen trotzdem eine Menge Spaß zu haben, denn wie aus weiter Ferne kann ich hier und da mal ein Lachen oder ein aufgewecktes »Hintermann!« vernehmen, welches aber weitgehend von meinem Ohrenpfeifen überdeckt wird, das vor ein paar Minuten zeitgleich mit dem Kreislaufkollaps eingesetzt hat. Ich hätte nie gedacht, dass ich mal neben einem hundsordinären Bolzplatz verrecken würde. Vielmehr habe ich mir gewünscht, so zu sterben, wie es Fußballkommentator Rolf Töpperwien beinahe gelungen wäre, als er zugekokst ein verwegenes

Chemie-Experiment mit hochprozentigem Alkohol und einem Streichholz durchgeführt und sich versehentlich im Bett selbst entflammt hat. Seitdem ist mir »Töppi« zumindest ein guter Freund im Geiste.

»Hey, Moritz, ist wirklich alles in Ordnung? Du bist ganz blau!«

»Halt die Fresse, Sascha!«, rufe ich über den halben Platz und stelle erfreut fest, dass mein Herz-Kreislauf-System mich scheinbar wieder liebhat und zumindest mit dem Nötigsten wie Sauerstoff und halbwegs flimmerfreien Bildern versorgt.

Mit dem Rest versorge ich mich selbst.

Ich robbe rüber zu meinem Rucksack und hole eine Halb-Liter-Dose Bier heraus. Während unsere Nationalmannschafts-Jungs auf die fünf lebenswichtigen Zucker-Bausteine in Nutella schwören, bin ich ein Freund der anregenden Wirkung von Alkohol.

Als ich die Dose leer habe, geht es mir wieder etwas besser, und ich denke ernsthaft daran, aufzustehen. Da mein erster Versuch aber gleich mit einer Revue von tanzenden Sternchen vor meinen Augen bestraft wird, setze ich mich neben die Auslinie und nehme mir eine weitere Dose Pils aus meinem Rucksack.

Wir sind insgesamt zehn Leute. Gut, ohne mich jetzt neun. Max, Sascha, André und ich sind zusammen mit Heiko in einem Team. Heiko kenne ich noch aus der Uni. Die anderen fünf sind irgendwelche Jungs, die ich nie zuvor gesehen habe, und die wohl immer hier spielen. Der Rothaarige sieht aber ein bisschen aus wie Sergei »Kiki« Kirjakow, der mal in der Bundesliga gekickt hat. Nachdem er in den letzten paar Minuten zwölf Tore gegen unser Team geschossen und eine ziemlich professionell wirkende Blutgrätsche bei Max angesetzt hat, glaube ich, dass er es tatsächlich ist. Wäre natürlich geil. Ich könnte ihn als neuen Facebook-Freund adden!

»Pause!«, ruft André hechelnd und lässt sich neben mich auf den Boden fallen. »Ich brauch jetzt erst mal Wasser!«

»Ich hab auch Bier, wenn du magst.«

»Nee, WASSER!«

»Das ist ja schon sträflich inkonsequenter Alkoholismus«, sage ich, während sich Sascha einen Liter Evian in den Mund kippt.

»Gib mal 'nen Schluck!«

Max nimmt André die Flasche weg und stöhnt.

»Is ja kaum noch was drin.«

»Was ist denn mit DIR, Meschner?!«, fragt mich Sascha. »Bist du wieder dabei oder machst du einen auf Spielerfrau?«

»Ich trink das Bier noch aus und komme. War nur ein kleiner Schwächeanfall.«

»Dann mach mal hin. Die ziehen uns ganz schön ab!«

»Wie steht's eigentlich?«

»Keine Ahnung«, meint André sabbernd. »Aber WIR haben null!«

»Pass nur auf, dass du keinen Ball auf deine Wange kriegst«, sagt Max. »Die ist ja dunkellila.«

»Alter, was war denn da gestern Abend überhaupt los?«, will André wissen.

»Der Typ hat Moritz so eine gescheuert, dass man das Echo heute noch hören kann.«

»Und das war ECHT Steffis neuer Typ?«, fragt André ungläubig.

»Silvio«, sage ich und zünde mir eine Zigarette an. »Sie steht scheinbar auf den.«

Und es tut ihr leid, denke ich.

Steffis letzter Satz lässt mich einfach nicht mehr los. Sie sagte wortwörtlich, dass es ihr leidtue. Was das bedeutet, ist mir ziemlich klar: Es tut ihr leid, dass ihr Freund mich geschlagen und gedemütigt hat. Es tut ihr leid, dass sie das mit ansehen musste. Es tut ihr leid, dass sie nicht mehr mit mir zusammen ist.

Es ist DEFINITIV noch nicht aus zwischen uns!

👍 Moritz gefällt Wolkenkuckucksheim.

»Okay«, sagt Max und klatscht in die Hände. »Jetzt spielen wir mal ein bisschen Fußball!«

Ich schnippe meine Kippe weg und jogge hinter den anderen zurück aufs Spielfeld.

»Wer hat Anstoß?«, frage ich, als ich am Mittelkreis angekommen bin.

»WIR, du Idiot!«, ruft eine Stimme, die verdächtig nach André klingt.

»Also gut! *Let's get ready toooo …*«

Ein etwa zwei Meter großer Türke mit langen schwarzen Haaren und testosteronbedingtem Halb-Tage-Bart starrt mir in die Augen.

»… *rumble*«, schließe ich tonlos.

»*Rumble* ma, Alter!«

Obwohl er mir im ersten Moment nicht ganz geheuer ist, lächle ich ihn sehr freundlich an. Er ist immerhin mein neuer Facebook-Freund. Nur weiß er davon noch nichts.

»Wie heißt denn du?«

Er speit mir den Feueratem Mordors entgegen und dann wohl eine Art Namen, der aus vier »Ö«s und einem »Ü« besteht. Wird verdammt schwer, ihn bei Facebook ausfindig zu machen.

»Kennst du den Witz mit dem türkischen Glücksrad?«, frage ich ihn kleinlaut.

»MACHE BALL ROLLEN!«, brüllt Kirjakow von weitem.

»Okay«, rufe ich. »Aber ohne Schrummen!«

Scheinbar hat das niemand richtig verstanden, denn als ich den Ball zu Sascha kicke und der ihn wieder zu mir, da hat ihn »Kiki« plötzlich schon am Fuß und drischt die Pille aus mehr als zwanzig Metern in unser Tor.

»Wow«, höre ich mich leise sagen.

»Alter, du musst auf den Ball ZUGEHEN, Meschner!«

»Ja, is klar, Max.«

»So, noch mal. Anstoß!«

Dieses Mal läuft es ein bisschen besser. Sascha spielt den Ball zu mir und ich komme ein paar Zentimeter in die gegnerische Hälfte, bevor der türkische Atem Mordors mich umnietet.

Hallo? Was hat der bitte an dem Wort »Freundschaft« nicht verstanden?

»Wieso rennt der denn mit dem Ball weiter?! Das war eindeutig ein Foul!«, reklamiere ich, bis ich feststelle, dass wir ja gar keinen Schiedsrichter haben.

Nach einer halben Minute führe ich einen weiteren Anstoß aus.

Sascha spielt ab an Heiko, und der dribbelt sich ziemlich geschickt durch zwei gegnerische Spieler, während ich nach vorne renne und mich anbiete. Dann gibt Heiko an Max und der an mich, und ich lege mir den Ball vor und denke noch, dass aus dem Hintergrund jetzt Meschner schießen müsste, und Meschner schiiiiiiießt … und der Ball kullert in Jopie-Heesters-Tempo in Richtung Strafraum und bleibt nach ein paar Sekunden dort liegen.

»Du spielen nicht gut!«

»Kiki« scheint von meinen Fußballkünsten nicht besonders angetan, und ich kann im Geiste schon die »Meschner raus«-Sprechchöre hören, aber das ist nur Max, der das in echt ruft. Dann schnappt sich »Kiki« den Ball und sprintet los.

»Alter, bleib dran!«, brüllt Max, und ich renne so schnell ich kann hinter einem ehemaligen Bundesliga-Profi her.

Hilft aber nix.

Er ist mit seinen geschätzten vierzig Jahren eindeutig zu fit für mich, und als ich die unfaire Verfolgungsjagd endlich einstelle und »Kiki« ein Tor schießt, bleibe ich einfach stehen und mein Körper beschließt plötzlich wieder, keine Luft mehr zu bekommen. Stattdessen huste ich ein paar Speichelfäden und als Abschlussüberraschung etwas, das wie eine Plombe aussieht, hervor. Wow! Ich bin vielleicht kein besonders guter Fußballer, aber scheinbar einer der besten Huster der Welt. Ich frage mich gerade noch, ob ich mit diesem Hustenanfall nicht eventuell in einer japanischen Gameshow auftreten könnte, aber da wird mir auch schon wieder schwindlig, und ich lege mich mitten auf den Platz.

»Geht's dir gut, Meschner?«

»Perfekt«, winsele ich. »Könnten wir 'ne kurze Pause machen? Bitte?«

Keine Ahnung, was mich nach ein paar Minuten wieder aufstehen lässt. Vielleicht das dritte Bier, das Max mir netterweise gebracht hat, vielleicht die unflätigen Bemerkungen meiner Teamkameraden, vielleicht aber auch der Gedanke an Steffi, und daran, dass ihr im Moment alles furchtbar leidtut.

Jedenfalls finde ich mich in einem Fußballspiel wieder, das schneller an mir vorbeiläuft, als Rolf Töpperwien ein Streichholz ankriegt. Ich nehme mir vor, alles einfach ein bisschen ruhiger anzugehen, jogge nur vorsichtig über das Feld und fasse mir ab und zu an die Brust, um meinen Herzschlag zu überprüfen.

Es tut ihr leid.

Wenn mich Steffi jetzt nur sehen könnte! Ich bin zwar nicht in der besten körperlichen Verfassung, aber ich unternehme alles, um das wieder in den Griff zu bekommen.

Es tut mir leid, Moritz. So unendlich leid.

Ach, Steffi. Mir doch auch.

Ich liebe dich, Moritz.

Ich dich auch, Schatz.

»Moritz!«

»ES TUT IHR LEID!«, rufe ich Max zu, aber der guckt mich nur komisch an, ein bisschen so, als würde jemand gerade einen Ball in meine Fresse schießen.

Eine tausendstel Sekunde später kriege ich einen Ball in die Fresse.

Der Ball ist hart, und eine Ohnmacht dauert dreißig Sekunden. Jedenfalls für mich.

In dieser kurzen unfreiwilligen Auszeit träume ich von einer Farm.

Ich befinde mich in einem Bild von Schmierfink Bob Ross. Eine zermürbend herbstbunte Landschaft mit Bäumen, einem blauen See und einem riesigen schneebedeckten Berg im Hintergrund. Kurz vor dem See steht meine Farm. Sie ist voll lärmender Comic-Tiere und einem ziemlich muskulösen Schwein namens Silvio.

»Es tut mir leid, aber ich muss dich jetzt schlachten, du kleiner Arschfotzenkopf.«

Schweine-Silvio schaut mich aus traurigen Augen an.

»Was wird denn dann aus Steffi?«

Ich drücke aus dem Euter einer braunen Kuh zu meiner Rechten etwas Kakao in ein Glas. Der Kakao schmeckt verdächtig nach Bier. Dann nehme ich meinen verchromten Schlagstock und ziehe Silvio eins über die rosa Glatze. Und dann noch eins.

»Glaube, er kommt wieder zu sich.«

»Moritz? Hörst du mich?«

Eine ziemlich verschwommene Ausgabe von Sascha blickt aus einem bedeckten Himmel auf mich herab.

»Ich habe fertig«, flüstere ich.

Es ist erstaunlich, welch schmerzvolle Symbiose ein bisschen Leder, Luft und mein ohnehin recht sensibles Gesicht miteinander eingehen können. Zum Glück ist dieses Mal nicht meine linke, sondern die rechte Wange betroffen. Und ein bisschen Nase.

»Cool«, sagt Max. »Das Adidas-Logo hat sich direkt unter deinem Auge eingedrückt.«

»Voll stylish«, grinst Sascha.

»Hauptsache, ihr habt euren Spaß«, murmle ich und richte mich vorsichtig etwas auf.

Bei meinem Glück werde ich doch sowieso nur von Adidas verklagt.

Fußballspielen ist ab jetzt passé. Ich sitze die nächste halbe Stunde wieder neben der Auslinie und schlürfe benommen mein Bier. Kirjakow schießt noch ein paar Tore, und der Zwei-Meter-Türke geht einmal in unserem Strafraum zu Boden und wälzt sich theatralisch auf dem Rasen. Obwohl ihn überhaupt niemand berührt hat. So ein Poser! Selbst wenn ich vorhin seinen Namen verstanden hätte, würde ich ihn jetzt nicht mehr bei Facebook nehmen. Wer mit zwei Metern einfach umfällt und einen Elfer schinden will, verdient schon aus Prinzip eine rote Karte – und keine weiteren Freunde! Egal, wie verzweifelt ich bin, ... DER kommt mir nicht ins Profil!

Ich trinke meinen fünften halben Liter Bier, warte auf einen imaginären Schlusspfiff und denke an Steffi. Mein Gesicht tut mir weh. Meine Lunge brennt.

Ich habe wirklich ziemlich fertig.

Gegen vierzehn Uhr hocken wir in der erstbesten Kneipe, die hier in der Nähe aufzufinden war. Sascha, André, Max und ich haben ein großes Bier vor uns auf dem Tresen stehen, und Heiko trinkt ein Spezi. Unsere Gegner waren von der Idee einer neuen sportlichen Herausforderung, die aus den drei Disziplinen Promillehürdenlauf, Zigarettentiefzug und Dämlichquatschen besteht, nur mäßig begeistert und sind lieber auf dem Platz geblieben. Sollen die doch ruhig weiterkicken. Ich jedenfalls habe beschlossen, meine Fußballerkarriere an den Nagel zu hängen. Mit meiner dunkellila Fresse würde ich sowieso als Sportinvalide auf dem Transfermarkt versauern.

»Was machen wir denn noch mit dem angebrochenen Nachmittag?«, fragt Sascha in die Runde.

»Wie ›machen‹?«, frage ich zurück. »Wir sind doch voll dabei, was zu ›machen‹.«

»Dachte ja nur, André hätte vielleicht Lust, wieder ein bisschen nackt spazieren zu gehen.«

»Leck mich«, sagt André und leert sein Glas.

Sascha spielt auf eine Situation an, die André heute ein

bisschen peinlich ist, obwohl sie das eigentlich gar nicht sein muss. Im Gegenteil.

Vor einem halben Jahr waren wir bei McDonald's. Selbstverständlich hatten wir schon eine Kleinigkeit getrunken, als Max uns mit einer netten Fresswette herausfordern wollte. Er sagte nämlich plötzlich, dass er sieben Big Macs schaffen würde. Da ich Max schon sehr lange kenne und ihn bei anderen Gelegenheiten mehr seltsame Dinge in seinen Magen habe schaufeln sehen als so manch spindeldürren asiatischen Hot-Dog-Wettfresser, habe ich mich natürlich nicht auf diese Wette eingelassen. André schon. Er sagte sinngemäß, dass er nackt übern Ku'damm laufen würde, wenn Max das schafft, und eine halbe Stunde und sieben Burger später standen wir an der Gedächtniskirche und warteten darauf, dass André die Hüllen fallen lässt.

»Hey«, brachte er mit ängstlicher Stimme hervor. »Die killen mich doch. Die verprügeln mich nach den ersten paar Metern.«

»Hättest du vorher dran denken sollen«, sagte Max und rülpste ihm ins Gesicht. »Wehe, du kneifst!«

»Ich kneife ja nicht. Ich … weiß nur nicht genau.«

»Ich warne dich!«, fuhr Max ihn an. »Ich habe mir gerade sieben Big Macs reingequält!«

»Ich bring das nicht«, flüsterte André nach einer kurzen Bedenkzeit. »Ich bring das einfach nicht.«

»Dann blasen wir's ab und gehen zu dir«, sagte Sascha.

»Hier wird gar nichts abgeblasen!«, rief Max.

»Ruhig, ruhig«, sagte ich. »Alternativ-Vorschlag: Kantstraße. Da ist jetzt bestimmt nicht mehr ganz so viel los wie hier.«

André schaute Max an.

»Ist Kantstraße okay?«

»Hauptsache, wir kriegen was zu lachen«, sagte Max, und er musste dabei kurz einen Brechreiz unterdrücken.

Auf dem Weg zum Bahnhof Zoo holten wir uns jeder noch eine Halb-Liter-Dose Schultheiß, und Max' Laune besserte sich sichtlich, weil mittlerweile klar war, dass André das durchziehen würde, ich meine, auf dem Kudamm, das hätte bestimmt richtig Ärger gegeben: Polizei und Knast und *BILD*-Zeitung am nächsten Tag, ganz klar, aber Kantstraße, das geht in Ordnung, da laufen noch genug Menschen durch die Gegend, aber eben nicht so viele, und das mit der *BILD*-Zeitung, das würde André wohl auch erspart bleiben, also hoffentlich.

Als wir angekommen waren, atmete er einmal tief durch, trank sein letztes Bier auf ex und zog sich aus. Er behielt nur seine Socken und seine Schuhe an, dann bat er mich um meine Sonnenbrille und sagte »Wir sind nur einmal jung« oder so und ging los. Ganz langsam. Wir flanierten nebenher und grinsten. Das war mal ein richtiges Abenteuer, und ich musste plötzlich an die vier Kinder aus dem Film »Stand By Me« denken, wie sie da so über die Eisenbahnbrücke liefen. Zuerst fühlte sich André trotz seines Alkoholpegels nicht besonders wohl, aber nachdem eine Traube angeschickerter Sekretärinnen aus dem Theater des Westens beim Anblick des nackten Mannes zu schreien begannen, zu klatschen und »Zugabe!« zu rufen, da war André von nun an der Andrénator, cool und beinahe tänzelnden Schrittes, fast schwerelos glitt er über den Gehsteig, zündete sich eine Zigarette an, und auch wir genossen diesen kurzen Moment der

Freiheit, zumindest so lange, bis eine Bullen-Wanne an uns vorbeifuhr und wir in den nächstgelegenen Busch hechteten. Ich meine: WIR WAREN WER! – Genauso musste sich der Marlboro-Mann immer gefühlt haben, wenn er auf seinem Mustang durch die Weiten der Prärie ritt.

Natürlich wussten wir, dass auch uns eines Tages der Lungenkrebs einholen würde. Oder die Leberzirrhose.

»Ich hätte mich so was nicht getraut«, sagt Heiko und nippt an seinem Spezi.

»Wenn du immer nur alkfrei trinkst, dann wird das auch nichts«, stellt André überraschend einleuchtend fest.

Eigentlich sollten wir nicht am Tresen sitzen, sondern uns in einem mit weichem Gummi ausgeschlagenen Austobe-Trakt einer Alkoholentzugsklinik befinden. Ich und meine Jungs.

Ich bin wieder mal ziemlich voll, und es ist wieder mal erst Nachmittag, und meine Speiseröhre ist wieder mal bis Anschlag Oberkante gefüllt mit ätzendem Magensaft. Selbst wenn ich die beim Organspende-Julklapp verschenken wollte, würde der Empfänger sie ablehnen.

Ich hole mein iPhone aus dem Rucksack und gehe auf Facebook. Dort gebe ich »ööööü« in die Suchzeile ein. Leider findet Facebook nur eine Gruppe, deren Namen aus drei »Ö«s besteht. Verdammt! Wenn ich doch nur wüsste, wie der Typ vorhin hieß! Ein weiterer Türke würde mir zumindest einen coolen internationalen Anstrich verleihen. Der einzige Türke, mit dem ich bislang bei Facebook befreundet bin, ist mein Friseur Achmed. Ich weiß nicht viel über Achmed. Nur, dass er noch AZUBI ist (was er mir natürlich erst gesagt hat, nachdem er mir einen sehr seltsamen Topfschnitt verpasst hatte), dass er Haare in den Ohren grundsätzlich nicht mit der Maschine rausrasiert, sondern diese mit einem Feuerzeug abbrennt, und, ach ja, dass er schwul ist. Ganz sicher bin ich mir da zwar nicht, aber seine Kopfmassagen beim Haarewaschen sind sensitive Volltreffer. Fast besser als mein eigenes Gerät.

»Nehmen wir noch eine Runde?«, frage ich rhetorisch.

»Ich nicht«, sagt Heiko und stürzt sein Spezi runter. »Meine Freundin bringt mich um, wenn ich trinke. Ich muss jetzt auch los. Wir wollen noch was kochen.«

Ich würde Heiko gerne sagen, dass er die dumme Nutte doch zu Hause versauern lassen soll, und was er alles verpasst, weil er kein Single ist, aber ich möchte nicht schon wieder lügen und losheulen müssen.

Er legt genauestens abgezählte zwei Euro dreißig auf den Tresen und verabschiedet sich. Meine Jungs und ich nehmen noch eine Runde.

Warum ich mich in dunklen, siffigen Kneipen mit Menschen, die schon lange über ihr gesundheitliches Mindesthaltbarkeitsdatum hinaus sind, so wohl fühle, ist mir manchmal selbst ein Rätsel. Vielleicht liegt es daran, dass meine Seele im Moment ebenso dunkel und siffig ist wie die in Eiche getäfelte Wand, an der übrigens mehr Firlefanz hängt als bei meiner Mutter im Flur. Bilder, Wimpel, Blumengestecke, Uhren, Trikots und Sinnsprüche à la »Diese Blume brauchst du nicht zu gießen, diese Blume lässt du einfach deine Kehle runterfließen!« vermengen sich mit den Tresenzombies zu einer wundervollen Hartz-IV-Melange, in der ich scheinbar das passende Zuckerstück darstelle.

Was ich an solchen Kneipen am meisten mag, ist, dass niemand redet. Jeder blickt stumm in sein Glas oder an die Firlefanz-Wand oder in einen Abgrund. Auch meine Jungs haben schon seit ein paar Minuten nichts mehr gesagt, sie sind müde, ausgelaugt und kaputt, so wie ich, und alle drei sind zufällig auch gerade Single, so wie ich. Allerdings sind sie alles andere als traurig darüber.

André hat seit seiner letzten Freundin immer mal hier und da was laufen, Max kriegt in der Regel sowieso alle Frauen ins Bett, nur hat ihn das so wählerisch gemacht, dass er selbst bei der aktuellen Miss Germany das Licht im Schlafzimmer dimmen würde, und Sascha trifft sich, wenn ich das richtig verstanden habe, morgen mit Simone.

Ich weiß nicht, ob man von ihnen behaupten könnte, dass sie glücklich sind, auf jeden Fall aber okay drauf, keine lilagesichtigen Klappergestelle mit der Lebensfreude eines Hamlet – so wie ich.

»Moritz, Alter, wir hauen rein«, sagt Max plötzlich. »Sei nicht böse.«

»Ich bin auch platt«, sagt Sascha, und André nickt nur.

»Kein Thema«, sage ich etwas eingeschnappt. »Ich trinke dann noch ein kleines Bierchen und gehe auch nach Hause.«

Aus dem kleinen Bierchen werden zehn.

Was früher mal »Freak Show« genannt und mit einem Wanderzirkus um die halbe Welt gekarrt wurde, ist heutzutage an jedem Kneipentresen zu finden und kostet keinen Eintritt. Höchstens den Verstand, um es mit den Worten eines bekannten PUR-Songs auszudrücken.

Alle sind sie hier: die bärtige Dame, der tätowierte Gewichtheber, die übelriechende Tante ohne Zähne, die jedem ständig aus der Hand lesen will, und nur zwei Hocker neben mir sitzt mein alter Physiklehrer Herr Wimmer und starrt in sein Bier, so als würde sich auf dem Boden des Glases die Weltformel befinden.

Eigentlich dachte ich immer, dass Lehrer keine Vornamen hätten. Herr Wimmer scheint da eine Ausnahme zu sein, denn die schlunzige Wirtin nennt ihn »Jürgen«.

»Jürgen, soll ich dir noch eins machen?«

Herr Wimmer sagt keinen Ton, sondern blinzelt einmal kurz. Das muss so eine Art Geheimsprache zwischen den beiden sein, denn nur ein paar Minuten später steht ein neues Bier vor ihm.

Eigentlich dachte ich immer, dass Physiklehrer gar keinen Alkohol trinken. Stattdessen hätte ich bei Herrn Wimmer darauf getippt, dass er sich mal ein kleines Tütchen reinzieht, so zur Entspannung. Er war nämlich damals immer SEHR entspannt. Ganze drei Wochen hat er im Unterricht gefehlt, weil ihm beim Chillen in seinem Ohrensessel beide Beine gleichzeitig eingeschlafen waren, und er sich, als er dann aufstehen wollte, schön hingepackt und BEIDE Arme gebrochen hat. Physikalisch beinahe unmöglich, aber er hat es geschafft. Mann, war der entspannt!

Er muss so Mitte fünfzig sein, sieht aber mindestens doppelt so alt aus. Wie die Tapete hinter ihm, der ebenfalls die Farbe abgeblättert ist. Mann, ist der fertig!

»Seine Frau ist abgehauen.«

Die Wirtin hat wohl bemerkt, dass ich »Jürgen« die ganze Zeit anstarre.

»Jetzt wohnt er alleine in einem großen Haus«, flüstert sie mir zu. »Meistens ist er aber hier. Krankgeschrieben.«

»Aha«, sage ich und füge dann automatisch »Noch ein Kleines« hinzu.

Auch die anderen Gäste wirken so, als hätte man sie krankgeschrieben. Bis ans Lebensende.

Ein sehr fetter Mann versucht wohl gerade, einen Stich bei der zahnlosen Wahrsagerin zu landen. Er lächelt sie aus toten verquollenen Augen an und formuliert mühevoll etwas, das entfernt nach deutscher Sprache klingt. Dann weint er plötzlich. Die alte Hellseher-Schlampe lässt sich davon allerdings nicht rumkriegen und eiert lieber schnurstracks auf mich zu. Na toll. Ich tue so, als wäre ich in einen bedeutsamen inneren Monolog mit mir selbst verstrickt und blicke, nach Wimmer'schem Vorbild, in mein Bierglas, auf dessen Boden TATSÄCHLICH keine Weltformel zu finden ist.

»Hallo, Schnucki.«

Sie riecht nach nassem Bernhardiner.

»Soll ich dir aus der Hand lesen?«

»Nein, danke«, sage ich und suche auf dem Boden des Glases weiter nach Antworten.

»Kostet auch nix.«

Wär ja auch noch schöner, denke ich, aber da hat ihre verschuppenflechtete Hexen-Hand schon die meine umklammert.

»Ich sehe … Ulla, machste mir noch 'n Pfläumchen?! … Ich seeehe …«

Lass mich raten, Oma. Großes Leid?

»Grooooßes Leid!«

»Wow«, sage ich künstlich beeindruckt.

»Es geht dir nicht gut.«

»Sind Sie Ärztin?«

»Du hast Kummer. Großen Kummer.«

Sie ist fast besser als die Tarot-Betrügerinnen im Fernsehen. Ich ziehe vorsichtig meine Hand zurück, denn ich will nicht, dass das hier noch wirklich unheimlich wird.

»Ich glaub an so was nicht«, lüge ich. »Sorry.«

»Ich wollte dir nur helfen«, sagt das zahnlose Orakel und inhaliert ihren Pflaumenschnaps.

Ich mache es ihr mit meinem Bier nach und bestelle ein neues.

Unnötig zu erwähnen, dass ich am frühen Abend wieder ziemlich die Lampen an habe. Unnötig zu erwähnen, dass ich ständig an Steffi denke und wieder kurz davor bin, ihr eine Tourette-SMS zu schicken. Unnötig zu erwähnen, dass ich mich trotzdem weiter volllaufen lasse.

Inmitten dieser illustren Runde von krankgeschriebenen Alkis drängt sich mir plötzlich die Frage auf, ob ich mal so werde wie sie. Nein, eigentlich die Frage, ob ich so BIN wie sie. Und falls ja, ob ich so bleibe.

Ich stelle mir vor, wie ich auch in dreißig Jahren meinen Tag mit einem gemütlichen Frühstückspils einläute, um meinen Zittermann wegzukriegen, und dass ich mir dann zu Hause noch zehn weitere Hopfenschorlen gebe und am Nachmittag mit meinem Düsenrucksack und den Worten »Ein Kleines, bitte« in die Kneipe geflogen komme, nur um neben Wimmer-Wimmer in meinem Bierglas nach der Quadratur des Kreises zu spähen.

NEIN!

So WERDE ich nicht enden! So wird, so DARF mein Leben einfach nicht weitergehen!

»Rechnung!«, rufe ich, obwohl Ulla direkt vor mir steht.

Als ich am nächsten Morgen aufwache, habe ich den Geschmack von totem Zobel im Mund, und mein Kehlkopf tut weh. Mein Gesicht natürlich auch.

Die Rekapitulation des gestrigen Abends will mir nicht so recht gelingen. Zwischen vielen schwarzen Löchern erinnere ich mich nicht minder dunkel daran, dass ich noch zwei Flaschen Wein und eine Big Box Pall Mall an der Tanke gekauft und ein kleines Mädchen angepöbelt habe, das mit seiner Mutter vor mir stand und sich partout nicht zwischen Smarties und Schoko-Crossies entscheiden wollte. Wenn ich das noch richtig zusammenkriege, dann hat das Mädchen angefangen zu weinen und »Mama, der Mann riecht nach Mon Chéri« gesagt. Ganz sicher bin ich mir da allerdings nicht.

Sehr sicher ist aber, dass ich noch den ganzen Abend vor Facebook gesessen und irgendwelche Hammermodels als Freundinnen angefragt habe, die mein Profil deutlich aufpoliert hätten. Leider haben genau null von ihnen meine Gesuche bestätigt. Dafür bin ich über Nacht wohl Fan der Pornodarstellerin Sasha Grey geworden. Wenigstens etwas.

Und ich habe gestern mit Gott gechattet.

Glaube ich.

Oder mit jemandem, der sich als Gott ausgegeben hat. Die Chancen stehen natürlich auch nicht schlecht, dass ich das nur geträumt habe. Seltsamerweise kann ich mich an den Chat-Verlauf aber noch sehr gut erinnern.

Gott

Gott war online.

Ich
Hi, ich bin's … Moritz.

Gott
Moritz? … Da klingelt bei mir nix.

Ich
Witzig.

Gott
Wollte dich nur 'n bisschen verarschen. Wie geht's dir?

Ich
Das weißt du genau! Ich will Steffi zurück!

Gott
Und ICH will, dass in deinem Badezimmer endlich Licht wird! Hast du dein Spiegelschränkchen schon angeschraubt?

Ich
Witzig.

Gott
Mann, Moritz. Ich KANN dir Steffi nicht zurückgeben.

Ich
Warum denn nicht???

Gott
Sie ist jetzt mit Arschfotzenkopf zusammen.

Ich
Er heißt Silvio.

Gott
Ich weiß. Aber er sieht doch aus wie ein Arschfotzenkopf, oder?

Ich
Hast recht.
Huhu? Bist du noch da?

Gott
Jaja. Musste nur gerade ein paar Streukrebse und einen apfelsinengroßen Hirntumor verteilen, an dem sich die Ärzte ihre Zähne ausbeißen werden.

Ich
Du bist der Boss!
Und jetzt gib mir Steffi zurück!

Gott
Wieso sollte ich das tun?

Ich
Hallo? Auch DAS weißt du! Sie ist mein Alpha, mein Omega, die Liebe meines Lebens!!!

Gott
Schon mal darüber nachgedacht, dass Silvio das Gleiche über sie denkt?! Und dass SIE umgekehrt genauso für IHN empfindet?

Ich

DAS IST JA DAS PROBLEM! UND NUR DU KANNST ES LÖSEN!

Gott

Bist du gerade auf die Feststell-Taste gekommen?

Ich

Ja ... sorry.

Gott

Du weißt, dass meine Wege unergründlich sind. Viele Menschen wünschen sich etwas von mir.

Ich

Und du tust dann ... nichts? Du bist tatsächlich eine Frau!

Gott

Deswegen ist der Himmel bei Sonnenaufgang auch zartrosa und nicht grau-metallic mit Rennstreifen.

Ich

Verstehe. Und was machst du jetzt wirklich, wenn du den Menschen ihre Wünsche nicht erfüllst?

Gott

Ich zeige ihnen andere Wege auf.

Ich

Okay. ICH wünsche mir also Steffi zurück, und stattdessen implantierst du bei mir ... sagen wir ... eine tödliche Krankheit?

Gott
Jepp.

Ich
Damit ich das Leben mal aus einem anderen Blickwinkel betrachte? Und mich frage, was WIRKLICH wichtig ist? Und eine ganz neue Antwort auf meine brennende Frage finde?

Gott
Du denkst in die richtige Richtung, mein Freund.

Ich
Und was, wenn am Ende DOCH Steffi die Antwort auf meine Frage ist?!

Auf diese Frage gab es keine Antwort mehr.

Vielleicht bin ich genau an dieser Stelle aufgewacht. Vielleicht ist Gott auch einfach offline gegangen. Jedenfalls scheint sie fertig mit mir zu sein.

Ich lege mich in Embryonalstellung wieder ins Bett, mache den Fernseher an und hoffe auf einen schönen, starken Schlaganfall. Den ich natürlich nicht bekomme.

Wieder mal typisch.

7 Hasenscheiße deluxe

Moritz Meschner hat einen Stummelschwanz.
seit 45 Minuten

Wieder mal typisch.

Mein Geburtstag HÄTTE ja auch gar nicht anders aussehen können!

Ich stecke in einem Hasenkostüm und fahre auf der Ladefläche eines offenen Transporters in Richtung Hauptbahnhof. Mit mir noch elf weitere, als Hasen verkleidete Studenten, deren Schwänzchen im kalten Fahrtwind bommeln. Ein Hasentrupp auf dem Weg an die Front.

»Ich töte dich«, sage ich zu Max.

Er blickt grinsend unter seinen herabhängenden Schlappohren hervor.

»*Happy Birthday*, Meschner!«

Sascha und André lachen gleichzeitig laut los.

»Und EUCH töte ich auch.«

Ich bin jetzt fast auf den Schlag genau einunddreißig Jahre alt und nehme mit schwerem Kater an einer ganz originellen Guerilla-Promo-Aktion teil. Dem Geistesblitz eines überbezahlten Werbefachmanns zwei Sekunden vor Feierabend folgend, haben wir uns jeder in ein plüschiges Hasenkostüm werfen müssen, denn wir verteilen ja auch gleich Zettel für eine Hasenzüchtermesse. Ein Glück nur, dass es keine Nacktmullausstellung ist.

Ich zünde mir eine Zigarette an und betrachte die anderen Bunnys etwas genauer. Alle zittern. Alle mit resigniert herunterhängenden Ohren. Alles studentische Aushilfsidioten. Und selbstverständlich alles Typen.

Bei meinem Lebensstil der letzten Wochen, hatte ich eigentlich vermutet, dass ich die einunddreißig gar nicht mehr erreiche. Zwar war mein Körper nie ein wirklicher Wellness-Tempel, doch die zusätzliche Dreifachbelastung durch Liebeskummer, viel, VIEL Alkohol und Nikotin hat ihm so stark zugesetzt, dass mich der Tod bestimmt mal ein bisschen genauer unter die Lupe genommen hat.

Aber Gottes Wege sind eben unergründlich. Und der Tod ist vielleicht auch nur eine studentische Hilfskraft in einem schlechtsitzenden schwarzen Kostüm.

Ich öffne den Reißverschluss meiner Bauchtasche, hole mein iPhone heraus und gehe zu Facebook, weil ich wissen will, wer mir alles zum Geburtstag gratuliert hat.

Moritz Meschner hat einen Stummelschwanz.
vor etwa einer Stunde

14 Personen gefällt das.
Alle 20 Kommentare anzeigen

Viola Nehring Ich kann mich meinen Vorgängern nur anschließen, Moritz! Das mit dem Stummelschwanz war hinlänglich bekannt. ;-) Auch von mir »Happy Birthday!«
vor 3 Minuten

Kett Karr lol rofl ... alles gute zum b-day!!! mach dir 'nen schönen tag
vor 2 Minuten

Nicht schlecht. Vierzehn Daumen und zwanzig Kommentare und Glückwünsche. Und an meiner Pinnwand auch noch mal zwölf Einträge. Und es ist erst kurz vor eins.

Das ist das Geniale an Facebook. Man muss nicht mehr zum Hörer greifen, mit niemandem mehr reden, man kann schön unpersönlich ein paar Zeilen niederschreiben und sich dann wieder aus dem virtuellen Staub machen. Angerufen hat nämlich bislang niemand.

Ich gucke auf mein Profil und stelle mit einem absurden Kindvormweihnachtsbaumgefühl fest, dass ich schon wieder acht neue Freunde habe. Acht! Zumindest mein Avatar scheint also noch einigermaßen beliebt. Nur Steffis Schwester Nele hat mich abgelehnt. Jetzt schon zum vierten Mal. Ich frage sie erneut an. Ist mir sowieso ein Rätsel, wieso sie zu Steffi hält und nicht zu mir.

»Hat jemand von euch zufällig was zu Trinken mit?«, fragt Sascha plötzlich.

Max greift in seinen Rucksack und zieht eine Plastikflasche raus.

»Wodka O gefällig?«

»Alter«, rufe ich, »du bist mein Held!«

Ich nehme einen ordentlichen Schluck und gebe die Flasche dann an Sascha weiter.

»Boah, herbe Mische.«

Sascha verzieht sein Gesicht.

»Halb-Halb«, sagt Max.

»Meine Mutter hat mich angestupst«, sage ich und trinke einen weiteren großen Schluck.

»Was?«

Ich zeige ihnen den kleinen blauen Finger auf dem Display.

»Meine Mutter hat mich angestupst.«

Seit zwei Tagen ist sie auch bei Facebook.

Ich hätte sie nicht als Freundin bestätigen sollen.

Jetzt hat sie mich nicht nur angestupst, sie hat sogar an meine Pinnwand geschrieben.

»Alles Liebe zum Geburtstag, Kleiner! Auch von Papi.«

UND sie hat ein Fotoalbum mit Bildern von mir kommentiert. Meine MUTTER!

»Warst Du da betrunken?«, schreibt sie.

Da, wo ich ohne Hosen in der Ecke liege und schlafe?

Da, wo ich gegen eine Hauswand pisse und schlafe?

Da, wo ich fast an Saschas Erbrochenem erstickt wäre?

Nein, Mama, da war ich nüchtern. Alkohol trinke ich nur zu ganz besonderen Anlässen. Wenn es draußen dunkel ist, zum Beispiel.

Oder hell.

Zum Beispiel.

»Deine Mom ist ja ziemlich up to date für ihr Alter.«

»Arbeitet doch auf 'nem Amt«, antworte ich. »Irgend 'ne jüngere Kollegin hat ihr neulich Facebook gezeigt. Sie hat aber auch nur zwölf Freunde.«

Und sie hat mich angestupst.

Als ich das letzte Mal jemanden im echten Leben angestupst habe, war das im Kindergarten, und dieser Jemand hat mich daraufhin viel doller zurückgestupst, und dann ich wieder ihn und so weiter, und am Ende haben wir beide geweint, nur ich ein bisschen lauter.

Ich will nie wieder angestupst werden.

Höchstens von Steffi.

Der LKW macht eine ruckartige Bremsung, und ich stolpere direkt in den flauschigen Rücken eines mir unbekannten Rammlers.

»Alter«, sage ich. »Wie fährt der Idiot denn?«

»Alles aussteigen, hier ist Endstation«, ruft eine Stimme von der Straße.

Es ist Omar, der Teamleiter. Er hat ein fettes Grinsen im Gesicht. Mit einem lauten Knall fällt die Ladeklappe, und wir Hasen springen raus.

Eine halbe Stunde später stehen Max, Sascha, André und ich an einem Bahnhofskiosk und trinken Bier. Die Zettel, die wir verteilen sollten, liegen sorgfältig gefaltet im Papierkorb neben uns. Ich habe etwas Bier auf mein Hasenkostüm gekleckert.

»Die Typen eben waren echt krass, oder?«

Sascha hat noch immer einen leichten Schock.

Als wir zu viert über den Bahnhof gehoppelt sind, wollten uns sofort ein paar besoffene Punks auf die Fresse hauen. Auf jeden Fall haben sie an Saschas Ohren gezogen und ihn angepöbelt.

»Hätte wirklich böse ausgehen können«, sage ich. »Du hättest aussehen können wie ich.«

Mein Gesicht hat sich in den letzten Tagen von Dunkellila in ein leicht schorfiges, noch dunkleres Dunkellila verschlimmert.

Sascha hebt seine Bierflasche.

»So, dann jetzt noch mal richtig: Herzlichen Glückwunsch, mein Lieber!«

»Von mir auch«, schließt sich André an.

»Danke.«

»Leider haben wir nichts für dich«, sagt Max ein bisschen so, als wäre ihm das eigentlich egal.

»Ihr habt mir schon das schönste Geschenk gemacht. DIESER tolle Tag und EURE Hackfressen dazu, mehr geht nicht!«

»In diesem Sinne«, sagt Sascha, und wir prosten uns zu und trinken.

Da ist sie also jetzt, die einunddreißig. Wenn es die dreißig wäre, dann könnte ich sie wenigstens als Grund für meine Depressionen vorschieben. Aber die einunddreißig beeindruckt in Sachen Schwermut niemanden.

Und selbst letztes Jahr war bei meinem Geburtstag alles in Ordnung. Er war sogar sehr lustig, und es gibt auch noch ein tolles Foto von meiner Party, auf der Steffi und zwei weibliche Bekannte von mir zu sehen sind, und sowohl meine beiden weiblichen Bekannten als auch Steffi haben das Foto später mit einem Daumen nach oben bewertet.

Dieses Jahr gibt es keine Party und keinen Daumen nach oben, sondern nur Hasenscheiße. Ich auf einem lauten Bahnhof in einem kratzenden Kostüm, dessen Fellfärbung entsprechend meiner Stimmung irgendwo zwischen Kack- und Seelenknacksbraun liegt.

»Und was machen wir jetzt?«, fragt Sascha. »Hier is mir das Bier zu teuer.«

»Keine Ahnung«, sagt Max. »Lassen wir doch unser Geburtstagskaninchen entscheiden.«

Ich streiche eines der beiden herabhängenden Schlappohren aus meinem Gesicht.

»Lachst du etwa über mich?«

»Würd ich nie«, grinst Max. »Nur über deine Leiche.«

»Von mir aus gehen wir woanders hin«, sage ich. »Aber was machen wir mit den Kostümen?«

»Können wir doch auch morgen abgeben.«

Ich trinke mein Bier aus und will gerade noch etwas sagen, als plötzlich eine versoffene Stimme durch den Bahnhof hallt.

»HEY, HÄSCHEN! DA SEID IHR JA WIEDER!«

»Fuck, Mann, das sind die Punks!«

»Lass uns abhauen«, sage ich.

Vier Hasen sitzen auf einem Dach.

Wir trinken Bier, rauchen und lassen uns die noch halbwegs warme Oktobersonne auf den Pelz scheinen. Unter uns liegt die Stadt, und ich fühle mich unangenehm schwerelos.

Ich weiß nicht genau, ob meinen Jungs wirklich etwas an mir liegt, oder ob sie deshalb mit mir zusammen sind, weil sie genauso verpeilte Alkoholiker sind wie ich. Oder ein paar Möchtegern-Peter-Pans, die ihr Leben so lange tatenlos an sich vorbeiziehen lassen, bis die letzte Klappe in Form eines sehr billigen Sargdeckels gefallen ist.

Ich bin jetzt einunddreißig Jahre alt und sitze auf dem Dach von Max' Mietshaus, und ich sehe gemeinsam mit den anderen dabei zu, wie der Himmel sich langsam zartrosa färbt. Seit über zwanzig Minuten haben wir nichts mehr gesagt.

Mein Bauch klingelt.

Ich habe keine Lust nachzusehen, wer das ist, und lasse das iPhone einfach weiterfiepen.

»Alter, geh ran oder schmeiß es weg!«, sagt Max nach ein paar Sekunden genervt.

»Ist bestimmt Steffi, die dir zum Geburtstag gratulieren will.«

»Leckt mich«, sage ich, hole das iPhone raus und erstarre.

Sie ist es tatsächlich.

Ihr Foto ist zumindest auf dem Display.

Toll. Da ruft sie mich endlich an, und anstatt mich darüber zu freuen, kriege ich Schnappatmung.

»Was is nu?«, nölt Max. »Gehst du jetzt mal ran?!«

»Ich kann nicht. Es ist wirklich Steffi.«

Die drei schauen mich ungläubig an.

»Was soll ich denn jetzt machen?«

Binnen eines Wimpernschlags reißt Max mir das iPhone weg.

»Das Leben ist 'ne Achterbahn«, sagt er todernst. »Und am langweiligsten ist es, wenn die Achterbahn bergauf fährt.«

Dann nimmt er den Anruf an und drückt mir das iPhone wieder in die Hand.

»Ich hasse dich so sehr«, flüstere ich und führe es langsam und wie unter Hypnose an mein Ohr.

»Hey, ich bin's.«

Ihre Stimme lässt meinen Herzschlag für einen Moment aussetzen. Ein wundervolles Gefühl! Das bedeutet nämlich, dass ich tot bin. Leider holpert die alte Cholesterin-Pumpe gleich darauf wieder los.

»Hey«, sage ich leise und so vorsichtig wie ein Grubenarbeiter, der in einer einsturzgefährdeten Mine festklemmt.

Eine kurze, unangenehme Stille entsteht.

»Ich …«, setze ich vollkommen ziellos an.

»Ich wollte dir nur zum Geburtstag gratulieren«, fällt mir Steffi ins Wort.

Wieder Stille.

»Danke«, sage ich. »Das … nett.«

Wow, das war ja beinahe ein kompletter Satz. Jetzt noch zwei, drei Wörter mehr, und du könntest dich fast unterhalten!

»Wie geht's dir?«, fragt sie.

Eine Frage, für die ich irgendwie keine passende Antwort parat habe. Wir sind vier besoffene Hasen und sitzen auf dem Dach.

»Ich …«

»Feierst du auch schön?«

Noch so eine Fangfrage.

WIR SIND VIER BESOFFENE HASEN UND SITZEN AUF DEM DACH!

»Na ja, ich …«

»Ich würde dich gerne sehen.«

Das Leben ist schon eine seltsame Sache.

Gerade foltert es mich noch mit dem Gedanken daran, wie es wäre, das Dach nicht wieder über die Treppen, sondern auf dem direktesten aller Wege nach unten zu verlassen, und nur einen Augenblick später schmiert es meine geschundene Seele mit Blütenhonig ein.

Ich bin mir sehr sicher, dass Steffi das auf keinen Fall gesagt haben kann, sondern dass der Satz »Ich würde dich gerne sehen« irgendwo in meinem Gehirn abgespeichert war, und der Klang ihrer Stimme eine Art Flashback ausgelöst und den Satz vom Hirn in mein Ohr befördert hat.

»Moritz? … Bist du noch dran?«

Moritz? Welcher Moritz? Der Moritz, den du meinst, hat soeben seinen Körper verlassen und schwebt ein bisschen neben sich rum.

»Hallo?«

»Ja, ich, äh …«

»Was hältst du denn von morgen Abend? Wir könnten uns im ›Tropico‹ treffen. So um acht?«

Ich schwebe zurück in meinen autistischen Körper, der im Moment wahrscheinlich zu allem Möglichen in der Lage wäre, zum Beispiel dazu, die Anzahl von versehentlich auf den Boden gefallenen Streichhölzern innerhalb einer Mikrosekunde genauestens zu bestimmen oder eine Zwölftonsymphonie fehlerfrei wiederzugeben, leider aber nicht, um mit seiner direkten Außenwelt zu kommunizieren.

»Acht … is … acht.«

Und *life is life.*

»Dann morgen um acht im ›Tropico‹. Bis denn. … Ich freu mich.«

Als sie schon lange aufgelegt hat, halte ich das iPhone immer noch an mein Ohr und starre auf das unter uns liegende Berlin.

Ich habe nie eine schönere Stadt gesehen. Und nie ein schöneres Rosa.

Das war also Steffi. Die Frau, die mir noch vor ein paar Tagen mit dem Anwalt gedroht hat. Ich wäre nicht überraschter gewesen, wenn meine tote Uroma angerufen hätte.

Und sie möchte mich … SEHEN! Und sie … FREUT sich?!

Ob sie wirklich weiß, dass sie gerade mit MIR gesprochen hat … und nicht mit George Clooney? Doch, sie weiß es. Sie hat ja meinen Namen gesagt. Moritz. Und einen Moritz Clooney gibt es, glaube ich, nicht.

»Wieso will sie sich denn mit mir treffen?«, frage ich, als ich langsam meine Sprache wiederfinde.

»Keine Ahnung«, sagt Max, und die beiden anderen sagen nichts. »Aber spielt das überhaupt eine Rolle?«

Max hat recht. Es spielt keine. Die Hauptsache ist, dass sie sich mit mir treffen will. Morgen Abend.

Fuck!

Bis dahin sind es ja nur etwas mehr als vierundzwanzig Stunden! Wie bitte schön soll ich mich in dieser kurzen Zeitspanne von Frankenstein zurück in einen halbwegs ansehnlichen und coolen Menschen verwandeln? Ich muss zum Friseur, zur Kosmetik und zum Tätowierer! Ich muss meine Zehennägel schneiden, mich rasieren und bis morgen eine sechswöchige Alkohol-Entziehungskur absolvieren! Und ich muss mit einer Planierraupe durch meine Wohnung fahren. Das »Tropico« ist nämlich bei mir um die Ecke. Wer weiß, ob sie danach nicht noch zu mir will.

Das »Tropico« war immer unsere Lieblings-Cocktail-Bar. Mit fast schon unverschämt günstigen Studententarif-Preisen und Happy Hour von siebzehn bis einundzwanzig Uhr. Ich liebe Etablissements, die den Begriff »Happy Hour« nicht allzu wörtlich nehmen. Mann, haben wir da oft gesessen, was getrunken, uns unterhalten und uns natürlich auch umarmt und geküsst. Vielleicht ist das ja morgen Abend auch so! Oder vielleicht taucht sie da mit einem Anwalt auf, der sich auf SMS- und Facebook-Stalker spezialisiert hat. Nein, unwahrscheinlich. Sie hat gesagt, dass sie sich freut.

Aber was ist mit Silvio? Weiß der von unserem Date? Hat sie ihn überhaupt gefragt? Oder ihn womöglich schon wieder abserviert, weil er so gemein zu mir gewesen ist?

Fragen über Fragen.

»Gehst du da wirklich hin?«

»Weiß nicht genau«, sage ich und nehme einen großen Schluck Bier.

Die Wahrheit ist, dass nicht mal ein Medizinball in die Fresse mich davon abhalten könnte.

Nur ein paar Stunden später sitze ich auf einer Polizeiwache und buchstabiere meinen Nachnamen. Nicht wirklich besser als einen Medizinball in die Fresse zu bekommen.

Warum ich hier bin, ist leicht zu erklären. Ich bin mit dem Motorrad eines Bekannten ins Schaufenster des KaDeWe gerast. Im Hasenkostüm.

Das Leben ist nicht seltsam, es ist ein großer beschissener Dieter-Hallervorden-Sketch!

»Also, noch mal den Nachnamen.«

»Meschner.«

»Mit ›ä‹?«

»›E‹! Meeeschner! ›E‹ wie ›Esel‹!«

»Hört sich aber an wie mit ›ä‹.«

»Schreiben Sie's, wie Sie wollen.«

»Also ›ä‹. … Und hinten auch ein ›ä‹?«

»Machen Sie zwei draus.«

Ich kenne solche Polizeiwachen eigentlich nur aus den Nachmittagsserien im Fernsehen. Da gibt es immer so eine riesige Scheibe, die von der einen Seite verspiegelt ist, und auf der anderen Seite stehen die Theater-AG-Kommissare und warten darauf, dass der Verdächtige im Verhörzimmer sich verplappert und anfängt zu heulen, und dann nehmen sie ihn fest, und am Ende stellt sich heraus, dass er es gar nicht war, sondern der Onkel des

Liebhabers der Nutte, mit dem das Opfer eine inzestuöse Beziehung hatte.

Auf meiner Wache gibt es keine verspiegelte Scheibe. Nur zwei Trottel, die sich an einem sehr alten Schreibtisch gegenübersitzen. Einer im Hasen- und einer im Polizistenkostüm.

»Zweimal ›ä‹? Das kann doch gar nicht sein! Also, noch mal. WIE schreibt sich Ihr Nachname?«

Der Kommissar, oder was immer er ist, hat nicht ein einziges Mal gelacht, und das, obwohl ich in meiner Verkleidung vor ihm sitze und vor Scham Hasenköttel scheißen könnte. Er habe schon eine Menge »verrückter Typen« gehabt, was hier allein »an Fasching« so los wäre, und auch Studenten in seltsamen Kostümen hätte er »aufgenommen«, einen Clown zum Beispiel, und dann saß auf meinem Platz wohl mal ein Ei, das von ein paar Punks was auf die Fresse bekommen hat. Über solchen Dingen steht er drüber. Nur mein Nachname bringt ihn zur Verzweiflung.

»Meschner. M-E-S-C-H-N-E-R.«

Er hackt jeden Buchstaben einzeln in die Computertastatur.

»Könnten Sie auch auf meinem Facebook-Profil nachlesen!«

»Haben Sie Ihren Führerschein dabei? Oder den Ausweis?«

»Sie sind ja witzig«, entgegne ich. »Erstens besitze ich keinen Führerschein, wie ich schon sagte, und zweitens habe ich meinen Ausweis in meiner Jacke. Wie ich AUCH schon sagte.«

Ich zeige auf das iPhone, den Fünfzig-Euro-Schein und meinen Haustürschlüssel, der vor uns auf dem Schreibtisch liegt.

»Das ist alles, was ich dabeihabe.«

»Und Ihre Jacke ist ...«

»In der Wohnung eines Freundes. Ich habe sie heute Vormittag dagelassen, weil wir ja diese Hasenkostüme anziehen mussten.«

»Aha«, sagt Kommissar Planlos planlos.

»Gut, wir haben die Kostüme erst in der Agentur bekommen, BEVOR wir auf den Laster sind, aber Max hat mir das mit den Hasenkostümen dann netterweise doch schon früher gesagt, und eigentlich wollte ich ja nicht mit, aber ich hatte 'nen ziemlichen Kater und Max mich ja auch schon eingetragen und, na ja, eigentlich habe ich sie erst später dort gelassen, denn wir waren am frühen Abend noch mal in seiner Wohnung, und ... jedenfalls ist die Jacke mit dem Ausweis bei ihm.«

»Sie verstricken sich da in eine Menge Widersprüche, das ist Ihnen schon klar?«

Der Typ macht mich noch fertig. Er mag zwar den IQ eines Käsebrötchens haben, doch er gibt mir das ungute Gefühl, dass er mich langsam, aber sicher kriminaltechnisch einkreist, und ICH der Onkel des Liebhabers der Nutte bin, der die Tat begangen hat und am Ende eingebuchtet wird. Völlig zu Recht im Übrigen. Obwohl das Ganze mehr ein Unfall als eine Tat gewesen ist.

»Kann er das bestätigen?«

»Was bestätigen?«, frage ich zurück. »Wer denn überhaupt?«

»Ihr Freund ... Max ... kann er bestätigen, dass die Jacke und der Ausweis bei ihm in der Wohnung sind?«

So wie ich Max kenne, kann er um diese Uhrzeit gar nichts mehr bestätigen. Höchstens, dass zwölf Halbe und zwei Wodka O eine einschlummerndere Wirkung haben als Wick Medinait und dazu »Gute Zeiten, schlechte Zeiten«. Der war schon völlig durch, als ich vorhin abgehauen bin.

»Max wird mit ziemlicher Sicherheit jetzt schlafen«, bestätige ich. »Und dann geht der auch nicht mehr an sein Telefon.«

»Hmmm … dann bräuchte ich bitte Ihre Adresse und das Geburtsdatum.«

Ich nenne ihm meine Daten und sehe dabei zu, wie er alles sorgfältig in seinen Computer einpflegt und am Ende verdutzt eine Augenbraue hebt.

»Moment mal … heute ist Ihr Geburtstag.«

»Deswegen habe ich ja auch Alkohol getrunken.«

»Ach, und sonst trinken Sie keinen?«

Nach einer ziemlich langen Denkpause sage ich schließlich »Nein«.

Zum Glück bin ich nicht an einen Lügendetektor angeschlossen.

»Und das Motorrad gehört Ihrem Bekannten … Erik.«

»Das wissen Sie doch schon.«

Erik wurde vor mir befragt und ist jetzt wahrscheinlich schon wieder zu Hause. Ich musste während seiner Befragung zur Blutentnahme.

»Wie viel Promille hab ich eigentlich? Nur mal so aus Neugier.«

»Die Werte sind noch nicht da. Aber der erste Atemtest hat einen vorläufigen Blutalkoholwert von zwei Komma vier ergeben.«

»Wow«, sage ich beeindruckt. »Komm ich damit ins ›Guinness-Buch‹?«

»Nein, aber Sie werden mit Sicherheit Ihren Führerschein abgeben müssen!«

»Ich hab doch gar keinen.«

»Ach ja«, sagt er und hebt wieder die Braue.

Dachte immer, Polizisten bräuchten Abitur. Meinem hier traue ich maximal eine Siegerurkunde bei den Bundesjugendspielen zu.

»Sie machen übrigens einen ziemlich klaren Eindruck. Dafür, dass Sie unter so hoher alkoholischer Einwirkung stehen.«

Das nennt der eine hohe alkoholische Einwirkung? Da hätte er mich mal gestern ins Röhrchen pusten lassen sollen! Als ich fast zehn Stunden vor Facebook gesessen und die ganze Zeit Bier und Wein getrunken habe. Und abends bin ich zu Max, und da gab es noch ein paar Wodka O und zwei Jägermeister. Nach der Dosis hätte David Hasselhoff keinen einzigen Burger mehr runterbekommen.

»Herr ... Messner, schildern Sie mir doch bitte den Verlauf des heutigen Abends in Ihren Worten!«

»Das ist einfach«, setze ich an. »Motorrad ... Scheibe ... Klirr! Darf ich jetzt gehen?«

»Wenn Sie sich über mich lustig machen wollen, dann kann ich Ihnen nur versichern, dass ich dafür die ganze Nacht Zeit habe. Und dann löst mein Kollege mich ab.«

Ich glaube nicht, dass er mitgekriegt hat, was er da gerade für einen Stuss erzählt. Trotzdem verstehe ich, was er meint. Und diese Möchtegern-Stasi-Scheiße wirkt.

»Okay«, sagt Herr Messner also schließlich reumütig, atmet einmal tief durch und beginnt zu erzählen:

»Es war ein Abend wie jeder andere. Nur anders.

Ich verließ gegen achtzehn Uhr die Wohnung von Max, in der wir uns noch auf ein paar erfrischende Gerstenkaltschalen zusammengefunden hatten, nachdem es auf dem Dach langsam etwas zu kühl geworden war, und ich hinterließ drei mutmaßlich rotzvolle Hasen in eben dieser Wohnung.

Meine Jacke habe ich in Wahrheit nicht absichtlich dort gelassen, ich habe sie ganz einfach vergessen. Genauso wie ich vorher vergessen hatte, mich meines Hasenkostüms zu entledigen. Dies sollten mir diverse Passanten auf dem Kurfürstendamm, in dessen Nähe Max ja nun mal wohnt, in Form von teils unter der Gürtellinie angesiedelten Spottrufen und jeder Menge auf mich gerichteten Fingerzeigen eindrücklich zurück ins Gedächtnis rufen.

War mir aber scheißegal. Meine Gedanken drehten sich nur um Steffi und unser bevorstehendes Treffen. Und vielleicht noch darum, wie ich es schaffen könnte, mich bis zum morgigen Tag als attraktiver Schmetterling zu entpuppen und mein Zuhause ebenfalls wieder hinzukriegen, in dem selbst die Kellys vor lauter Ekel mal freiwillig feucht durchwischen würden.

Wie auch immer.

Theoretisch befand ich mich auf dem Heimweg. Rein praktisch allerdings auf der Suche nach dem nächsten Bier. Ich hatte schließlich Geburtstag, und da mir weder die Wiederherstellung meiner Wohnung noch die meines Körpers an diesem Abend auch nur halbwegs realistisch schien, entschied ich mich spontan dazu, noch ein Pils an einer Currywurstbude am Wittenbergplatz zu ordern. Meine Wohnung könnte ich auch morgen machen und mein Aussehen, ach, das hat Steffi noch nie richtig interessiert, sie hat sich in MICH verliebt, in meine inneren Werte, nicht in unwichtige Äußerlichkeiten, das hat sie mir so oft gesagt, Moritz, sagte sie, du bist der Mann meines Lebens, mein Seelenpartner, und dann haben wir uns geküsst und uns gestreichelt und …«

»Kurze Frage. Wer ist Steffi? … Und was hat das alles mit dem Tathergang zu tun?«

Kommissar Planlos guckt mich so gelangweilt an, als sei ich ein Sonett von Shakespeare.

»Sie sind wohl kein Fan von großen Gefühlen«, sage ich etwas eingeschnappt.

»Der Speicherplatz auf meinem Rechner ist nur begrenzt, Herr … äh … Mälzer.«

Der Speicherplatz in seinem Kopf anscheinend auch.

»Na gut«, sage ich und fahre fort.

»An besagter Currywurstbude fiel mir ein junger Mann auf, der gerade im Begriff war, sich eine Bulette mit scharfen Zwiebeln nebst Pommes Schranke reinzupfeifen. Der Mann trug eine Motorradjacke und war ansonsten ein Alptraum in Ed Hardy. Sehr schnell stellte ich fest, dass es sich bei dem Mann um meinen alten Kumpel Erik handelte, den ich seit dem Abi nicht mehr gesehen hatte. Auch er erkannte mich sofort.

»Alter, Moritz, wie siehst DU denn aus?!«

»Hatte heut 'nen Promojob. Zettel verteilen für 'ne Hasenzüchtermesse.«

»Wie originell«, sagte Erik grinsend.

»Und sonst?«, fragte ich. »Alles klar bei dir?«

»Ja, läuft. Und selbst?«

Wir unterhielten uns in der nächsten halben Stunde über dieses und jenes. Vorwiegend aber über Steffi, denn ich erzählte ihm recht schnell davon, dass sie mich verlassen hatte, und wie es mir jetzt ging, und dass wir uns morgen wiedersehen würden, und ich trank noch ein, zwei Flaschen Bier in dieser Zeit. Erik kannte Steffi zwar nicht, machte aber auf mich einen einigermaßen interessierten Eindruck, also erzählte ich weiter, und während ich so erzählte und mein Bier trank, muss ich mir wohl einen kleinen Schwipps geholt haben.«

»Einen kleinen Schwipps?«, unterbricht mich mein Polizistenfreund. »Hatten Sie nicht gesagt, dass Sie vorher schon einiges an Alkohol konsumiert hatten?«

»Ja«, sage ich, »aber da war ich noch nicht richtig betrunken. Das kam erst an der Currywurstbude.«

Er schüttelt ungläubig den Kopf.

»Herr Mettmann, Herr Mettmann! Ich weiß nicht, was ich von Ihnen halten soll!«

»Gut, ich war auch vorher schon betrunken. Aber eben noch nicht so, dass ich es bemerkt hätte. Jedenfalls bin ich nach den nächsten Bierchen auf die vollkommen absurde Idee gekommen, dass ich doch mal ein paar Meter auf Eriks Motorrad fahren könnte.«

»Das Motorrad hatte Erik bei sich?«

»Stand direkt neben uns auf dem Wittenbergplatz.«

»Und er hat es Ihnen einfach so erlaubt?«

»Nicht wirklich«, sage ich. »Es hat mich schon eine Menge Überredungskunst gekostet. Ich dachte, dass Steffi mich vielleicht ein bisschen cooler finden würde, wenn ich einen Motorradführerschein hätte und … na ja …«

Ich senke meinen Kopf.

»Ich weiß auch nicht so genau, was ich mir dabei gedacht habe.«

Erik wollte mich auf keinen Fall fahren lassen. Ich muss ihm wohl so auf die Eier gegangen sein, und/oder ich habe ihm so leidgetan, dass er mich schließlich »mal kurz« auf sein Motorrad steigen ließ und mir nervös ein paar kurze Instruktionen zuraunte, die ich nach drei Sekunden schon wieder vergessen hatte. Irgendwas mit Kupplung ziehen, Schalten, Kommen lassen, dabei ein bisschen Gas geben, und dass alles ähnlich wie beim Auto sei. Und dann noch irgendwas mit Bremse.

Es kam dann letztlich, wie es kommen musste. Ich habe das Motorrad irgendwie in Gang bekommen und bin sofort los in Richtung Schaufenster. Die Fahrt dauerte nur ein paar Sekunden, aber in dieser kurzen Zeit passierten mehrere Dinge auf einmal: Die ältere Dame in meinem Weg zog ihren kleinen Dackel so kräftig an der Leine zurück, dass dieser durch die Luft flog. Meine braunen Hasenohren wehten für einen glorreichen Augenblick der Freiheit im Wind. Und Erik rief mir etwas hinterher, das wie »REMSEN!« klang.

»Und dann lag ich beim KaDeWe im Fenster. Wie gesagt: Motorrad … Scheibe … Klirr! Komme ich jetzt ins Gefängnis?«

»Ich glaube nicht«, entgegnet Kommissar Planlos. »Solange Sie keine Vorstrafen haben, wird das wahrscheinlich ein Bußgeld nach sich ziehen. Das entscheide aber nicht ich. Und den entstandenen Schaden müssen Sie natürlich auch bezahlen.«

»Aber ich komme NICHT ins Gefängnis?«

»An Ihrer Stelle würde ich mir mehr Sorgen darüber machen, dass Sie morgen in allen Zeitungen sind. Soweit ich weiß, haben ein paar Reporter vorhin Fotos gemacht.«

Stimmt. Drecksjournalistenpack! Ich erinnere mich

noch, wie irgendjemand in die Bullen-Wanne knipste, als ich da bei meiner ersten Vor-Ort-Befragung drin saß.

»Beten Sie am besten für einen Terroranschlag! Sonst kommt das sogar auf Seite eins.«

Keine schlechte Idee! Vielleicht fliegt ja ein Al-Kaida-Typ im Kamelkostüm noch vor Redaktionsschluss in den Berliner Fernsehturm.

»Und was passiert jetzt?«, frage ich unsicher.

Eigentlich könne der Polizeicomputer meine Daten überprüfen und somit bestätigen, dass ich auch der Hase bin, für den ich mich ausgebe, aber der Rechner stürze wohl manchmal ab und funktioniere auch ansonsten nicht mehr einwandfrei, und Windows 95 sei ja sowieso ein veraltetes Betriebssystem und einem handfesten Ausweis viel mehr zu trauen, auf jeden Fall verstrickt sich Kommissar Planlos in eine Menge Widersprüche, die ich aber leider nicht gegen ihn verwenden kann, und ich muss dann schließlich doch Max anrufen und habe Glück, dass er nach zwanzigmal Klingeln auch wirklich rangeht.

Max nimmt sich ein Taxi und bringt meine Jacke nebst Ausweis auf der Polizeiwache vorbei, sinngemäß sagt er noch etwas wie »Meschner, du verpeiltes Idioten-Arschloch«, und dann darf ich gehen, aber ich höre wohl noch von irgendwem. So formulierte es jedenfalls der Kommissar. Wahrscheinlich wird es eine Gerichtsverhandlung geben, und da wird mich Barbara Salesch oder Wer-auch-immer zu einer saftigen Geldstrafe verurteilen, weil meine Versicherung den Schaden bestimmt nicht übernimmt. Leider gibt es keine Besoffene-Hasen-Klausel.

Als ich die Wohnungstür endlich hinter mir schließe, ist es schon nach Mitternacht. Mein Geburtstag ist vorbei.

Ich öffne eine Flasche ALDI-Weißwein und trinke die Hälfte auf ex. Dann lege ich mich ins Bett. Auf Facebook habe ich keine Lust mehr.

Obwohl.

Ich bin seit heute wieder mit meiner Wohnung befreundet. Und meine Wohnung ist ein Fan von »Aufgeräumt werden«.

👍 Moritz' Wohnung gefällt das.

In aller Herrgottsfrühe, nämlich um kurz vor elf, klingelte mein Brummschädel mich wach, und ich bekam sofort eine Panikattacke. Nur noch neun Stunden bis Steffi!

Als Mann schätzt man in der Regel viele Dinge falsch ein. Wie viele Tüten man zum Beispiel braucht, wenn der Einkauf aus hundert verschiedenen Produkten inklusive einer halben Palette Orangensaft besteht. Ich dachte immer, eine kleine Tüte würde da reichen. Erst Steffi hat mir die Augen geöffnet. Und natürlich der Einkauf, der sich nach dem Reißen dieser kleinen Tüte über den Supermarktboden verteilt hatte.

Was ich außerdem falsch eingeschätzt hatte, war die Zeit, die ich für das Putzen meiner Wohnung brauchen würde. Ich hatte mit etwa einer Stunde pro Zimmer gerechnet. Da ich über Küche, Bad, Flur, ein kleines Wohn- und ein noch kleineres Schlafzimmer verfüge, kam ich ergo auf fünf Stunden Aufräumzeit. Nach diesen fünf Stunden bin ich aber gerade mal mit der Küche fertig. Allein die Kruste im Ofen hatte die Dicke der oberen Erdschicht und war genauso schwer abzutragen. Zwei Sprühflaschen billigsten Glasreiniger und sechs aus Stahlwolle bestehende Topfkratzer habe ich verbraucht, bis die Kruste endlich weg war. Und bis ich festgestellt habe, dass im Schrank noch Backofenspray steht. Mit dem das Ganze wesentlich schneller gegangen wäre.

Der Heizkörper in der Ecke sieht aus wie ein Requisit für einen Endzeitfilm. Wer zur Hölle erfindet auch ein Ding mit so vielen nutzlosen Zwischenräumen?! Die Menge an Staubflocken, die ich aus dem einst schneeweißen Heizungsgerippe herauskratze, könnte die Mitglieder einer Eskimofamilie locker über einen langen, harten Winter bringen. Vorausgesetzt, sie würden sich Staubmäntel machen. Und Flockensuppe essen.

Aber auch mein Badezimmer ist für die eine oder andere launige Überraschung gut. Die Stellfläche oben auf der Waschmaschine ist zum Beispiel schön klebrig. Habe ich mal auf dem Klo gesessen und mir gleichzeitig auf der Waschmaschine ein Honigbrot geschmiert? Auf jeden Fall möglich.

Ich nehme das dreckige Geschirr aus der Badewanne, schmeiße alles in eine große blaue Mülltüte und verstaue diese im Kleiderschrank. Dann verbrenne ich den Kleiderschrank. Natürlich nur in Gedanken.

Da ich schon mal im Schlafzimmer bin, nehme ich mir vor, meine Bier- und Weinflaschen einzusammeln, die sich von der Wand bis zur Zimmermitte stapeln und ein äußerst fragiles gläsernes Mikado ergeben, das sehr wahrscheinlich klirrend und scheppernd in sich zusammenfallen wird, wenn ich versehentlich eine tragende Flasche zuerst entferne. Fuck, die kriege ich hier nie raus. Und wenn doch, dann wäre das eine Arbeit, für die selbst Sisyphos mir 'nen Vogel zeigen würde. Ich meine, bis zum Bett geht ja alles, aber dann! Vielleicht kann man die eine

Hälfte des Zimmers irgendwie … »abhängen«? Ich hole einen Stuhl, steige drauf und befestige ein rotes Handtuch mit einer Wäscheklammer an der Deckenlampe. Rot deswegen, weil ich hoffe, dass das Handtuch dem Schlafzimmer auch gleich noch eine erotisierende Atmosphäre verleiht.

Leider nicht.

Das Handtuch zeigt schlaff auf den Boden und tut sonst gar nichts. Sieht aus, als hätte sich Superman hier erhängt. *Fuck! Fuck, fuck!*

Letztendlich hole ich noch drei weitere Handtücher und lege sie vorsichtig über den Flaschenhaufen. Das muss reichen. Küche, Bad und Schlafzimmer sind also okay, das Laminat im Flur reinige ich noch schnell mit Draft Power Gel für den Abfluss, und das Wohnzimmer geht sowieso, sonst hätten sich da Iga und Natti nicht reinsetzen dürfen, nur die Bierpullen im Bücherregal schmeiße ich weg, und dann ist Sense und Punkt und basta!

Noch etwas mehr als drei Stunden bis Steffi.

Ich schneide mir die Fingernägel, rasiere mich und gehe dann ausgiebigst duschen. Ausgiebigstenst! Kein Fitzelchen Schmutz, keine noch so kleine Nuance eines unerwünschten Geruchs darf an mir haften, wenn ich meinen Schatz endlich wiedersehe. Und hoffentlich in meine halbstarken Arme schließe. Wird schon. Sie freut sich auf mich! Und es muss ja nicht gleich Sex sein, ein bisschen Kuscheln und Knutschen würde mir schon reichen. Wird schon. WIRD SCHON!

Ich trockne mich ab, setze mich an den Computer und gehe auf Bild-Online. Hab ich schon mal heute Vormittag gemacht. Und wie befürchtet ein sehr aussagekräftiges Foto gesehen.

Noch immer bin ich unter den Hauptmeldungen als »News 2« zu finden. Die gar nicht mal so schlechte Überschrift lautet: »Ja, ist denn heut schon Ostern? – Motorrad-Rammler demoliert KaDeWe!« Darunter ist eine bunte Zeichnung von einem Motorrad zu sehen, auf dem ein Hase mit wehenden Ohren sitzt. Und daneben ein Foto von mir, wie ich mit herabhängenden Ohren im Polizei-Bus sitze und verhört werde. Zum Glück ist das Foto sehr unscharf. Man kann mein Gesicht beim besten Willen nicht erkennen. Und in dem dazugehörigen Artikel ist auch immer nur von einem »einunddreißigjährigen Mann« die Rede. Kein Gesicht, kein Name, kein Grund also, warum ich mich verkriechen müsste.

Ist alles noch mal halbwegs gutgegangen!

Kurz zu Facebook. Neue Freunde checken. Und zwischendurch die Uhr. Steffi minus drei Stunden. Alles klar. Eine Flasche Wein aufmachen und dazu 'ne Zigarette. Vorsichtig sein! Nur nicht zu viel trinken! Nicht schon voll sein, wenn du Schatzi triffst! Den Wein gut dosieren! Fünf Minuten später habe ich bereits zwei Gläser drin. Verdammt. Und Steffi immer noch minus drei Stunden. Freunde bei Facebook plus acht! Heißen: Frank, Jochen, Frauke, Ines, Dirk, Sonja, Manuel und Herr Bing. Mir alle so fremd wie Namen aus dem Alten Testament. Meine neuen Freunde. Ich habe sie angefragt, sie haben bestätigt. Bin also jetzt auch in ihrer Freundesliste zu finden. Facebook ist seltsam. Und ich nach Weinglas Nummer drei ein bisschen angetrunken. Blick auf die Uhr. Countdown läuft. S minus drei Stunden. Die Zeit steht wohl still.

Das vierte Glas Wein mische ich mit Wasser. Ich muss wirklich aufpassen, denn vielleicht gibt es heute Abend noch Sex. Hoffe ich jedenfalls. Sie freut sich ja.

Es ist schon fast drei Monate her, seitdem ich das letzte Mal Sex hatte. Mit Steffi natürlich. Ich weiß gar nicht genau, ob ich es noch kann. Nehme aber an, es ist wie mit Fahrradfahren, das man ja angeblich nie verlernt. Oder aber es ist wie Motorradfahren, und dann habe ich ein Problem.

S minus zwei Stunden und fünfundfünfzig Minuten.

Ich würde mich prinzipiell als ganz okay im Bett einschätzen, und mir auf einer Skala von Papst Benedikt bis Rocco Siffredi ein solides »Oliver Geißen« geben. Obere, aber unauffällige Mittelklasse eben.

Wenn ich so drüber nachdenke, ist es fast ein bisschen verwunderlich, dass ich nur ein Mittelklassestecher bin. Ich hätte längst aufleveln müssen. Bei so vielen Pornos, die ich in meinem Leben gesehen habe! Ich hatte ja sogar schon mit zehn Jahren einen eigenen Fernseher, und war am Samstagabend dementsprechend immer recht lange wach. So lange, bis »Tutti Frutti« und »Eis am Stiel« kamen. Und später hatten meine Eltern dann irgendwann Premiere. Wenn die mal weg waren, saß ich im Wohnzimmer vor einem verschlüsselten Schneegriesel und habe mir ab und zu eingebildet, ich sähe eine weibliche Brust. Das waren tolle Zeiten!

Heutzutage setzt einen die Pornoindustrie ganz schön unter Druck. Ich habe Stellungen gesehen, die nur von chinesischen Schlangenmenschen praktiziert werden können. Und teilweise auch ausprobiert. Bei einer bin ich nach hinten umgekippt. Und Steffi hat gelacht.

Mein sexuelles Wissen ist meinem Können klar voraus. Ich würde fast behaupten, mein Repertoire passt auf die kleine Zutatenliste einer Fünf-Minuten-Terrine. Und auch ansonsten haben wir einiges gemeinsam. Die Terrine und ich.

Silvio wird im Bett wohl mehr bringen als ein mittelmäßiges »Oli Geißen«. So sieht er jedenfalls aus. Er wird klare Ansagen machen und Stellungen bevorzugen, bei denen er der Boss ist. Unten liegen und romantisch verklärt nach oben gucken gibt es bei ihm nicht. Da wird bestimmt schon mal an den Haaren gezogen, ein kleines Backpfeifchen ausgeteilt und zur richtigen Zeit ein versautes Wort ins Ohr gebrüllt. Wie in den Filmen. Bei dem Gedanken daran, dass Steffi so etwas gefallen könnte, dreht sich mir der Magen um. Aber es ist wichtig, darüber nachzudenken. Offen und schonungslos damit umzugehen. Denn WENN ich heute Sex mit Steffi haben sollte, dann muss ich auch wissen, was sie mag, und was ich eventuell die letzten Jahre falsch gemacht habe. Ich muss es richtig bringen, um sie wieder zurückzugewinnen. Besser sein als Silvio Haarzieher-Backpfeifenverteiler-Ohrbrüller-Arschfotzenkopf. Mehr Rocco sein und weniger Oli. Ein richtiger Pornoficker eben. Unten liegen und romantisch verklärt nach oben gucken ist nicht mehr! Womit meine Lieblingsstellung wohl ein für alle Mal gestorben wäre.

Ich zünde mir eine Zigarette an und gieße etwas Wein in den Rest meiner lahmen Schorle.

Das wird alles andere als einfach heute Abend. Ich bin halt niemand, der richtig zupackt. Oder einer Frau sagt und zeigt, wo es langgeht. Dabei hätte ich das bei Steffi mal tun sollen. Sie ist immerhin erst fünfundzwanzig und mit ihrem BWL-Studium noch lange nicht fertig. Sie hätte jemanden gebraucht, der ihr zeigt, wo es langgeht! Eine herbere, maskulinere, nach Moschus stinkende Ausgabe von mir. Die sie ja jetzt in Form von Silvio hat. Einen Zuchtbullen mit Vin-Diesel-Motor und Rocco-Siffredi-Einspritzpumpe.

S minus zwei Stunden, neunundvierzig Minuten, und die Sekunden kann ich auf die Schnelle nicht rückwärts rechnen.

Ach, scheißegal, wie ich im Bett bin. Heute Abend wird alles gut. Wird schon. Steffi kennt mich ja. Und sie hat die Schnauze voll von ihrem Vin-Diesel-Verschnitt, sonst würde sie mich nicht sehen wollen. Alles wird gut!

S minus zwei Stunden und achtundvierzig Minuten. Ich gehe mal eben kotzen.

Es ist zwanzig vor acht, als ich im Nieselregen vor dem »Tropico« auf und ab laufe.

Natürlich wusste ich schon beim Losgehen, dass ich zu früh sein würde, aber ich habe es zu Hause einfach nicht mehr ausgehalten, bin immer wieder vom Computer aufgestanden und rüber zum Fernseher und dann wieder zurück und so weiter, und weil ich keine Sekunde ruhig sitzen konnte, habe ich mir dann doch noch mehr Wein eingeflößt, der mich aber nicht beruhigt, sondern nur weiter aufgeputscht hat. Da man im »Tropico« neuerdings nicht mehr rauchen darf, mache ich das draußen. Keine Ahnung, wie viele Zigaretten es schon waren, ich bin ein konstant dampfendes Nikotin-Kraftwerk, zünde mir eine nach der anderen an und laufe weiter auf und ab. Nachdem ich mich vorhin im dunklen Badezimmer ins Waschbecken übergeben und dieses hoffentlich auch getroffen habe, ging es mir ein bisschen besser, trotzdem habe ich den ganzen Weg hierher etwas gemacht, das ich »Trockenkotzen« nenne, eine sympathische Mischung aus Raucherhusten und Würggeräuschen, und ich durfte feststellen, dass das bei den Menschen auf der Straße nicht allzu gut ankommt. Ich kotze gerne mal trocken, wenn mein Herz die Zweihundert-Puls-Marke geknackt hat. Trotzdem oder gerade deshalb zünde ich mir die nächste Zigarette an, hole mein iPhone raus und gucke nach, ob Steffi sich gemeldet hat. Da das nicht der Fall ist, gehe ich davon aus, dass unsere Verabredung noch steht, und das löst in mir einen weiteren Würgereiz aus.

Zu behaupten, ich hätte einfach blind irgendwas aus dem Kleiderschrank gegriffen und mal eben übergeworfen, entspräche nicht ganz der Wahrheit. Ich bin ziemlich aufgebitcht. Für einen Mann. Ich habe meine schwarze Anzughose an, die leider ein bisschen knitterig und sogar feucht ist, da sie mitten auf dem siffigen Boden gelegen hat, dazu ein weißes Hemd und meinen dünnen schwarzen Schlips. Das Jackett musste ich im Schrank hängen lassen, da es unerklärlicherweise nach Jägermeister roch. Stattdessen habe ich meinen dunkelgrünen Parka angezogen, und nun sehe ich ziemlich stylish aus, elegant und gleichzeitig etwas abgeranzt, so wie ein Rockstar eben, jedenfalls hoffe ich das, und dennoch fühle ich mich unwohl, und ich würge und huste wieder und spucke einmal kräftig auf die Straße. Daran, dass ich heute Abend noch Sex haben werde, glaube ich nicht mehr. Jeder positive Gedanke ist aus meinem Kopf verschwunden und purer Panik gewichen.

Plötzlich wird mir klar, dass ich hier nicht mehr sein will.

Ich will weder hier sein, noch will ich auf eine Frau warten, die darüber zu entscheiden hat, ob es mir gut oder schlecht geht. Ich will einfach nur weg. Ich will nach Hause ins Bett. Und ich will, dass mir meine Mama einen Kakao macht. Mit viel Rum drin.

Genau in diesem Moment schlägt ganz in der Nähe eine

Autotür zu. Fast ein bisschen zu nah für meinen Geschmack. Ich würde die Autotür unter hundert anderen nur am Geräusch erkennen, und damit sehr wahrscheinlich Wettkönig bei »Wetten, dass …?« werden können. Und natürlich erkenne ich die Frau, die neben dem Auto steht. Niemand schlägt eine Autotür so zu wie Steffi. Kein Mensch trägt so viel Sensibilität, so viel Gefühl und Poesie in sich wie Steffi. Kein noch so dunkler Abend könnte ihr überirdisches Strahlen verschlucken. Keine Bewertungsskala ist nach oben hin offen genug für sie. Sie sieht aus wie eine Gött…

Moment mal.

Wie sieht sie denn überhaupt aus?!

Ich reibe mir die Augen. Ja, sie ist es wirklich. Allerdings nicht so, wie ich sie erwartet habe. Ihre Haare sind fettig und zu einem Zopf gebunden, statt irgendetwas Figurbetonendem trägt sie einen weiten Nike-Pulli und eine Jogginghose, und geschminkt ist sie auch nicht. Ein bisschen erinnert sie mich an Natti.

Ich versuche zu lächeln, bringe aber nur die Mundwinkel ein unbedeutendes Stückchen nach oben und verharre in dieser faken Smiley-Fratze wie ein schiefgegangener Spezialeffekt. Mehr denn je hätte ich jetzt gerne meinen mit Rum versetzten Kakao. Und dass alles gut wird. Als sich unsere Blicke dann aber treffen, stirbt auch diese letzte Hoffnung in mir. Steffi wirkt genervt, angefressen regelrecht, und als wir endlich voreinander stehen, da will ich sie umarmen, aber sie sagt nur »Lass uns rein, es regnet«, und ich trete meine Kippe auf dem Boden aus und mein ohnehin angeknackstes Selbstbewusstsein gleich mit. Dann öffne ich die Tür für die Frau, die mein Herz mal mitgenommen hat, es mir allem Anschein nach aber auch heute nicht zurückgeben will. Wo ist bloß mein Beruhigungskakao?

Kaum sind wir drin, stehen wir auch schon dumm im Eingangsbereich rum und ich vor dem nächsten Problem. Das »Tropico« ist voll. Randvoll. Kein Wunder, es ist Freitag um acht. Dass sich die Leute hier drängen und quetschen, ist Steffis Laune nicht besonders zuträglich. Genauer gesagt: Gar nicht.

»Boah, suchst du uns jetzt endlich 'nen Platz oder was?!«, nölt sie.

Ich schaue mich nervös um und möchte am liebsten eines der glücklichen Pärchen vom Tisch wegschießen, aber da ist Steffi schon beim Kellner und fordert einen Platz.

»Einen Tisch für zwei«, füge ich schnell hinzu und hoffe, dass irgendjemand das auch gehört hat.

»Tut mir leid, wir sind voll.«

»Dann warten wir eben noch «, sage ich und bekomme das von Steffi augenblicklich mit einem Nasenschnaufer quittiert.

»Was denn?«

»Da hinten ist doch was frei!«

»Da, wo schon zwei sitzen?!«

»Ist doch egal! Wir wollen sowieso nicht ewig bleiben!«

Na, super. Wieso tritt sie mir nicht gleich in die Eier? Dann hätten wir es wenigstens hinter uns.

»Nun FRAG die beiden doch mal!«

»Ist ja gut«, sage ich und trolle mich rüber zum Tisch, an dem ein etwa Achtzehnjähriger mit Basecap und einer ziemlich hübschen Brünetten sitzt.

»Äh … Entschuldigung? Könnten wir hier noch mit ran? Meine Freun… also, die Dame und ich? Dauert auch nicht lange. Sie will mir wohl nicht vor allen in die Eier treten, sondern mich nett ausbluten lassen wie ein angestochenes Ferkel. Also, dürfen wir?«

Noch bevor der verdutzte Teenie antworten kann, hat sich Steffi schon neben ihn gesetzt. Ich habe keine andere Wahl und lasse mich schwerfällig in den Korbstuhl neben der hübschen Brünetten plumpsen.

»Na, also«, sagt Steffi. »Und jetzt bestell halt mal was!«

Wow. Was für eine Stimmung. Nicht ausgeschlossen, dass hier gleich die Löcher aus dem Käse fliegen.

»Was möchtest du denn haben?«

»Was wohl? 'nen Cuba Libre natürlich!«

Keine Ahnung, was das soll. Nach Vorspiel fühlt sich das nicht gerade an. Obwohl Steffi und ich schon ähnlich beschissene Vorspiele hatten.

»Mach mal hinne! Sonst wird das heute nie was!«

Okay. JETZT fühlt es sich nach Vorspiel an!

»Einen Cuba Libre«, sage ich zum Kellner. »Und für mich ein Bier.«

Das geht wenigstens schnell.

»Immer noch der alte Moritz. Wir sitzen in einer Cocktailbar, und er bestellt ein Bier.«

Hallo?! Erstens sitzt ER genau gegenüber, und zweitens müsste ER kein Bier bestellen, wenn es hier auch Gewehre gäbe. Dann würde ER nämlich gepflegt Amok laufen.

»Einen Cuba Libre«, wiederholt der Kellner und kritzelt etwas auf seinen Zettel.

»Und ein Bier«, sage ich.

»Oh, so einen Cuba Libre hätte ich auch gerne.«

Die Brünette neben mir richtet sich plötzlich in ihrem Korbstuhl auf und hebt ihre Hand.

»Also, ZWEI Cuba Libre?«
»Genau.«
»Und ein Bier«, rufe ich dazwischen.
»Gehen die beiden auf eine Rechnung?«
»Nein«, sagt Steffi genervt.
»Wir kennen uns ja gar nicht«, sagt der Basecap-Teen ebenso genervt.
»Was ist denn mit meinem Bier?«, frage ich.
»Sag mal, bist du nicht Moritz?«, fragt die Brünette. »Wir sind doch Facebook-Freunde.«
Halleluja.

Minus und minus ergeben bekanntlich plus. Wenn zwei Negative aufeinandertreffen, verschmelzen sie meist zu etwas Positivem. An unserem Tisch gilt diese Gesetzmäßigkeit leider nicht. Der Basecap-Teen durchbohrt mich regelrecht mit seinem finsteren Blick. Steffi hat genau denselben finsteren Blick aufgesetzt. Beide Blicke addieren sich zu doppel-finster.

Dass der Typ sauer auf mich ist, weil ich anscheinend mit seiner Freundin verfacebookt bin, ist verständlich. Warum aber auch Steffi eine noch fiesere Fresse zieht als zuvor, kann ich nicht ganz nachvollziehen. Fest steht nur, dass meine Ex eine personifizierte Kriegserklärung ist. Ich glaube, so habe ich ihr Gesicht noch nie gesehen. Wäre es eine Werbeanzeige, dann würde direkt darunter stehen: »Jetzt neu – mit 20 Prozent mehr Kälte im Blick!«

»Du BIST doch Moritz, oder?«, fragt die Brünette mich wieder. »Moritz … Meschner?«

»Korrekt«, sage ich und reiche ihr eine schweißnasse Hand.

»Ich bin Laura.«

»Ich … äh … weiß«, lüge ich.

»War schon ein bisschen komisch, als deine Freundschaftsanfrage kam. Aber als ich dann gesehen habe, dass Claude ein gemeinsamer Freund von uns ist, habe ich dich doch bestätigt.«

Natürlich kenne ich keinen Claude. Es sei denn, sie meint Claude Debussy. Den kenne ich, wenn auch nur vom Namen her. Durchaus möglich, dass ich bei Facebook mit Claude Debussy befreundet bin. Ich überlege einen kurzen Moment.

»Ist der nicht tot?«, frage ich schließlich.

»Claude?!«, lacht sie laut. »Quatsch. Den habe ich heute Nachmittag doch noch getroffen.«

Dem Basecap-Typen scheint das alles gar nicht zu gefallen. Er wendet seinen Blick von mir ab und starrt nun Laura finster in die Augen. Außerdem kann ich erkennen, dass seine rechte Hand sich zur Faust ballt.

»Ach? Du triffst dich also doch noch mit Claude?! Ich dachte, da läuft nichts mehr zwischen euch!«

Von einer Sekunde auf die andere geht auch meine Facebook-Freundin Laura in Angriffsstellung.

»Hä? Bist du scheiße oder was?!«

»ICH bin scheiße?! DU belügst mich doch die ganze Zeit!«

»Weißt du was, Basti? Du bist so ein Opfer!«

»Hey«, versuche ich dazwischenzugehen. »Streitet euch doch nicht. Das muss ja nichts bedeuten, wenn sie sich mit diesem komischen Typen trifft.«

»Ach nein?«

»Nein. Ist doch nichts dabei. Außerdem dachte ich sowieso, dass der tot wäre.«

»CLAUDE IST NICHT TOT!«, schreit Laura plötzlich so

laut, dass die Leute um uns herum ihre Gespräche einstellen und sie anstarren.

»Ich meine ja nur, dass so ein Treffen generell nichts zu bedeuten hat. Also, da muss nicht immer was Ernstes hinter stecken.«

»Tut es ja auch nicht«, sagt Laura, steht auf und nimmt ihre Jacke.

Dann dreht sie sich noch mal zu mir.

»Danke, dass du mir helfen wolltest, Moritz. Aber zwischen Basti und mir ist einfach zu viel zerbrochen. Das kann man sowieso nicht mehr kitten.«

Sie gibt mir einen Kuss auf die Wange.

»Du bist ein wahrer Freund.«

Sagt sie und geht. Basecap-Basti bleibt regungslos sitzen. Er ist wie benommen, sein Kopf knallrot. Ich weiß genau, wie er sich fühlt. Jetzt, da sein Liebesleben mal eben den Bach runter gegangen ist.

»Sorry«, sage ich ziemlich unbeholfen, aber da springt Basti auch schon auf, schnappt sich seine Jacke und jagt Laura hinterher. Der Laura, die gerade seine aktuelle Exfreundin geworden ist.

»Zwei Cuba Libre?«

Der Kellner lächelt höflich, aber sichtlich irritiert. Kein Wunder, eben saßen ja auch noch vier Leute am Tisch.

»Einen für die Dame«, sage ich, und als ich sehe, dass der Kellner mein Bier vergessen hat, füge ich hinzu: »Der andere ist für mich.«

Das nenne ich wenigstens Selbsterhaltungstrieb.

»Ich bin sauer auf dich, Moritz. Stinksauer!«

»Nur weil ich die Beziehung zwischen Basti und Laura zerstört habe?«

»Du weißt genau, was ich meine!«

Ich ziehe einen Schluck Cuba Libre durch meinen Strohhalm und weiß genau, was sie meint.

Wie sich die Dinge doch ändern können. Noch vor ein paar Monaten saßen wir auch hier, waren zusammen und glücklich, ich ein dreijähriges Kind und sie mein Süßigkeitenteller, von dem ich immer wieder gerne genascht habe. Die einzig gebliebene Erinnerung an diese wundervolle Zeit ist Karies. Ich würde so ziemlich alles dafür geben, wenn ich NICHT hier mit Steffi sitzen müsste, sondern stattdessen einfach mit Max, André und Sascha kaputter Dampfer spielen und mich volllaufen lassen könnte. Wir wären jetzt vermutlich schon im siebten Promille-Himmel und würden darüber diskutieren, ob man an Alkohol wirklich sterben kann oder ob das nur eine Lüge der Mineralwasser-Industrie ist, würden uns darüber streiten, ob Häagen-Dazs' »Cookies & Cream« oder »Strawberry Cheesecake« das bessere Eis ist (natürlich ist es »Strawberry Cheesecake«!) und würden schließlich die Pros und Contras bezüglich der Frage auf den Tisch legen, ob Tatjana Gsell trotz ihres körperlichen und vor allem geistigen Verfalls noch eine fickbare Braut ist beziehungsweise je war. Ein typischer Idioten-Absturz-Abend eben. Aber NEIN, ich muss mich ja mit der vermeintlichen Liebe meines Lebens treffen, mich dem absurden Gedankenspiel hingeben, sie würde mich gerne zurückhaben wollen, und nun sitze ich hier, wieder bin ich drei Jahre alt, nur ist dieses Mal der Süßigkeitenteller mit jeder Menge zuschnappbereiter Mausefallen garniert. Und natürlich stecke ich meine Hand mittenrein.

»DU wolltest mich doch sehen«, sage ich und bereue es gleich wieder.

»Wie konntest du mir nur solche Nachrichten schicken?! Die waren so was von unter der Gürtellinie!«

»Ach, das ist doch Ansichtssache«, stammle ich und ziehe wieder ordentlich Libre durch den Halm.

»MORITZ!«

»Du hast ja recht. Das war ... voll daneben von mir. Aber mir geht's halt total beschissen ... ohne dich.«

»Das tut mir leid, aber ... ach Mann, Moritz, glaubst du denn, ich hätte dich nicht auch vermisst?«

So ein Unsinn.

»Wenn man jemanden vermisst, dann will man denjenigen auch sehen und mit ihm zusammen sein. So einfach ist das!«

Ich mache dem Kellner das deutliche und meiner Meinung nach auch international anerkannte Zeichen dafür, dass er mir fünf Bier bringen soll. Wahrscheinlich wird es aber nur wieder auf einen Cuba Libre hinauslaufen.

»Für dich ist immer alles ganz einfach, Moritz. Das war es früher ja auch schon.«

»Was soll DAS denn heißen?! Weißt du eigentlich, wie es mir GEHT?! Wie ich LEIDE?! Ich meine, ich kann nicht schlafen, nicht essen, nicht trinken! Na gut, das mit dem Trinken stimmt jetzt nicht. Aber ansonsten schon! Ich bin nur am Heulen, Steffi, am HEULEN, und ich stell mir jede Sekunde vor, wie du und der Arschfff...reund miteinander rummacht! Ich kotze und kotze und kotze, und ich krieg dieses Gefühl einfach nicht aus meinem Körper raus, mir geht's ständig beschissen, und DIR ... dir geht's GUT! Richtig GUT! Und das ist so scheiße unfair, und ... ach, ich weiß auch nicht, ich meine, du hast mir nicht mal den Grund dafür gesagt, warum du mit mir Schluss gemacht hast, ich meine, ich war immer gut zu dir, habe dich nie geschlagen, ich meine, WELCHEN ABGEFUCKTEN GRUND KANN ES DENN ÜBERHAUPT GEBEN?!«

Endlich bin ich das mal losgeworden, und ich hoffe, dass es ordentlich gesessen hat! Es GIBT nämlich keinen vernünftigen Grund. Kann es gar nicht! Wenn sie einen finden sollte, dann will ich Karl Theodor Viktualia Rollgardina Pfefferminz Efraimstochter zu Guttenberg heißen!

In Steffis Kopf scheint es zu rattern. Und nur ein paar Sekunden später ist sie dann auch bereit, etwas auszuspucken. Leider. Denn statt des erwarteten »Es gibt TATSÄCHLICH keinen Grund«, kommt etwas anderes aus ihr heraus. Etwas völlig anderes.

»Wie wär's denn mit Claudia?«

Und schon ist alles upside down.

Hätte nie gedacht, dass ich schizophren bin.

Und ich auch nicht.

DA ich es aber scheinbar bin, hoffe ich, dass die Rechnung nachher nicht auf mich, sondern auf den anderen Moritz geht.

Binnen eines Wimpernschlages stürzt eine ganze Welt in sich zusammen. Meine Welt. Und das mit ordentlich Tamtam und Voll-auf-die-Zwölf-Attitüde. Was der Trampel-Dino Godzilla für Tokio war, das ist der Name Claudia für mein Seelenheil. Einfacher ausgedrückt: NICHT gut. Seltsamerweise habe ich seit der Trennung von Steffi nicht eine Sekunde lang an Claudia gedacht. Genau genommen habe ich an gar nichts gedacht. Nur an Steffi.

Nein.

NOCH genauer genommen habe ich eigentlich nur an MICH gedacht! Daran, wie es MIR geht, wie ICH mich fühle, wie beschissen MEIN Leben ist! Alles andere habe ich scheinbar verdrängt. Und jetzt, wo Steffi vor mir sitzt und das Schlüsselwort »Claudia« ausspricht, kommt mit einem Mal alles wieder zurück. Schlagartig. Brutal. Godzillafußmäßig.

Meine immer noch nicht ganz verheilten Lila-Laune-Wangen werden heiß, und ich fühle, wie sich mein Nacken verspannt. Außerdem ist mir schwindlig. Nichts Neues im Grunde, nur hat sich die Ausgangssituation dramatisch verändert. Steffi ist gar keine Schlampe. ICH bin eine Schlampe.

»Ich weiß, dass du mich mit Claudia betrogen hast, Moritz.«

Psychothriller-Kamerafahrt auf mein Gesicht. Schweißperlen auf der Stirn und über der Lippe. Schläfe pocht. Kopf droht zu explodieren. Am besten selbigen in den Sand stecken, dann ist bestimmt bald alles vorbei. Kein Sand da. Und Cocktailglas zu klein für meine Birne. Sterben wäre jetzt was Tolles.

»Ich ... das ist doch alles ... das STIMMT einfach nicht!«

Kamerafahrt auf meine Augen. Erste Tränen sammeln sich. Hektisches Blinzeln. Beginne zu schwitzen wie ein Schwein. Meine Glaubwürdigkeit spaziert mit einem Schirmchengetränk in der Hand nackt über die Wiese.

»Ich weiß es, Moritz. Sie hat es mir selbst erzählt.«

Oh, Mann.

Das ist wirklich nicht gut.

»Wer hat was erzählt?«, frage ich, um ein bisschen Zeit zu gewinnen.

»Claudia, du Arsch! Sie ist zu mir gekommen und hat es mir erzählt.«

Ich bin verflucht. Das ist es! Ich bin ganz einfach verflucht! Oder das »Tropico« steht auf den Überresten eines alten Indianerfriedhofs. Was irgendwie dasselbe wäre. So oder so – am Ende bin ich der Gefickte. Im wahrsten Sinne.

»Sag mir, dass das nicht wahr ist, Moritz.«

Auch in Steffis Augen sind jetzt Tränen.

»Sag es mir.«

»Ich … kann nicht.«

Denn es ist wahr.

Vollkommen wahr.

Ich habe Steffi mit Claudia betrogen. Mehrmals. Bei mir zu Hause, bei Claudia zu Hause, und einmal sogar bei Steffi zu Hause, als sie arbeiten musste.

Und das ist noch nicht alles.

Ich fühle mich, als würde ich aus einer Hypnose erwachen. Plötzlich erinnere ich mich wieder. Und mit einem Mal gibt's Kopfkino mit mir als einzigem Besucher. Hießen die Filme der letzten Wochen immer nur »Steffi – Die Frau Ihrer Träume«, »Steffi – Warum ist sie bloß gegangen?« und »Steffi – Return of the Liebeskummer«, so wurden diese gerade abgesetzt, und ab sofort läuft ein neuer Blockbuster namens »Meschner – Du dummes Arschloch!«.

Claudia war nicht die einzige Frau, mit der ich fremdgegangen bin. Als ich mit Steffi zusammen war, gab es noch drei weitere. Drei! Susi, Sarah und irgendeine Tusse von irgendeiner Party, an deren Namen ich mich nicht erinnern kann, und mit der ich dementsprechend auch nicht bei Facebook befreundet bin. Ich weiß nur noch, dass sie nicht besonders hübsch war.

Susi und Sarah SIND hingegen Facebook-Freundinnen von mir. Und Steffi kennt die beiden auch. Auf dem Foto von meinem letzten Geburtstag, das Steffi mit einem »Gefällt mir«-Daumen gewürdigt hatte, steht Steffi direkt zwischen Susi und Sarah. Wenn sie wüsste, dass ich ein paar Tage später mit Sarah und dann etwa zwei Wochen danach auch noch mit Susi geschlafen habe, würde sie den Daumen wohl zurücknehmen.

»Es ist wahr, was Claudia erzählt hat«, flüstere ich. »Wir hatten was miteinander.«

Und Steffi ist nicht die einzige Ex, die ich während einer gemeinsamen Beziehung betrogen habe. Wenn ich so überlege und die plötzlich aufkommenden Flashbacks richtig deute, dann habe ich ALLE meine Freundinnen hintergangen. ALLE!

OH MY GOD!

Anne Radtke war die erste.
vor etwa 13 Jahren

Moritz Meschner Mann, das kann doch wirklich nicht mein Ernst gewesen sein! Ich war doch so krass verliebt in Dich. Du warst mein erster Kuss, mein erster Sex, mein erstes wirklich gebrochenes Herz! Und trotzdem habe ich auf einer Party mit Janine rumgemacht und bin in der Nacht mit ihr in der Kiste gelandet. Nein, das ist nicht ganz richtig. Wir haben es auf einem Spielplatz getrieben. Auf einem dieser Wackel-Pferde. Ich hatte so Schiss davor, dass Du es rausfinden würdest. Da das aber nicht der Fall war, habe ich Dich nur kurze Zeit später auch noch mit Henriette betrogen. Zwei Mal.

 **Diane Friedrich** kam danach.
vor etwa 10, 9 und 8 Jahren

 **Moritz Meschner** Ganze vier Jahre waren wir ein Paar. Die längste Zeit, die es je eine Frau mit mir ausgehalten hat. Kein Wunder, Du warst so ein leichtes Opfer. Niemals hättest Du mir zugetraut, dass ich Dich betrügen würde. Hab ich aber doch. Du hast es nie wirklich gewusst – aber doch geahnt. Und als es Dir dann irgendwann so dreckig ging, dass Du Dich bei Max ausheulen musstest, war sowieso schon alles in Dir zerbrochen.

 **Miriam Panella** war die dritte Liebe, die der »arme kleine« Moritz verarscht hat!
vor etwa 5-6 Jahren

 **Moritz Meschner** Ich mache es kurz: Es waren sechs verschiedene Mädchen/Frauen in unserer gemeinsamen Zeit. Erinnerst Du Dich noch an den Italienisch-Kurs, den ich besucht habe? Dann weißt Du bestimmt auch noch, dass ich nach vier Monaten nicht mehr als »Mi chiamo Moritz« sagen konnte! Und das hat Dich GAR NICHT stutzig gemacht?!

Antje Vogel steht hier aus wirklich gutem Grund!
vor etwa 4 Jahren

Moritz Meschner Drei Monate hat es nur gedauert, bis Du herausgefunden hast, was für ein verdammt großes Arschloch ich bin. Respekt! (Natürlich auch an mich – nicht mal Tiger Woods hätte den Schneid dazu gehabt, eine Frau schon nach der ersten Beziehungswoche zu hintergehen!)

Und da habe ich mich neulich beim Facebook-Quiz »Welcher Two-and-a-Half-Men-Charakter bist du?« doch allen Ernstes noch gefragt, warum die Antwort »Charlie« war – und nicht »Alan«. Jetzt fällt es mir natürlich wie Schuppen von den Augen.

Die letzten zwei Monate war ich tatsächlich Alan. Aber ich BIN eigentlich Charlie. Und die Frau, die mir gegenübersitzt, ist Steffi. Einfach nur Steffi. Eine herzensgute, wundervolle und lebenslustige junge Frau, die von Moritz/Charlie verarscht wurde. Und die im Übrigen »Two and a Half Men« nie leiden konnte.

Die musikalische Hintergrundbeschallung im »Tropico« wechselt wie auf Knopfdruck. Eben noch lief »Upside down« von dieser Sängerin, die wie Michael Jackson aussieht. Ich glaube, es war Diana Ross. Aber auch egal, denn jetzt kommt der Anfang von »I gotta feeling«. Die Black Eyed Peas.

I gotta feeling
That tonight's gonna be a good night

That tonight's gonna be a goooood night
That tonight's gonna be a good, good night

Klassischer Fall von Ton-Bild-Schere. Nichts passt zusammen. Steffi weint. Ich auch. Weil ich mich schäme. Niemals zuvor habe ich mich so geschämt.

... tonight's gonna be a good, good night ...

Nö. Das wird *tonight* so ziemlich alles, aber mit Sicherheit keine *good, good night*!

»Schatz ...«, setze ich leise an und versuche Steffis Hand zu berühren, doch natürlich zieht sie diese weg.

Es bricht mir das Herz, sie so zu sehen. Es bricht mir wirklich das Herz. Rein mathematisch betrachtet, bereits das zweite Mal. Ich HABE sie aber auch scheiße behandelt. Abgesehen von den Seitensprüngen.

Ich erinnere mich zum Beispiel daran, wie ich sie mitten in der Nacht aus meiner Wohnung geschmissen habe, nachdem wir uns gestritten hatten. Oder daran, wie sie einen total romantischen Abend mit mir verbringen wollte, mit Kochen und Wein trinken und »Hangover« auf DVD, so ein völlig verblödeter Film, den ich schon im Kino ultra-lustig fand und Steffi nicht, und trotzdem hat sie ihn sofort für mich gekauft, als er auf DVD rausgekommen ist, und sie wollte ihn nur MEINETWEGEN noch mal sehen, nur um MIR eine Freude zu machen, und ich Idiot war mit den drei anderen Idioten in der Kneipe und habe gesoffen, und als ich randvoll war, habe ich Steffi angerufen und abgesagt und bin nach Hause, um zu schlafen. Und dann gab es noch dieses Wochenende, an dem ich mit Max feiern war und Steffi nicht gesagt habe, wo ich hingehe, und bevor wir los sind, habe ich ihre Nummer aus meinem Handy GELÖSCHT, nur damit ich sie nicht im Suff versehentlich anrufe und ihr DOCH sage, wo ich bin, ich meine, das wäre ja auch noch schöner gewesen, wenn ich auf einer coolen Party mit meiner nervigen Freundin gesehen worden wäre. Ja! Mit meiner NERVIGEN Freundin!!! Genauso habe ich es damals empfunden! Und dabei habe ich sie doch gleichzeitig so sehr geliebt! Wie krass ist das denn bitte schön?!

»Ein Cuba Libre«, sagt der Kellner mit einem breiten Grinsen, lässt selbiges aber auch gleich wieder aus seinem Gesicht plumpsen, als er uns zwei Häufchen Elend an seinem Tisch vorfindet.

»Ist in Ordnung«, sage ich und stehe auf. »Der Abend ist vorbei. Ich zahle vorne.«

Jawohl, der Abend ist vorbei. Und mein Leben auch. Aber das wussten wir ja schon.

»Es tut mir leid, Steffi. Ich wünschte, ich könnte dir begreiflich machen, wie sehr. Aber das kann ich nicht.«

Was für eine Telenovela-Scheiße. Ich dachte immer, dass den Autoren für solche Situationen etwas Besseres einfallen müsste, und dass dieser ganze Es-tut-mir-leid-Quark doch vollkommen am Leben vorbei geschrieben ist, aber ich muss heute feststellen, dass das nicht stimmt. Mir fällt nämlich auch nichts Besseres ein. Ich weiß nur, dass ich Steffi liebe. Und dass Liebe wohl mehr ist, als jemanden einfach nur zu lieben. Dass Liebe bedeutet, den geliebten Menschen auch gehen zu lassen, wenn der Zeitpunkt gekommen ist. Glücklich werden zu lassen. Auch wenn das wiederum bedeutet, dass Steffi mit jemand anderem als mit mir glücklich wird. Vollkommen klar. Vollkommen absurd.

»Du hast mehr verdient als mich«, telenovelliere ich noch mal, gehe rüber zur Bar und lege irgendeinen Schein auf den Tresen.

Dann verabschiede ich mich endgültig aus diesem Leben.

Silvio dürfte das wohl gefallen.

Auf der Straße schlägt mir der feine, kalte Nieselregen ins Gesicht. Ein seltsam unbedeutendes Gefühl. Beinahe steril. Ich zünde mir eine Zigarette an und gehe los. Wohin ich will, weiß ich nicht. Am besten wäre natürlich die nächstliegende Geschlossene. Eine billige Eckkneipe, in der ich mich zu Tode saufen kann, tut es aber fürs Erste auch.

»Moritz?«

Komisch. Für einen kurzen Moment dachte ich tatsächlich, dass meine Lieblingsstimme gerade meinen Namen gesagt hätte. Muss wohl eine Nachwirkung des Telenovela-Auftritts von eben sein. In der Realität passiert so etwas nicht. Nie.

»Moritz!«

Moment. Das IST Steffis Stimme!

Ich drehe mich um.

Sie rennt auf mich zu.

Sie weint.

Sie umarmt mich.

Sie sagt Sachen wie »Es tut mir doch auch so leid« und »Ich weiß, dass ich auch nicht immer die Beste war«. Wenn sie mich jetzt noch mit portugiesischem Akzent nach den Ölpipeline-Plänen meines Adoptivvaters fragt, bin ich wohl wirklich in einer Telenovela.

»Steffi … ich …«

Ruhig, Brauner! Einfach mal Fresse halten! Schließe sie in deine starken Ölimperium-Erben-Arme! Atme den Duft ihrer brasilianischen Haarpracht ein! Und das Wichtigste gerne noch mal: Halt die Fresse!

Ich schließe sie in meine Arme, atme den Duft ihrer Haare ein und halte die Fresse.

I gotta feeling

That tonight's gonna be a good, good night …

Yeah! It will be! Nein, *it IS* schon! Warum auch immer.

Charlie's back!

Und der kleine Moritz lässt sich einfach fallen.

Im Auto lege ich meine Hand auf Steffis Knie.

Ich habe keine Ahnung, was hier los ist, aber ich fühle mich wie ein Embryo in der Fruchtblase. Und das Fruchtwasser ist hochprozentig. Ich bin aufgedreht und verwirrt und auch ein bisschen nervös, denn so wie der Abend sich bislang entwickelt hat, kann eigentlich alles passieren.

Vielleicht verwandelt sich der Nieselregen ja in körnigen Frischkäse.

Vielleicht kommt eine Horde von fröhlichen Bob-Ross-Klonen und pinselt die Straße Titanium-Weiß.

Vielleicht fahren wir auch einfach gegen einen Baum, und ich wache auf.

Steffis wippendes Knie und die dazu passende Wipp-Musik, die in Vulkanausbruchsstärke aus dem Radio donnert, geben mir allerdings das starke Gefühl, dass dies die Realität sein muss.

»Voll der geile Song, ne?«

»›Disco Pogo‹?«, rufe ich.

»Ja. Die Atzen. Magste nich?«

»Nein. Ich hab 'ne Atzenallergie!«

»Blödmann«, lacht Steffi, und ich lache mit, und das fühlt sich absolut real an.

Ich bin so gut drauf wie ein dümmlich grinsender Teilnehmer bei »Takeshi's Castle«. BEVOR er auf einen lockeren Stein tritt oder mit einem Ball von der Hängebrücke geschossen wird. Heute Abend kann nichts mehr schiefgehen, so viel ist sicher. Kein lockerer Stein, keine noch so wackelige Hängebrücke bringt mich aus dem Gleichgewicht. *Tonight's gonna be a good, good, GOOD, GOOD night.* Ich lehne mich entspannt in den Beifahrersitz und schaue auf die Straße. Seltsam. Das kommt mir hier alles gar nicht bekannt vor.

»Wo fahren wir eigentlich hin?«

»Zu Silvio«, sagt Steffi und deutet auf das Handschuhfach. »Kannst du mir da mal 'ne Zigarette rausgeben?«

Und schon bin ich ein dümmlich grinsender Spargeltarzan in neonfarbener Badehose, der auf einer Hängebrücke einen Ball in die Weichteile bekommt.

»Nun guck nicht so! Wir müssen mit ihm reden!«

»Reden?! Mit … SILVIO?!«

Genau in diesem Moment beginnt meine linke Wange zu schmerzen wie eine alte Kriegsverletzung, wenn das Wetter umschlägt oder der D-Day sich jährt.

»Das ist doch wohl ein Scherz!«

Steffi schaut mich aus großen lieben Rehaugen an und fängt plötzlich wieder an zu lachen.

»Natürlich ist das ein Scherz! Was dachtest DU denn?!«

So ein Biest! Da hat sie mir doch gerade zwei Jahre meines Lebens geklaut! Einfach großartig, diese Frau!

»DISCO POGO!«, brülle ich und fange dann wie wild an, meinen Kopf zu bangen. Dabei muss ich so laut lachen, dass ich selbst die Atzen übertöne.

»Hallo?«, jauchzt Steffi. »Gibst du mir jetzt endlich die Kippen?!«

»Jaja«, sage ich mich langsam beruhigend, nehme die Schachtel aus dem Handschuhfach und zünde uns beiden eine Zigarette an.

Dann küsse ich Steffi auf die Wange.

Da ich keine gewischt kriege, küsse ich sie gleich noch mal. Sie lächelt und macht Tanzbewegungen mit ihrem Oberkörper, und sie singt, und ich steige direkt wieder mit ein: »DINGERLINGERLING! UND ALLE ATZEN SINGN!«

Das ist also UNSER Lied! Sehr schön, denn wenn ich mich recht erinnere, hatten wir vorher keins. »Disco Pogo« von den Atzen. Das wird folglich auf unserer Hochzeit, an Jahrestagen und bei meiner Beerdigung gespielt werden. Ich sehe es schon vor mir, wie Steffi in der Kirche um mich weint, und ein paar ältere Herren in schwarzen Anzügen den Song a cappella neben meinem Sarg zum Besten geben, den man im Übrigen nicht öffnen kann, meinen Sarg, weil ich besoffen in einen Ventilator gelaufen bin, und das keiner wirklich sehen will, außer vielleicht Max, der alte Splatter-Liebhaber. Ich in vierundsechzig Puzzleteilen in einem Sarg und Steffi schön am Heulen um die Liebe ihres Lebens, und der Alte-Männer-Chor singt »Disco Pogo« in Moll. Und alle Atzen trauern. Dingerlingerling.

Was wird eigentlich aus meinem Facebook-Profil im Falle meines Ablebens? Ich meine, wenn ich tot bin, und keiner der Hinterbliebenen mein Passwort kennt, dann kann es doch auch niemand deaktivieren. Das heißt wohl, dass ich meine Zugangsdaten in mein Testament schreiben muss! Oder aber ich lasse es einfach und lebe ewig weiter. Im Internet. Was für eine seltsame Vorstellung. Wenn es einen Dritten Weltkrieg geben sollte, in dem wir alle umkommen, dann bleiben unsere Facebook-Profile erhalten! Ob es das kommende Menschenalter in einer Million Jahren wirklich interessiert, dass ich ein Fan von Sasha Grey war? Na ja. Wenn sie das Foto auf ihrer Fanpage sehen, dann werden sie es schon verstehen. Und sich vermehren wie die Karnickel. Unglaublich! MEINE Idolisierung einer Pornodarstellerin wird das Überleben unserer Spezies sichern und eine neue Generation von sexgeilen Über-Humanoiden erschaffen! Ich sollte mir diesen Gedanken schützen lassen, bevor Quentin Tarantino darauf kommt.

Da mit einem Mal alles so außergewöhnlich supi läuft, ziehe ich mein iPhone aus der Tasche und gehe auf Facebook. Und siehe da – ich habe zwanzig neue Freunde! Und eine Freundschaftsanfrage! Von Florian Gruse, einem alten Kumpel von mir, den ich schon lange Zeit versucht habe zu Facebook zu lotsen. Aber bislang wollte er nicht. Er hat immer behauptet, Facebook sei die neue NSDAP, und je später er da eintritt, desto glaubwürdiger könnte er nachträglich vertreten, er sei doch eigentlich im Widerstand gewesen. Jetzt ist also auch er umgefallen, Mitläufer geworden, ein ganz ordinäres neues Facebook-Gesicht eben, und per vorsichtigem Druck auf den Touchscreen mein 250. Freund! Eigentlich müsste ich ihm eine Glückwunschkarte kaufen. Mit einer goldenen und von einem Lorbeerkranz umfassten »250« in der Mitte. Ich liebe ihn. Und ich liebe Steffi. Und mein Leben liebe ich auch.

»Mal im Ernst, wo fahren wir denn hin?«

»Zu mir«, sagt sie.

Zu ihr. Wie wundervoll.

Mein iPhone klingelt. Normalerweise gehe ich an unterdrückte Rufnummern nicht ran, aber heute mache ich mal eine Ausnahme.

»Hier Disco-Meschner«, blödel ich, und ich kann hören, wie Steffi kichert und das Radio leiser dreht.

»Herr Meschner? Moritz Meschner?«

»Der bin ich«, sage ich sehr von mir überzeugt und nehme einen Zug von meiner Zigarette.

»Reuter mein Name. Ich grüße Sie, Herr Meschner!«

»Ich kenne keinen Reuter. Nur Ernst Reuter, aber der ist so tot wie Claude Debussy!«

Wieder kichert Steffi. Ich drehe mich kurz zu ihr, und obwohl sie sich auf die Straße konzentriert und mich nicht sehen kann, zwinkere ich ihr zu.

»Na, Sie sind ja gut drauf, Herr Meschner«, sagt der Mann lachend.

»Ist ja auch kein Wunder«, entgegne ich. »Wenn das Leben glatt und in geordneten Bahnen verläuft, dann ist man eben gut drauf.«

»Das freut mich für Sie! Und vielleicht können wir darüber sprechen.«

»Wie? Sprechen? Über mein Leben?«

»Ja, klar. Wie gesagt, mein Name ist Reuter, und ich arbeite für die *BILD*-Zeitung, und ich dachte, wir könnten uns vielleicht morgen mal treffen. Oder auch heute, wenn Sie noch Zeit haben. Ich bin da ganz flexibel.«

»Treffen? Also … ich …«

Ich gerate plötzlich ins Stocken. SO berichtenswert ist es ja wohl auch nicht, dass ich wieder mit Steffi zusammen bin. Andererseits ist das schon eine starke Story. Ich meine, so wie ich meine Ex zurückgewonnen und dabei sogar noch das muskelbepackte Glatzenschwein Silvio ausgeschaltet habe, das hat schon Vorbildcharakter. Trotzdem muss das nicht unbedingt in die Zeitung.

»Ich finde nicht, dass wir uns treffen sollten. Das ist ja ganz lieb von Ihnen, aber …«

»Sie SIND doch der Typ, der im Hasenkostüm das KaDeWe demoliert hat, oder?«

Mir wird heiß.

Und wieder flashbackt es in meinem Gehirn.

»Hallo? Sind Sie noch dran? … Wir würden gerne eine Hintergrundgeschichte über Sie bringen … der Mensch, der im Hasenkostüm steckte … ganz harmlos.«

Ich ziehe das iPhone von meinem Ohr weg, als wäre es eine Giftschlange, die sich gerade festbeißen wollte, und drücke Herrn Reuter von der *BILD*-Zeitung weg.

Nach ein paar Sekunden klingelt es wieder. Rufnummer unterdrückt. Ich stecke das iPhone in die Jackentasche und drehe das Radio wieder lauter. Und alle Atzen tragen Hasenkostüme und pogen in einem Schaufenster.

»Wer war denn das?«, fragt Steffi neugierig.

»Ach, irgendein Idiot«, stammle ich. »Wenn das Klingeln aufhört, schalte ich das Handy aus.«

Ich brauche es eh nicht mehr.

Ich habe ja dich!

Als wir in Steffis Wohnung ankommen, bin ich quasi schon da.

Gott, wie sehr habe ich mir gewünscht, hier sein zu dürfen, wie oft habe ich besoffen im Bett gelegen und mir vorgestellt, wie ich mit Steffi in IHREM Bett liege, hier, in dieser Wohnung, in der ich mich immer wohler und heimischer gefühlt habe als in meiner eigenen. Alles ist irgendwie warm und gemütlich. Kuschelig beinahe. Man merkt, dass jedes Bild, jedes Sofakissen, jedes noch so kleine und unbedeutende IKEA-Teelicht liebevoll und behutsam von weiblicher Hand an seinen innenarchitektonisch vorherbestimmten Platz verbracht wurde. Und selbst das nicht mehr ganz so zeitgemäße Schwammtechnikmuster in senfgelb oder ocker verleiht zumindest dem

Flur etwas Zart-Feminines. Im positivsten aller Sinne. Es passt einfach. In meiner Wohnung passte höchstens der eigenartige Geruch zur offenen Klotür.

»Ich bring das Bier mal in die Küche.«

»Okay«, sagt Steffi und schließt die Tür.

Natürlich sind wir noch mal an die Tanke rangefahren, um Bier, Wein und Kippen zu besorgen. Steffi ist zwar keine Trinkerin im Stile eines Juhnkes, aber zum richtigen Anlass nimmt sie gerne mal ein Gläschen. Sonst wäre ich auch nicht mit ihr zusammen gewesen. Frauen, die keinen Tropfen Alkohol konsumieren, sind mir mehr als suspekt.

»Ach übrigens, da sind noch Sachen von dir drin.«

Steffi deutet auf den Kleiderschrank vor mir. Ich öffne ihn und stelle überrascht fest, dass darin ein paar Hemden liegen, die sie akkurat übereinandergestapelt hat, daneben eine Hose und drei paar schwarze Socken. Das also bleibt am Ende einer Beziehung übrig: Herrenoberbekleidung und drei paar Socken in dem kleinen Moritz-Fach eines Schranks.

»Ich … muss die jetzt aber nicht mitnehmen, oder?«, frage ich etwas verunsichert.

»Hat keine Eile«, antwortet Steffi. »Ich bin schon mal im Wohnzimmer.«

»Okay.«

Also NICHT mitnehmen! Ich gehe in die Küche, mache ein Bier auf und stelle die restlichen Flaschen in den Kühlschrank. Dann gönne ich mir einen großen Schluck und atme einmal tief durch. Wieso ich hier sein darf, weiß ich nicht. Wieso Steffi mich umarmt hat, weiß ich nicht. Wieso sie sich von mir küssen lässt, und das obwohl sie mich abserviert hat, ich sie bedrängt und beleidigt UND während unserer gemeinsamen Zeit mit der Dummbratze Claudia betrogen habe, weiß ich nicht nur nicht, es ist mir ein absolutes Rätsel. Gut, sie kennt ja nur die Geschichte mit Claudia. Von meinen anderen Fehltritten ahnt sie nichts. Wüsste sie auch noch von Susi, Sarah und der Partytusse, dann hätte ich mit Sicherheit mein Moritz-Fach ausräumen und die Klamotten anschließend beim lustigen Aus-dem-Fenster-Stürzen verdammt gut festhalten müssen.

Trotzdem ist ihr Verhalten sonderbar. Sie liebt mich angeblich nicht mehr, ich habe sie mehr als angeblich verarscht, und jetzt sind wir in ihrer Wohnung, und es soll plötzlich alles so sein wie früher? Da ist es ja wahrscheinlicher, dass Guido Westerwelle irgendwann mal einen korrekten englischen Satz rauskriegt. Also gehe ich ins Wohnzimmer, lehne mich in den Türrahmen und stelle endlich die Frage, die ich nicht stellen will: »Sag mal, was ist eigentlich mit Silvio?«

Steffi, die gerade dabei ist, ein paar Kerzen anzuzünden, tut so, als hätte sie mich nicht gehört.

»Oder anders gefragt: Was mache ich hier? Und wieso sieht das Zimmer so aus, als würdest du Til Schweiger erwarten?«

Immer noch sagt Steffi keinen Ton. Stattdessen macht sie das Streichholz aus, kommt zu mir und umarmt mich.

»Willst du wirklich wissen, was mit Silvio ist?«

Wenn er von einem heimtückischen Virus dahingerafft wurde: JA! Wenn er in ein Fass mit Säure gefallen ist: JA! Kurzum: Wenn Silvio nicht mehr lebt, möchte ich gerne wissen, was mit ihm ist, und vor allem wie qualvoll sein Dahinscheiden war.

»Wir haben uns gestritten«, beginnt Steffi, ohne auf

eine Antwort von mir zu warten, »und jetzt ist es aus zwischen uns. Ich habe mich von ihm getrennt.«

Gebt mir ein »B«! Gebt mir ein »I«! Gebt mir ein »NGO«!

»Du … hast dich von ihm getrennt?«, frage ich mit gespieltem Einfühlungsvermögen und füge allen Ernstes noch hinzu: »Das tut mir leid für euch.«

»Ich will jetzt nicht darüber reden«, sagt Steffi und zieht mich näher an sich heran.

»Schade«, sage ich. »Ich mochte Silvio eigentlich ganz gerne.«

Dann stoße ich völlig überraschend laut auf.

»Du bist so ein Schwein«, stellt Steffi unbeeindruckt fest und küsst mich.

Jawoll. Bin ich.

Heute werde ich es Steffi richtig besorgen.

Denke ich zum wiederholten Mal und mache Bier Nummer drei hoch zehn oder so auf.

Seit fast zwei Stunden sitze ich auf der Couch und trinke, während Steffi im Flur bei rangezogener Wohnzimmertür telefoniert. Ihrer Lautstärke nach zu urteilen, die von Zeit zu Zeit bedrohlich anschwillt, könnte man meinen, sie telefoniert mit mir. Geht ja aber gar nicht. Ich sitze auf der Couch und verbringe den gegenwärtigen Moment damit, fernzusehen und voll zu sein.

Ich nehme an, dass das Silvio ist, der vor geraumer Zeit hier angerufen und Steffi dazu veranlasst hat, mit ihrem Handy und einem schuldbewussten Blick das Zimmer zu verlassen. So ein Idiot. So ein Arschfotzenkopf. Ach, soll er doch machen. Soll er sie anrufen und ihr hinterhertrauern. Mich lässt das kalt. Heute bin ich Arschfotzenkopf. Und ich werde es Steffi richtig besorgen.

Ich zünde mir eine Zigarette an und glotze in Richtung Fernsehbildschirm, auf dem der gestählte Körper des jungen Van Damme in »Bloodsport« zu sehen ist. Einer meiner absoluten Lieblingsfilme, dessen Handlung selbst von einem Einzeller nachvollzogen werden kann. Und vermutlich auch von einem Einzeller erdacht wurde. Van Damme fährt zu einer illegalen Kampfsport-Meisterschaft, die er unbedingt gewinnen will, weil er das seinem Karate-Ziehvater aus irgendwelchen fernöstlichen Gesichtsbewahrungsgründen versprochen hat, und am Ende gewinnt er auch. Ach ja, zwischendurch knallt er noch eine 80er-Jahre-Dauerwellen-Olle hinter einer hongkongschen Jalousie. Und das war es dann in Sachen Handlung. Ein wunderbarer Film! Bei dem ich immer wieder an die Geschichte des deutschen Synchronsprechers von Jean-Claude Van Damme denken muss, der den Schauspieler mal auf irgendeiner Veranstaltung getroffen hat, und prompt von Van Damme mit den Worten »Na, da kannst du ja froh sein, dass ich dich zum Millionär gemacht habe« in Empfang genommen wurde. Die Antwort des Sprechers fiel weitaus weniger launig aus, da dieser so gut wie gar nichts an der Synchronisation eines Van-Damme-Films verdiente: »Ich bin alles andere als ein Millionär! Das liegt daran, dass ich nach Takes bezahlt werde, und du fast nie etwas sagst!« Jedes Mal, wenn ich nun einen Van-Damme-Film sehe, gebe ich diese Geschichte zum Besten. Ich glaube, Steffi kennt sie schon auswendig. Trotzdem hat sie mich immer wieder angelächelt, wenn ich sie ihr erzählt habe. Steffi liebt halt meine Geschichten und Anekdoten. Steffi liebt MICH. Da kann Silvio es noch so oft versuchen, kann ihr SMS und Facebook-Nachrichten senden, am Ende bin ICH der Sieger! Was man auch daran merkt, dass

Steffi im Flur Sätze wie »Ich kann so nicht weitermachen« und »Das ist nur deine Meinung« flucht. Sätze, die vor nicht allzu langer Zeit an mich adressiert waren. Sätze, die auch er nicht zu verstehen scheint, denn Steffi telefoniert immer noch mit ihm, und ich finde, so langsam könnte sie damit aufhören.

Ich nehme einen großen Schluck Bier und starre weiter auf den Bildschirm. Gerade knallt Van Damme die Dauerwellen-Olle irgendwo im Hongkongschen, und die Ausleuchter haben genauestens darauf geachtet, dass schön viel Haut und vor allem jeder einzelne Muskel von Van Damme zu sehen ist. Vermutlich wurde ihm das vertraglich zugesichert. Wie auch immer, klar ist, dass Steffi und ich heute eine genauso tolle Nacht haben werden. Ach, was rede ich, wir werden eine viel tollere Nacht miteinander verbringen!

Wieder nehme ich einen großen Schluck Bier. Steffi ist im Flur und schimpft. Meine Fresse, wie lange will Silvio denn noch telefonisch die Heulsuse geben? Es ist vorbei! Aus! Ende! Abgesehen davon, dass es niemals einen Anfang hätte geben dürfen, müsste spätestens beim Initialenvergleich aufgefallen sein, dass die beiden nicht zueinander passen: Steffi und Silvio. S+S. SS! Das geht ja wohl mal gar nicht! Unsere Vornamen hingegen gehören zusammen wie ein XXL-Schnitzel und ein Herzinfarkt. Steffi und Moritz. SM. Hmm, na gut, womöglich ist das auch nicht die glücklichste Buchstaben-Kombi aller Zeiten, aber zumindest deutlich lebens- und liebesbejahender als die Abkürzung SS. Jedenfalls bringt sie mich wieder auf den Gedanken, dass ich mit Steffi ja noch etwas vorhabe. Was für ein Versager Silvio auch immer ist, im Bett muss er es garantiert gebracht haben, sonst hätte

Steffi auch gleich bei mir bleiben können. Heute ist ganz klar die härtere Gangart angesagt. Kein Kuschelsex, kein Blümchengeschmuse mit Festhalten und Streicheln oder so. Nur purer, geiler Porno-Pogo, und alle Atzen werden neidisch, weil ich Steffi sexgottmäßig bearbeite mit meinem Dingerlingerling.

Warum ist mir bloß so unangenehm heiß, wenn ich daran denke?

Puh.

Lieber noch 'nen großen Schluck Bier.

Ich glaube, ich setze mich zu sehr unter Druck.

Vielleicht sollte ich mal kurz die Augen zumachen und ein bisschen entspannen. Runterkommen. Kraft sammeln für später.

Ich schließe die Augen. Schon besser. Es ist angenehm dunkel, und nur das leise Gekloppe von belgischem Muskelfleisch auf ein asiatisches Kampfsportlergesicht bleibt übrig.

Und wird langsam leiser.

Und leiser.

Und leiser.

Als ich irgendwann gemeinsam mit Jean-Claude Van Damme eine FarmVille-Kuh verdresche, schrecke ich auf.

Da im Fernsehen schon wieder der Anfang von »Bloodsport« läuft, muss ich entweder eingeschlafen und dies hier eine Wiederholung sein, oder ich bin ein paar Stunden in die Vergangenheit gereist und werde nun als Gefangener einer Zeitschleife bis in alle Ewigkeit einen stumpfen Martial-Arts-Film gucken, den ich sowieso schon auswendig kenne.

Mir ist kalt.

Ich schüttle mich wie ein nasser Hund und schaue auf die Uhr neben dem Fernseher. Kurz nach eins. Wo zur Hölle ist Steffi?

Ich trinke die Bierplörre in meiner Flasche auf ex und schüttle mich erneut. Dann stehe ich auf. Keine besonders gute Idee, denn sofort wird mir schwindlig, und ich habe einen Moment lang das Gefühl, als müsse ich kotzen.

Nach ein paar Sekunden geht es mir etwas besser, und ich öffne die Tür zum Flur. Immer noch brennt Licht, nur ist Steffi jetzt nicht mehr da, und ich kann sie auch nirgendwo anders finden.

Wieder zurück im Wohnzimmer, nehme ich mein iPhone. Eine SMS. Von Steffi:

> Hey, ich bin noch mal los. Muss mit ihm reden. Kannst gerne bei mir schlafen, das wird etwas dauern. Wenn du willst, frühstücken wir morgen zusammen. Lg

Das darf doch wohl nicht wahr sein! Sie ist tatsächlich zu Silvio gefahren! So eine falsche Schlange! Und ich Idiot habe noch gedacht, dass wir … Hey, jetzt mal ganz friedlich! Alles ist in Ordnung! Du bist bei ihr, und sie hat ja auch geschrieben, dass wir morgen zusammen frühstücken können. Und »Liebe Grüße« bestellt sie mir noch obendrauf.

Alles ist in BESTER Ordnung!

Ich hole eine Flasche Wein aus dem Kühlschrank und trinke sie in einer halben Stunde leer. Dann trinke ich noch eine.

Irgendwann lege ich mich ins Bett und versuche mir vorzustellen, wie ich es Steffi *doggy-style* besorge. Blöderweise sehe ich immer nur das Gesicht von Silvio vor mir, also höre ich auf. Ich bin raketenvoll und poste noch irgendwas bei Facebook.

Der Rest ist Testbild.

Als ich am nächsten Morgen aufwache, explodiert eine Pfanne Handgranaten in meinem Schädel, und mein Gehirn fährt Autoskooter. Das ist kein einfacher Kater mehr, das ist die Mutter aller Dehydrationen!

Obwohl mir jeder Arzt der Welt selbst Blinzeln als körperliche Aktivität bescheinigen und demnach verbieten würde, stehe ich auf und zittere rüber in die Küche. Dort werfe ich als Erstes die Kaffeemaschine an und übergebe mich als Zweites ins Waschbecken. Ganze fünf Minuten spüle ich mir danach den Mund mit kaltem Wasser aus, bevor ich mir endlich einen Kaffee und eine Zigarette genehmige. Der Kaffee schmeckt wie das Fußbadwasser eines indischen Gurus. Und die Zigarette nach Kehlkopfkrebs. Immer noch dreht sich alles. Ich könnte jetzt einen Zivi gebrauchen.

Genau in diesem Moment höre ich das Ratschen eines Schlüssels in der Wohnungstür.

»Morgen«, ruft Steffi aus dem Flur.

»Morgen«, krächze ich.

»Wie siehst DU denn aus?«, bemerkt sie leicht schockiert, als sie um die Ecke in die Küche biegt.

»Wieso? Wie sehe ich denn aus?«

»Ach, eigentlich ganz süß. Verschlafen eben.«

Verstorben wäre der korrektere Begriff.

»Wo warst du?«, frage ich.

»Das weißt du.«

»Die ganze Nacht?!«

»Wir haben nur geredet.«

Steffi küsst mich auf die Wange.

»So, und jetzt würde ich ganz gerne frühstücken. Ich habe Hunger.«

Ich nicht so.

»Eier sind noch im Kühlschrank. Du müsstest nur Brötchen und ein bisschen Aufschnitt holen.«

»Ich?!«

»Ja. Dann kann ich in der Zwischenzeit mal duschen. Ach, übrigens … du kannst jetzt wieder auf mein Profil.«

»Was?«

»Du kannst wieder auf mein Facebook-Profil. Ich habe die Sperrung aufgehoben.«

»Wusste gar nicht, dass es überhaupt gesperrt war«, lüge ich.

»Na ja. Jedenfalls geht es wieder. Und nicht vergessen, Brötchen und Aufschnitt. Du weißt ja, was ich mag.«

Einkaufen stellt für mich in der derzeitigen Verfassung eine größere Herausforderung dar, als das Tragen des Rings zum Schicksalsberg für Frodo. Ich muss wieder ins Bett. Und ich benötige elbische Arznei.

Stattdessen nehme ich meine Jacke und gehe runter zum Supermarkt.

Es ist immer noch bewölkt, aber es hat aufgehört zu regnen.

Während ich die Straße entlanglaufe und mit einem heftigen Schluckauf kämpfe, danke ich immer wieder dem Erfinder der kühlen Brise dafür, dass sich mein Kopf ein bisschen leichter anfühlt, wenn ihm etwas Frisches entgegenweht.

Wir haben Ende Oktober, und ich bin verwirrt. Wieder mal und immer noch.

Was in den letzten achtundvierzig Stunden passiert ist, entbehrt so ziemlich jeder Logik. Dieses Hin und Her und Auf und Ab, und dass ich dann auch noch bei Steffi im Bett geschlafen habe, und sie aber nicht da war.

Ich glaube, ich brauche erst mal ein Bier, um das alles nüchtern zu verarbeiten.

Als ich am Schaufenster von Reichelt vorbeikomme, erkenne ich mein Spiegelbild zunächst nicht wirklich. DAS also meinte Steffi eben! Mein Gesicht gibt es jetzt auch als Scherzartikel. Meine Augen sind rot, die Wangen haben sich über die letzten Tage ins Dunkelblaue verfärbt, und die Zähne stechen in diesem matten Licht gelblich hervor. Ich sehe aus wie die Nationalflagge von Armenien.

Drinnen bei Reichelt ist es sogar noch ein Stückchen kühler als draußen, und das gefällt mir. Ich nehme ein rotes Körbchen vom Stapel und mache mich auf den Weg zur Backstation. Dort steht eine tausendjährige Oma direkt vor dem Fach mit meinen Lieblingsbrötchen und versucht per Greifzange ein Rusti-Kraftprotz herauszufriemeln, sorgsamer und mit größerem Respekt, als ein Kind beim Kleingartenkoloniefest das Metallstäbchen um einen elektrischen Brummdraht führt.

»Hallo? Wird das heute noch mal was?«

Ich hätte sie nicht ansprechen sollen, denn schon ist ihr Brötchen wieder ins Plexiglasfach gefallen.

Brummdraht-Versuch Nummer zwei geht ebenfalls schief.

»Soll ich Ihnen helfen?«

»Lassen Sie mich in Ruhe, oder ich rufe die Polizei!«

Da ist man schon mal freundlich und dann so was! Was für eine alte Mist-Eule!

»Sind Sie sich überhaupt sicher, dass Sie ein Rusti-Kraftprotz haben wollen? Und kein normales Weißmehlbrötchen?«

Und wieder hätte ich meine dumme Fresse halten und den natürlichen Lauf der Dinge abwarten sollen, der die Brummdraht-Omi entweder in eine maßgerecht ausgeschaufelte Erdkuhle oder aber wenigstens das Rusti-Kraftprotz in die dafür vorgeschriebene Papiertüte befördert hätte. Das kleine protzige Mehrkorngebäck plumpst erneut zurück zu seinen Kameraden.

»Oh, Mann! Soll ICH es Ihnen nicht lieber rausholen?«

»SIE HOLEN HIER GAR NICHTS RAUS!«, dreht sich Brummdraht-Omi mit blitzenden Augen zu mir um. »SOLCHE VANDALEN WIE SIE GEHÖREN WEGGESPERRT!«

»Sind Sie geistesgestört?«, versuche ich zu kontern, aber da hat sie mir schon mit einem ihrer graubraunen Rentnerschuhe gegen das rechte Knie getreten.

»Aua!«

Die Brummdraht-Omi hat die Reflexe und das Know-How von Karate Kids altem Lehrmeister Mister Myagi. Und sie verteidigt die Ehre aller ins Plexiglasfach zurückgefallenen Rusti-Kraftprotze mit myagischer Härte.

Gerade als ich etwas entgegnen will, springt eine bis dato völlig unbeteiligte Reichelt-Frau aus der Obstabteilung mit wehendem weißen Kittel herbei und stellt sich schützend vor sie.

»Was ist denn hier los?!«

»ER HAT MICH SEXUELL BELÄSTIGT!«, kreischt Brummdraht-Omi.

»GAR NICHT!«, kreische ich zurück. »SIE hat mir gegens Knie getreten!«

Eine aussichtslose Diskussion später wird über meinen

Kopf hin die Vereinbarung getroffen, dass ich KEIN Hausverbot bekomme, wenn ich mich unseren älteren Mitbürgern gegenüber in Zukunft höflicher verhalte, was ich letztlich zerknirscht verspreche. Dann darf auch ich endlich ans Brötchenregal.

Ich nehme sechs gesalzte Laugenstangen nacheinander mit der Hand raus, weil ich weiß, dass Steffi die am liebsten mag. Verstehe sowieso nicht, was diese Greifzange soll. Dient angeblich der Hygiene. Ob ich mein Brötchen nun aber mit der Hand oder der Zange entnehme, ist doch vollkommen egal. Die vielen Schnupfennasen, die beim Öffnen des Fachs über das Sortiment gehängt werden, sorgen schon dafür, dass mehr Keime ausgeschüttet werden, als ich jemals mit der Handfläche irgendwo verbreiten könnte. Am Ende stecke ich meine Hand noch mal ins Rusti-Kraftpotz-Fach, in der Hoffnung, dass die Brummdraht-Omi in den nächsten Tagen wiederkommt und ich sie mit meinem fiesen Alkoholismus nebst den daraus resultierenden Depressionen anstecken werde!

Nachdem sich mein Körbchen mit Laugenstangen, Wurst, Käse und einem Heineken aus dem Kühlschrank gefüllt hat, stelle ich mich an die Kasse.

Schon wieder direkt hinter Brummdraht-Omi.

Na toll.

Da sie ihr eigenes Klischee anscheinend unbedingt bestätigen muss, braucht sie beim Bezahlen eine Ewigkeit, und auch die Preisnennung durch die Kassiererin löst bei ihr keinerlei großartige Eile aus. Warum sollte man auch schon VORHER die Brieftasche rausholen?

»Geht das vielleicht ein bisschen schneller?!«, rufe ich genervt. »Wir WARTEN hier!«

Und wir brauchen endlich ein Bier.

»Nun lassen Sie die Dame doch«, nölt eine Frau hinter mir in der Schlange. »Bei ihr dauert's halt ein bisschen.«

»Diese ›Dame‹ ist der Teufel«, flüstere ich.

Zwei Minuten und ein paar unflätige leise Bemerkungen später, bin ich dann doch mal dran. Im wahrsten Sinne. Denn als ich zahlen will, bemerke ich, dass ich nur noch ein paar Euro dabeihabe.

»'tschuldigung«, sage ich verlegen. »Muss wohl die Karte herhalten.«

Ich zücke meine Sparkassenkarte und gebe sie der Kassiererin.

»Ihre Nummer und einmal bestätigen.«

Alles klaro.

6, 9, 9, 6 … und die kleine grüne Taste.

Und ein heller, lauter Piepton.

»Falsche Nummer.«

»Was?«

»Sie haben die falsche Geheimzahl eingegeben!«

»Ja, wissen Sie, die ist so geheim, die haben sie nicht mal MIR verraten.«

Ich lache gekünstelt und höre sofort wieder damit auf. Was bitte schön soll an meiner Geheimzahl falsch gewesen sein?! Sie besteht aus zwei Sechsen und zwei Neunen, und eine Zahl davon kommt in der Mitte doppelt.

Glaube ich.

»Noch mal, bitte!«

Also … 6 … 9 … Nee … Korrektur … 6 … 6 … 9 … 9.

Vielleicht ging sie ja so.

Piiiiep!

Nein, so ging sie nicht.

»Sorry«, sage ich, und ich fange an zu schwitzen, und

in meinem Kopf dröhnt es, und am Ausgang erkenne ich die Brummdraht-Omi, die sich mit einem diabolischen Grinsen zu mir umdreht.

»Wahrscheinlich ist die Nummer Sechs-Sechs-Sechs.«

»Wie bitte?«

»Ach nichts«, stammle ich. »Kann ich es noch mal versuchen?«

»Geht das vielleicht ein bisschen schneller?!«, schallt es plötzlich von hinten. »Wir WARTEN hier!«

Wie witzig.

»Wenn Sie Ihre Geheimzahl noch mal falsch eingeben, wird die Karte gesperrt.«

Ich schaue kurz auf die Lebensmittel vor mir. Dann hole ich meine restlichen Münzen aus der Hosentasche.

»Geben Sie mir das Heineken und meine Karte. Der Rest bleibt hier!«

Auf der Straße öffne ich die Bierflasche mit meinem Feuerzeug und setze mich auf einen Stromkasten. Einen Schluck später sehen die Welt und mein Kater schon wieder ganz anders aus. Bekommt Steffi eben kein Frühstück, was soll's.

»Erst kein Geld dabeihaben, und dann am Vormittag schon saufen!«

»Fahre wieder hinab in den siebten Kreis der Hölle, Brummdraht-Omi!«, sage ich.

Die alte Schachtel haut mir noch irgendwas von »asoziales Pack« und »Konzentrationslager« um die Ohren, aber als sie sich umdreht und mich schon lange nicht mehr sehen kann, da gebe ich ihr meinen Mittelfinger mit auf ihren schwefligen Heimweg.

Dann zünde ich mir eine Zigarette an und inhaliere den

ersten Zug, trotz meines Kopfschmerzes, so tief ein, wie es nur geht. Ich blase den Rauch in den matten Tag. Und versuche mich an den letzten Abend zu erinnern. Den Abend, an dem Steffi mich wieder mal abserviert hat.

Stimmt natürlich nicht ganz, immerhin erwartet sie mich heute zum Frühstück. Doch so richtig »dicke« sind wir noch nicht wieder miteinander. Die Nacht hat Steffi bei Silvio verbracht, und ob die beiden tatsächlich nur »geredet« oder eventuell doch »Wiener-den-Willy« gespielt haben, kann ich leider nicht sagen. Genauso wenig wie ich eine Antwort darauf habe, was Steffi wirklich von mir will. Meine Gefühle schwanken da zwischen zweifelnder Hoffnung und hoffender Verzweiflung.

Gott, bin ich poetisch.

Fakt ist jedenfalls, dass meine immer mal wieder aufkeimende Hoffnung nur die Halbwertszeit eines Top-Model-Jurymitglieds hat. Kaum fasse ich einen positiven Gedanken, bin ich auch gleich darauf schon wieder in einem emotionalen Tief.

Gott, bin ich ein liebeskranker Vollidiot.

Ich schnippe meine Kippe auf den Boden, hole mein iPhone raus und gehe zu Facebook.

Gott, habe ich gestern noch einen Scheiß gepostet.

Moritz Meschner Sie gehöhrt zu mir wie ihr name an ddr Tür!! ... - EGal, was war ::: am Ende bin ich ncihjt der Gelackmeierte .

vor neun Stunden

6 Personen gefällt das.

Die Sabine lol!
vor 2 Stunden

André Langenfels Hey, Promille-Joe! Heute Abend ist Party und Alk angesagt! Und DU stehst mit auf der Gästeliste! ... Wenn Du die Ausnüchterungszelle verlassen hast. ;-)
vor 40 Minuten

Das Schöne ist, dass ich schon wieder eine Freundschaftsanfrage habe. Dieses Mal von Erik. Dem Kumpel aus der Schule, dessen Motorrad ich geschrottet habe. Eine Nachricht ist seiner Anfrage hinzugefügt: »Hey, Moritz, in all dem Trubel habe ich vergessen, Deine Telefonnummer aufzuschreiben. Meld Dich doch mal! Is dringend!«

Mach ich. Bestimmt. Morgen.

Die Freundschaftsanfrage bestätige ich natürlich. Dann trinke ich mein Bier aus und mache mich auf den Weg zu Steffi.

»Wieso hast denn du nichts dabei?«, empfängt sie mich an der Tür.

»Meine Karte ist im Arsch.«

»Egal«, sagt sie und zieht mich zu sich heran. »Machen wir es uns einfach ein bisschen vor dem Fernseher gemütlich und bestellen Pizza.«

»Steffi, was ... ich meine ... wie stehen wir denn jetzt zueinander? Warum wolltest du mich sehen? Und warum bin ich hier, wenn ich dich doch … ich meine, wenn ich dich doch betrogen habe?«

»Ich will nicht darüber reden, Moritz. Das habe ich dir schon gestern gesagt!«

»Aber …«

»Entweder du hältst die Klappe und bleibst hier … oder du kannst nach Hause fahren.«

»Hierbleiben«, sage ich nach einer kurzen Pause.

»Dann setz dich auf die Couch und hab einen schönen Tag!«

Bevor ich einen schönen Tag haben kann, muss ich noch mal dringend aufs Klo. Dort setze ich mich, wie es Steffi mir damals beigebracht hat, auf die Schüssel und putze mir danach mit ihrer Zahnbürste die Zähne.

Im Wohnzimmer platziere ich mich auf der Couch. Sofort legt Steffi ihren Kopf in meinen Schoß. Der Fernseher läuft. Irgendeine Volksmusikkapelle namens Die Cappuccinos trällert ein suizidförderndes Liedchen, das die launige Textzeile »Dich erkenn ich mit verbundenen Augen – nur an deiner Zärtlichkeit« beinhaltet. Der schmalzige Schmalzkopfsänger glaubt wohl, das käme bei Frauen gut an.

»Müssen wir das gucken?«, frage ich.

Bevor ich mich versehen kann, hat Steffi ihre Lippen auf meine geklebt und sitzt auf meinem Schoß.

Wow.

Ich bin beeindruckt, überrumpelt und gleich darauf in eine wilde Fummelei verstrickt, spüre, wie mein Hemd aufgeknöpft wird und sehe Steffis Nike-Pulli auf den Boden fliegen, und die Cappuccinos untermalen unser Vorspiel mit ihren Reimlexikon-Strophen.

»Hey, ich weiß nicht, ob wir das …«

»Klappe halten, hab ich gesagt!«

Schneller als Mister Spock die Zahl Pi bis auf hundert Stellen hinterm Komma ausrechnet, ist meine Hose unten und Steffi nackt bis auf die Socken, und sie sitzt auf mir und stöhnt. Auch ich stöhne, allerdings aus drei völlig unterschiedlichen Gründen:

1. … schiebt sich ein Fahrstuhl neuer Schmerzen meinen Nacken zum Kopf hinauf.
2. … wurden die Cappuccinos gerade von den Randfichten und ihrem »Holzmichl« abgelöst.
3. … bin ich mir nicht ganz sicher, ob mein kleiner Peter innerhalb dieser kurzen Zeit und aufgrund meines körperlichen Zustands auch wirklich auf seine beeindruckende Gesamtlänge ausgefahren wurde.

»Nicht nachdenken, entspann dich einfach«, raunt mir Steffi ins Ohr.

Würde ich ja gerne. Aber so einfach ist das bei den Randfichten nun mal nicht. Ich schaue beiläufig nach unten, kann aber nicht viel erkennen. Die Frage ist: Lebt denn der alte Schwanzmichl noch? Die Antwort aus dem Fernseher stimmt mich vorsichtig optimistisch: »Jaaaaa, er lebt noch!« Also gut. Du hast jetzt Sex mit Steffi. Und das WOLLTEST du doch unbedingt!

»Jaaaaa, das wollt' er!«

»Hast du was gesagt?«

»Wir sollten mal die Stellung wechseln«, bestimme ich.

Sofort hört Steffi auf sich zu bewegen.

»Wieso? Was stimmt denn an der Stellung nicht?«

»Ach, äh, … nichts?«

»Dann lass uns weitermachen! Und red nicht so viel!«

Hey, Moment mal! ICH mache hier die Ansagen!

Jedenfalls hatte ich das vor.

»Komm schon, du magst es doch auch versaut«, flüstere ich.

Wieder hört Steffi auf, sich zu bewegen und schaut mich etwas ratlos an.

»Na gut«, sagt sie schließlich. »Wenn du willst.«

Ich schubse sie rücklings auf die Couch und lege mich dann auf sie, und vor meinem geistigen Auge drehe ich sie schon in alle möglichen Richtungen, so wie mein Vater das Badezimmerschränkchen. Ich wünschte mir sowieso, meine Eltern könnten jetzt hier sein. Sie wären furchtbar stolz auf mich.

Erst also ein paar Minuten die klassische Missionars-Geschichte, und dann kriegt sie es von hinten. Und dann … weiß ich noch nicht so genau. Vielleicht klebe ich ihr einfach mal eine.

»Tiefer!«, stöhnt Steffi. »Tiefer!«

»Wenn ich tiefer könnte, würde ich es bestimmt tun!«

»Mann, Moritz, was verstehst du an Klappe halten denn nicht?!«

»Ist ja schon gut. Dann eben tiefer.«

Ich ruckel auf ihr herum und bin schon wieder völlig verunsichert. Wenn sie jetzt noch so etwas ruft wie »Länger, länger!«, dann breche ich ab! Egal, wer da unter mir liegt. Muss ich aber gar nicht. Ich bin nämlich just in dieser Sekunde fertig.

»Erster«, sage ich schuldbewusst, und finde es gleich darauf ganz lustig.

Sie nicht so.

»Boah, Moritz, das war wirklich …«

Ich schaue ihr verklärt und mächtig verliebt in die Augen.

»... schön.«

»Fand ich auch«, antworte ich hechelnd und breche dann auf ihr zusammen.

Immer noch singen die Randfichten.

10 Laura

Moritz Meschner in love! ... und alles ist endlich wieder gut!
nach einer ziemlich beschissenen Zeit

Moritz Meschner gefällt das.
Moritz Meschner gefällt das.
Moritz Meschner gefällt das!

Ich sitze zu Hause vor dem Rechner und habe ein Bier in der Hand. Und etwas davon natürlich im Mund. Es ist irgendwann am frühen Nachmittag.

Eigentlich sollte ich auf einer Waldlichtung stehen, ein Disney-Film-Liedchen trällern und von mitsummenden süßen Eichhörnchen, Rehen und Vögeln umgeben sein, so gut geht es mir. In Wahrheit starren mich meine Facebook-Freunde an, und das ist fast genauso toll. Schon wieder sind drei neue dazugekommen. Zwei ehemalige Klassenkameradinnen vom Gymnasium, die mittlerweile den exakt gleichen praktischen Mutti-Kurzhaarschnitt haben, und dann noch ein Typ, bei dem mich wieder mal dieses starke »Jamais-vu«-Gefühl überkommt. Weder sein Gesicht noch sein Name sagen mir irgendetwas. Er könnte aus einem »Perfekten Promi-Dinner« stammen.

Es macht mir richtiggehend Spaß, neue Freunde bei Facebook anzufragen und zu bestätigen. Während diese Tätigkeit sonst oft den psychotischen Beigeschmack eines

Waschzwangs hatte, ist sie heute beinahe befreiend. Denn je mehr Freunde ich habe, desto mehr Menschen mögen mich, und desto breiter werden meine wertvollen Postings auch in die Welt verstreut. Heißt also: Viele, viele Leute werden erfahren, dass ich wieder mit Steffi zusammen bin, und somit ist mein Profil aktuell eines der heißesten in meinem virtuellen Freundeskreis!

Als ich vorhin bei ihr aufgewacht bin, war sie weg, und an der Wohnungstür hing ein Zettel, auf dem stand, dass sie zu einer Freundin gefahren wäre. Also bin ich los, habe mir einen Sixpack Bier an der Tanke gekauft und ihr eine SMS mit den Worten »Hey, Schatz. Das war wunderschön! ... Ich liebe dich!« geschickt. Bislang hat sie darauf nicht geantwortet. Da wir ja aber wieder zusammen sind, gehe ich fest davon aus, dass sie das noch tun wird.

Bald.

Ich zünde mir eine Zigarette an und trinke einen großen Schluck Bier.

Plötzlich macht es »Plopp«.

Max Schöller

Max ist online.

Max

ALTER!!!! Was ist denn bei dir los??? Lief was mit Steffi?

Ich

Allerdings, mein Freund!

Max

Quatsch! Erzähl keine Scheiße!

Ich

Was hat zwei Daumen, ein Auge und ist hammergeil im Bett?

Max

gähn

Ich

Na ICH! ***daumen hochhalt***, ***auge zwinker*** und ***ein dreckiges Grinsen im Gesicht hab***

Max

Bist du Gag-Schreiber für Fips Asmussen? Das ist der älteste Witz der Welt! Und wir können dich nicht mal SEHEN!!!

Ich

Wer ist »wir«???

Max

Sascha und Dr. Dré. Sind hier und lassen grüßen.

Ich

Jaja. Morddrohungen an beide zurück!

Max

Komm rum, Schwachkopf! Wir TRINKEN!!! Und nachher Party!

Ich

Weiß noch nicht genau. Vielleicht treffe ich mich heute Abend mit Steffi. Müssen noch mal telefonieren.

Max
KOMM RUM!

Um fünfzehn Uhr sitze ich mit den drei Beklopptos in Max' Couchecke und gehe langsam offline.

Den Sechserträger Bier habe ich zu Hause und final dann auf dem Weg zu Max geleert, und jetzt habe ich einen Wodka O in der Hand und fühle, wie der Alkohol durch meine Blutbahn eiert. Mit der anderen Hand fingere ich das iPhone aus der Hosentasche. Steffi hat immer noch nicht geschrieben.

»Nun mach es nicht so spannend! Was war gestern?«

»Was soll ich sagen? Wahre Liebe stirbt eben nie!«

Max verzieht angewidert sein Gesicht.

»Boah, ist das schwul!«

»Wahre Liebe stirbt nie«, äfft André mich nach, und dann verfallen die drei in ein absolut kindisches Gelächter.

»Hallo? Wir hatten eine total tolle Nacht. Na ja, wohl eher einen total tollen Mittag. Jedenfalls war es total toll, und wir sind wieder zusammen.«

»Hey«, sagt André, »wir wollten dich nicht verarschen.«

»Klar wollten wir«, witzelt Sascha.

»Wenn ihr echt wieder zusammen seid, dann ist das doch geil.«

»Also, hoch die Tassen«, jubiliert Max ein wenig gestelzt und steht auf.

»Prost!«

»Auf die unsterbliche, wahre Liebe!«, albert Sascha weiter, aber das ist mir egal, und ich stoße mit allen an und schaue danach noch mal verstohlen auf mein iPhone.

Keine Nachricht von Steffi.

Bestimmt kommt bald eine.

»Aber jetzt mal im Ernst«, sagt Max und setzt sich neben mich, »ihr seid doch nicht wirklich zusammen?! Ich meine, was ist denn mit Silvio?«

»Keine Ahnung.«

Wahrscheinlich ist sie gerade bei ihm, flüstert mir mein Engelchen auf der Schulter ins Ohr, weil das Teufelchen schon vor Wochen mit Leberschäden ins Krankenhaus eingeliefert wurde.

»Ich nehme mal an, er … ach, wie gesagt, keine Ahnung!«

»Verstehe«, sagt Max und trinkt seinen Wodka O auf ex.

»Wisst ihr eigentlich, was sie mir an den Kopf geworfen hat? Dass ich fremdgegangen bin! Während unserer Beziehung!«

»Ach ja, mit dieser einen Hässlichen nach der Party.«

André sagt das so, als wäre es weltweit bekannt.

»UND mit Claudia«, ergänzt Sascha.

»Hallo?! Erstens war die eine Hässliche nicht SO hässlich, und zweitens ist das ein ernstes Thema! Ich WOLLTE Steffi ja gar nicht betrügen, es ist nur so, dass …«

»… dass du ein TYP bist?«

Ich blicke in das fragende Gesicht von André.

»Genau! ICH bin ein Typ, IHR seid Typen. Ihr wisst doch genau, wie das ist.«

»Wissen wir«, nickt Max.

»Und sie will dich trotzdem zurück?«

Wieder das fragende Gesicht von André.

»Ach, leckt mich doch! Ich habe nicht den blassesten Schimmer, warum sie mit mir geschlafen hat! Ich weiß ja nicht mal genau, was jetzt zwischen uns ist!«

»Aber eben hast du doch noch gesagt …«

»DRÉ! HALT DIE FRESSE UND MACH MIR 'NEN WODKA O!«

Ich schmeiße ihm mein leeres Glas gegen die Brust. Nur mit Mühe kann er es fangen und vor einem Sturz auf den Boden bewahren.

»Is ja gut«, mault André und trottet mit dem Glas in die Küche.

Ich zünde mir eine Zigarette an, hole mein iPhone wieder aus der Hosentasche und gehe auf Facebook.

Außer ein paar lustigen Videos, Links, »Gefällt mir«-Bekundungen und Kamikaze-Postings gibt es nichts Neues. Jedenfalls nichts Neues von Steffi. Keine Nachricht. Und im Chat kann ich sie auch nicht finden.

»Ich bin jetzt ein Fan von Angela Merkel«, postet Sascha plötzlich in unsere kleine Runde.

»Sie GEFÄLLT dir«, sagt André, der mit zwei vollen Gläsern zurückkommt. »Ein FAN kann man schon lange nicht mehr werden.«

»Mir egal. Ich nenn das so.«

Max beugt sich nach vorne und wirft Sascha einen ziemlich aufgesetzten strengen Blick zu.

»Dir gefällt also Angela Merkel?«

»Dir nicht?«

»Geht so«, antwortet Max.

»Meschner? Was ist mit dir? Interessiert sich denn hier niemand für Politik?«

»Von mir aus kann Angela Merkel den Bratmaxe-Song singen oder einen See aus Freibier anlegen, ICH werde weiterhin Grün wählen! Hab ich auch bislang immer.«

»Du hast doch noch nie gewählt! Du hast es immer vergessen!«

»Kann sein«, antworte ich nach einer kleinen Pause, und dann ist erst mal Stille.

»Ist schon seltsam, dass heute alle ein Facebook-Profil haben«, versucht André die Diskussion wieder in Gang zu bekommen. »Glaubt ihr eigentlich, dass die Politiker früher so was auch gehabt hätten? Also, wenn es Facebook damals schon gegeben hätte?«

»Du meinst so Leute wie Cäsar oder Napoleon?«

»Oder Hitler?«, wirft Max ein.

»Zum Beispiel. Der war doch sowieso ein Diktator zum Anfassen. Ich meine, für den war doch Volk alles! Und der hätte mit Sicherheit auch ein eigenes Facebook-Profil gehabt.«

»Wie das wohl ausgesehen hätte?«

»Interessant«, sage ich und lehne mich in die Couch zurück, und dabei muss ich sogar ein bisschen grinsen.

Adolf Hitler

Über mich

Allgemeines	Geschlecht:	kümmerlich
	Geburtstag:	20. April 1889
	Heimatstadt:	Braunau am Inn

»Gefällt mir« und Interessen

»Gefällt mir« Ich bin nicht klein, ich bin platzsparend, Lass mich ... ich muss mich da jetzt mal reinsteigern!!!, Soldier Magazine, Obersalzberg by night, Rom (Serie), FarmVille, Herrenrasse, Pinky and the Brain, Rostock-Lichtenhagen, Bob Ross' »The Joy of Painting«, Uniform-Fetisch, Mel Gibson, Seit 5 Uhr 45 wird zurückgestupst!

Interessen: Mit dem Hund spazieren gehen, Landschaftsmalerei und Totale Vernichtung

Lieblingsmusik: Rammstein, ALLES von Wagner und Mucke, die einem mal so richtig den Marsch bläst! ;-)

Lieblinszitate: »Mailand oder Madrid, Hauptsache Deutsches Reich!« (A. Möller)

Kontakt

E-Mail: oberlippenbärtchen_89@wolfsschanze.dr

Derzeitiger Wohnort: Germania, Mittelpunkt der Welt

Ausbildung und Beruf

Arbeitgeber: Mephisto AG

Stellung: Reichskanzler mit Ambitionen

Zeitraum: Mai 1933 – in tausend Jahren!

Adolf Hitler ist doch heute tatsächlich zum ersten Mal auf die Werbung reingefallen und hat sich bei McDonald's den Veggieburger reingepfiffen. DAS SCHEISSDING SCHMECKT WIE GUMMIBAUM! Rate dringlichst davon ab! ... Die Pommes waren aber ok.
vor 2 Stunden

3900000 Deutschen, die spontan in die Partei eingetreten sind gefällt das.

Adolf Hitler ... P.S.: Der Filialleiter möchte bitte standrechtlich erschossen werden! ;-)
vor etwa einer Stunde

Herrmann Göring ZU BEFEHL, MEIN FÜHRER!
vor 36 Minuten

Neueste Aktivität

Adolf Hitler gefällt Leni Riefenstahls Foto.

Adolf Hitler hat Ernst Röhms Hinrichtung kommentiert.

Adolf Hitler hat am »Welche historische Figur bist du«-Quiz teilgenommen und erzielte folgendes Ergebnis:

Gandhi

3900000 Deutschen, die spontan in die Partei eingetreten sind gefällt das.

Joseph Goebbels looooooooooooool!
vor 6 Stunden

31 Adolf Hitler wird an Eröffnung der Olympischen Spiele 1936 teilnehmen.

Jesse Owens und 3900000 Deutschen, die spontan in die Partei eingetreten sind gefällt das.

»Hey, träumst du?«

Max guckt mich mit den großen Augen der Schlange Kaa aus dem »Dschungelbuch« an.

»Das hast du gerade gesagt wie Prinzessin Leia zu Han Solo.«

»Stirb doch einfach«, entgegnet Max beleidigt.

»Nein, ehrlich. Die Szene, in der alle mit dem geklauten Raumschiff nach Endor fliegen wollen. Und vorher guckt Han Solo noch mal mit so 'nem verklärten Blick auf den Rasenden Falken, und da sagt Leia: ›Hey, träumst du?‹«

»Und wann fährt der Bus mit den Leuten, die das interessiert?«

»Bist du schwul, Sascha? Angela Merkel toll finden, aber nie ›Star Wars‹ geguckt, oder was?«

Wieder schaue ich auf mein Handy, in der Hoffnung, dass ich den Eingang einer neuen SMS überhört habe. Habe ich aber nicht.

Han Solo antwortet auf die Frage Prinzessin Leias übrigens folgendermaßen: *Ich hab da so'n komisches Gefühl. … Als ob ich den Schlitten nie wieder seh.*

Das gleiche komische Gefühl beschleicht mich gerade auch.

Glücklicherweise bin ich ein paar Stunden später so way over the top, dass ich meinen eigenen Namen nicht mehr weiß. Ich glaube, irgendwas mit »M«.

Sascha, André, Max und ich torkeln über den Gehweg und singen ab und zu schmutzige Textzeilen, von denen wir uns einige spontan selbst ausdenken. Der viele Wodka O, die unbeschreibliche Müdigkeit und die gleichzeitig vollkommene Klarheit darüber, dass sich mein Leben im Kopf eines hirnkranken Kabarettclowns abspielen muss, haben dazu geführt, dass ich meine maximale Alkoholbefüllungsgrenze um ein Vielfaches überschritten habe. Wieder mal.

Es ist, als sei ich in Tofu eingepackt, nur leise und wie aus weiter Ferne nehme ich meine Umgebung wahr, und alle paar Schritte scheine ich in einen Boden aus Trampolinstoff einzusinken, so als sei ich im Wattenmeer unterwegs. Und obwohl ich meine Jungs um mich habe, fühle ich mich einsamer als je zuvor. In meiner süffigen Wahrnehmung begleiten sie mich zu einem Schafott, auf dem mich eine extra-stumpfe Klinge erwartet. Während die drei aber locker nach Hause gehen dürfen, purzelt mein Kopf nach dem etwa zwanzigsten Guillotinenfallversuch schlussendlich in ein sehr kratziges Bastkörbchen.

»Wie weit ist es denn noch?«

»Relax, Meschi!«, ruft Max, der sich ein paar Meter vor mir an einem Baum festhält und anfängt zu pissen. »Wir sind gleich da!«

»Wenn wir ein Taxi genommen hätten, wie ich gesagt habe, dann … ach, scheißegal.«

Ich setze mich mitten auf den Bürgersteig und hole zum x-ten Mal mein iPhone raus.

Kein Lebenszeichen von Steffi.

Nichts.

Ich habe zwei oder drei Mal versucht, sie anzurufen, aber immer wollte mir eine unbekannte Computerdamenstimme weismachen, Steffi sei *vorübergehend nicht erreichbar,* hätte ihr Handy schlitzohrigst und bei vollster geistiger Gesundheit ausgeschaltet und läge jetzt wunschlos glücklich in den Armen von Arschfotzenkopf Silvio.

Gut, SO genau hat die Stimme es nicht gesagt, aber sie hat es gemeint, denn ich bin ja nicht blöd.

»Na, hat Steffi dir 'ne Nachricht geschickt?«

»Nein, Dré, hat sie NICHT! Aber hat deine Mutter deinem Vater endlich gebeichtet, dass sie seine Schwester ist?«

Ich kann kaum glauben, dass Steffi mich verarscht hat. Dass sie doch keine Gefühle mehr für mich hat. Dass ich nur ein kleines schwarzes Schaf auf ihrer FarmVille-Farm bin, das sie so schnell wie möglich loswerden will.

»Mann, Moritz, andere Mütter haben auch schöne Töchter!«

»Danke, Dré, ich versuch's mir zu merken!«

Als ob es nicht schon schlimm genug wäre, von so einer seelenlosen Phrase belästigt zu werden, auf die eigentlich mein Vater das Copyright hat, fängt es plötzlich auch noch an zu regnen.

»Fuck!«

Ich stehe auf und stelle mich neben Max unter den Baum.

»Alter, im Ernst, wo ist diese verkackte Party denn?!«

»Da drüben, du Schwachkopf!«

Er deutet entnervt auf ein Hochhaus am Ende der Straße.

»Ich hab doch gesagt, wir sind gleich da.«

Ich will mich gerade wieder etwas aufregen, da klingelt mein iPhone. Endlich!

»Hallo?! … Steffi?!«

»Herr Meschner? Reuter hier, *BILD*-Zeitung. Ich wollte nur noch mal nachfragen, ob …«

»Wer?«, frage ich verunsichert.

»Wir hatten gestern Abend schon mal miteinander telefoniert. Es geht um die Sache mit dem Mo…«

»Ich hab Scheiße gebaut, na und?! Ich war voll, und es war ein Unfall! Damit ist das Thema durch!«

»Das weiß ich doch, Herr Meschner. Oder darf ich Moritz sagen?«

»Auf keinsten!«

»Gut, gut, gut, dann bleiben wir eben weiterhin förmlich. Wissen Sie, es geht unseren Lesern eben auch um das Menschelnde, die Geschichte HINTER der Geschichte sozusagen, und da dachten wir …«

Ich lege auf und bemerke, wie ich leicht anfange zu hyperventilieren.

»Alles okay, Moritz?«

»Nichts ist okay«, japse ich und wische mir den kalten Regen aus meinem kalten Gesicht. »Ich brauch endlich was zu trinken!«

Es ist mal wieder Max' Überredungskünsten und seiner seltsam glaubhaften Versicherung, wir würden uns alle »anständig benehmen«, zu verdanken, dass der Türsteher uns schließlich reinlässt. Die Tatsache, dass der Partyveranstalter ein Facebook-Freund von Max ist, dürfte auch geholfen haben. Jedenfalls schiebe ich mich mit ziemlich unvorteilhaften Gleichgewichtsstörungen vor zur Garderobe, an der mich eine griesgrämige fette Lesbe mit schwarzen, zurückgegelten Haaren und den Worten »Du hast aber schon ganz schön was getrunken!« empfängt.

»Ist das hier eine Party oder das Casting für ›Mitten im Leben‹?«

»Willst du mich anmachen?!«

In genau diesem Moment geht Max mit einem gekonnten »Heeey« dazwischen, bevor mir noch was anderes über die Lippen rutscht.

»Alles entspannt! ... Meschner, du gibst jetzt deine Jacke ab, und dann trinken wir was!«

»Aber diese dumme ...«

»JACKEABGEBENUNDTRINKEN! Verstanden?!«

»Okay«, sage ich endlich.

Die Party verteilt sich über zwei Etagen und ist mehr als gut besucht. Allein im Erdgeschoss drängeln sich Hunderte von Studenten auf mehreren Tanzflächen zu Songs von Amy Macdonald, Madsen und Co., und unten im Keller gibt es noch zwei weitere Floors mit elektronischer Musik und daneben eine auf Disco getrimmte und in ein unheimliches Schwarzlicht getauchte Kegelbahn, auf der sich doch auch wirklich ein paar Jugendliche amüsieren.

Unter anderen Umständen fände ich die Location wahrscheinlich cool, doch momentan denke ich mal wieder nur an Steffi und fühle mich beschissen.

Nichts Neues von ihr auf Facebook. Und auch keine Nachricht oder SMS.

Also versuche ich es selbst noch mal. Und tatsächlich tutet es nach ein paar Sekunden. Und sie hebt ab!

»Moritz?«

»Süße, ich hab die ganse Zeit fasucht, dich zu erreichen.«

»*Sorry*, aber ich kann grad nicht. Lass uns am besten morgen telefonieren.«

»MORGEN?!«, entfährt es mir wohl eine Spur zu angepisst, denn schlagartig wechselt Steffis ohnehin recht unterkühlte Stimme ins Bofrostige.

»Wie gesagt, ich KANN grad nicht!«

Sie klingt auf einmal so weit entfernt, als lägen mindestens drei Zeitzonen zwischen uns.

»Wieso? Was machst du denn?«

»Ich glaube kaum, dass dich das was angeht!«

»Nichts angeht?! Hallo? Ich bin dein FREUND!«

»Wir telefonieren morgen«, wiederholt sie noch mal und legt auf.

Mein Herz rast.

Meine Schläfen pochen im Rhythmus von Sportfreunde Stillers »Kompliment«.

Ich habe großen Durst.

Fünf Wodka-Red-Bull später bewege ich mich mit der Anmut eines parkinsonkranken Elefanten über die Tanzfläche.

Max, André und Sascha stehen an der Bar und bearbeiten irgendwelche Studentinnen.

Immer wieder pike ich mir den Strohhalm meines Drinks ins Auge und hoffe nicht mal mehr, dass keiner das sieht. Wenn ich es nicht besser wüsste, würde ich sagen, ich bin tot.

Auf genau so einer Party habe ich Steffi kennengelernt. Ich war damals nicht ganz so besoffen wie jetzt, aber doch schon recht voll, und ich habe sie einfach angesprochen, war voller Lebensfreude und selbstsicher, und nach gerade mal einer halben Stunde hatte ich sie rum und ihr mit einem äußerst platten Scherz das zauberhafteste Lächeln entlockt, das ich je gesehen hatte.

Ich war sofort in sie verliebt. Verliebt in ihr Aussehen, in ihre Art, in ihre Stimme, die es wie keine andere vermochte, mir eine Gänsehaut über den Rücken zu jagen, allein wenn sie meinen Namen aussprach. *Moritz!*

»Moritz?«

Genau diesen Namen.

»Moritz?«

Genau diese Stimme.

»Moritz? … Hey!«

Ich blicke in das Gesicht eines Mädchens, das ich kenne und das mir gleichzeitig noch nie begegnet ist.

»Erinnerst du dich nicht an mich? Ich bin's, Laura!«

»Lauwa?«

»Wir haben uns gestern Abend gesehen. Im ›Tropico‹.«

Ganz langsam fällt der alkoholisierte Groschen.

»Lauma!«

»Alles klar bei dir?«

Ich nehme sie spontan und ziemlich unbeholfen in den Arm und brülle ihr etwas wie »Klaaaaro!« ins Ohr. Daraufhin lächelt Laura so schief und verlegen, als hätte sie gerade ein Date mit dem Erstbesteiger des Gipfels der Peinlichkeit.

»Was läuft denn eigentlich mit dir und deinem Freund so? Seid ihr imma noch nich mehr zusammen?«

»Basti und ich? Nein, es ist aus zwischen uns.«

»Aber das is doch groooßartig!«

»Du, ich geh jetzt mal an die Bar und hol mir was zu trinken. Soll ich dir was mitbringen?«

»Wokkarebbull!«, rufe ich ihr zu.

FILMRISS

»Du tanz ech ganz geil!«

»Was?«

»DU TANZ GEIL!«

»Danke!«

Ich lege meine Hand auf Lauras Arsch und ziehe sie an mich.

»Was is denn nu mit deim Freund?«

»Das hab ich dir doch schon vorhin gesagt. Wir sind nicht mehr zusammen.«

»Groooßartig!«

Ich drücke sie so fest wie ein Sumo-Ringer seinen Gegner, und dabei versuche ich, meinen Wodka-Red-Bull mit meiner Hand hinter ihrem Rücken, also quasi von hinten durch die Brust ins Auge zu führen, und das gelingt mir auch ganz gut, denn anstatt in meinem Mund anzukommen, pikt sich der Strohhalm wieder direkt in meine Pupille.

»Aua.«

»Lässt du mich auch irgendwann los?«, keucht Laura.

»Sorry«, sage ich und torkle ein Stück zurück. »Ich bin … ich ha 'ne Kleinikeit getrungen!«

»Ist ja kein Drama«, sagt Laura freundlich. »Ich brauch nur ab und zu mal Luft.«

»Jeda bau Luff«, lalle ich, und ich merke, trotz meines Zustands, wie mir so langsam die Muttersprache ausgeht.

»Aba was is jetz mit deim Freund?«

»Du bist lustig, Moritz.«

»Bin ich?«

»Allerdings!«

Das läuft ja wohl alles mehr als großartig. Sie findet mich lustig, und damit, dass ich voll bin, scheint sie auch keine allzu großen Probleme zu haben.

»Du tanz ech geil«, sage ich und küsse sie auf die Wange.

Und dann auf den Mund.

Laura stößt mich sanft weg. Aber sie lächelt dabei.

»Ich glau, jetz bin ich dran mit su trinken holn!«

»Ich hätt gern einen Batida Kirsch.«

»Nehm ich auch«, sage ich und falle hin.

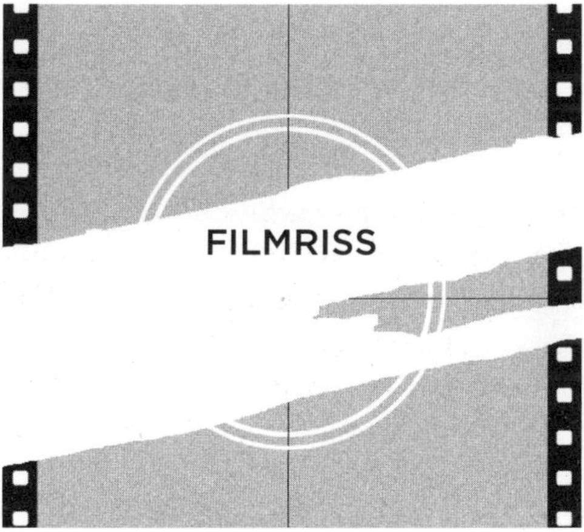

An der Garderobe schaffe ich es gerade noch so, mein Portemonnaie aus der Hosentasche zu ziehen und muss feststellen, dass ich meine Kleidermarke verloren habe. Ich beginne planlos, meine übrigen Hosentaschen zu durchsuchen, dann wieder mein Portemonnaie, ich hole jeden Fahrschein und jeden noch so kleinen Fitzel Papier raus, als mir plötzlich jemand auf den Rücken haut. Es ist Max.

»Kommst du endlich?«

»Geht nicht! Ich ha mein Dings verlorn!«

Max bückt sich, hebt einen kleinen Zettel vom Boden auf und hält ihn mir vors Gesicht. Ich kann nicht das Geringste auf dem Zettel erkennen. Alles verschwimmt vor meinen Augen. Zahlen, Buchstaben, sogar die Farbe des Zettels ist für mich nicht mehr eindeutig definierbar.

»Hattest du die Hundertdrei?«

Max starrt mich an.

Ich starre zurück.

»Hattest du die FÜNFHUNDERTDREI?!«

»Woher soll ich das wissen, du Nutte?! Bin ich 'n scheiß Hellseher, oder was?«

»Boah, Alter, ey«, stöhnt Max und schiebt der schwarzhaarigen Garderobenlesbe den Zettel über den Tresen.

»Bauchs ga nich so blöd glotzen«, sage ich, als sie sich umdreht, um meine Jacke zu holen, und dann füge ich leise ein »Dich fick ich au noch« hinzu.

Nach ein paar Sekunden kommt sie zurück und drückt mir eine Lederjacke in die Hand. Ich brauche einen kurzen Moment, um zu begreifen, dann halte ich meine Nase ins Leder und schaue sie an.

»Das is nich meine Jacke.«

Die Lesbe sagt keinen Ton.

»Das IS nich meine Jacke«, wiederhole ich.

Keine Antwort. Aber ich glaube ein Grinsen in ihrem Gesicht erkennen zu können, ein ziemlich dämliches Grinsen sogar.

»Alter, was is'n dis hier für 'ne Jacken-Scheiße?«

»Mach keinen Aufstand«, sagt Max und zupft mich am Ärmel.

»Das is nich meine Jacke.«

»Natürlich ist das deine Jacke!«

»So 'ne Fotzen-Scheiße, Alter! Jacken-Scheiße is dis!«

Max atmet einmal tief durch.

»Weißt du was? Du gehst mir gerade tierisch auf die Nerven!«

»Ach ja?«

»Allerdings! Nimm die scheiß Jacke und ab!«

»Wo is überhaupt Dings?«

Max schaut mich fragend an.

»WO IS DIE?!«

»Wer denn? Die dunkelhaarige Ische?«

»SAG NICH ISCHE ZU LAUMA!«

»Hey, beruhige dich mal! DU wolltest doch gehen!«

»ICH?«

Während mein Hirn ergebnislos die »letzte halbe Stunde« googelt, erspähe ich Laura plötzlich in einer Traube von Studenten-Nappeln. Sie sieht in ihrem Röckchen so was von lecker aus, dass ich beschließe, die mir unbekannte Jacke wieder abzugeben und zu bleiben. Sowieso unwahrscheinlich, dass ich wirklich gehen wollte.

»Alter, du bist randvoll! Was trinkst du eigentlich die ganze Zeit?«

»Batida Kürpsch. Oder so.«

Max atmet einmal tief durch und packt dann meine Schultern.

»Okay, Moritz. Ich will nur nicht, dass du hier irgendwo zusammenklappst und von der Feuerwehr abgeholt werden musst! Wir gehen jetzt alle zu André. Der wohnt um die Ecke. WIE DU WEISST!«

Da ich weder weiß, wie ich heiße, noch, wo ich bin, weiß ich natürlich auch nicht wo André wohnt. Obwohl ich da schon hundertmal gewesen bin.

»Kla weiß ich das!«

»Gut. Und was habe ich gerade gesagt?«

»Dass ihr da jetz hingeht?«

»Fein. Und wenn du nachher hier rauskommst, dann gehst du nach links und dann die nächste Straße noch mal links und bist da.«

»Wo?«

»Klingel einfach! Irgendjemand von uns wird dir schon aufmachen!«

»Im Ormung«, sage ich und mache mich auf den Weg zu Laura.

Irgendwann liege ich mit Laura auf der Kegelbahn und wir machen rum.

Ich würde meine Hand zwar nicht dafür ins Feuer legen, aber ich glaube, sie ist genauso besoffen wie ich. Oder zumindest fast.

Die Kegelbahn ist leer, und wenn nicht, ist es mir auch egal, und das Schwarzlicht erzeugt eine seltsam unwirkliche Atmosphäre. Ich schaue Laura tief in ihre vier bis sechs strahlend weißen Augen und küsse sie.

»Zieh deime Hose aus«, formuliert sie mühevoll.

Für den Bruchteil einer Sekunde erscheint Steffi vor mir. Über ihrem Kopf glänzt ein Heiligenschein. Dann verschwindet er wieder wie das kurze Aufleuchten eines Blitzlichts. Und mit ihm verschwindet Steffi.

Als ich Hose und Unterhose endlich ausgezogen habe, passiert erst mal eine lange Zeit nichts.

Laura gibt sich zwar alle Mühe, mich scharf zu machen, doch in diesem Zustand will mein Blut einfach nicht dahin, wo es uns beiden oder zumindest mir etwas bringen würde.

»Das wird so nix. Lass mich ma lieba!«

Ich lege sie auf den Rücken, schiebe nach ein paar Versuchen ihren Rock hoch und ihren Slip beiseite und beginne an ihr rumzulecken wie ein wildes Muli an einem Salzstein. Anstelle eines soliden Sex-Gestöhns bekomme ich umgehend die Satzbausteine »Musst treffen« und »Das is mein Oberschenkel« vor den Latz geknallt.

»Oh, *sorry*«, lalle ich und versuche mich in diesem Licht neu zu orientieren.

Dass ich jetzt geographisch richtigliege, merke ich daran, dass ich einen Brechreiz bekomme.

»Alle okay da umten? Du hörst ja auf.«

Wieder erhellt sich für einen kurzen Augenblick die Umgebung, so als machte jemand ein Foto von uns.

Bevor ich mich noch direkt zwischen ihre Beine übergebe, drehe ich Laura um und stecke ihr meine schlaffe Nudel irgendwo hinten in ihren Kochtopf.

»Na, so magst du's!«

»Jaaa«, stöhnt sie lustlos und fake.

Noch ein Blitz.

11 »… unterdessen auf dem Dache ist man tätig bei der Sache.«

Das Telefon muss schon eine ganze Weile klingeln, denn als ich aufwache, erinnere ich mich noch für ein paar Sekunden an zwei bimmelnde Arschbacken, die ich wohl im Traum vor mir gesehen habe. Ich blicke mich um und stelle nur mäßig überrascht fest, dass ich in Unterhosen auf Andrés Couch liege. Mir gegenüber im Bett knautscht Max gerade sein Gesicht in die von Mutter Natur vorgesehene Normalform. Dann nimmt er den Hörer des Fetznetztelefons ab.

»Ja? … Hä? … Wo seid ihr denn? … Wieso? … So ein Quatsch! … Warte mal.«

Max hält den Hörer ein Stück weg und guckt mich benommen an.

»Hast DU heute früh Bier aufs Bett geschüttet?«

»Nee.«

Er hält den Hörer wieder an sein Ohr.

»Hat er nicht. … Warte mal.«

Wieder schaut er mich an.

»André sagt, du hast.«

»Nee.«

»Er sagt, er hat nicht. … Aha? … Echt? … Krass! … Na gut. … Okay. … Bis später.«

Max legt auf und lässt sich wieder ins Bett fallen.

»Was war denn?«

»André sagt, er sei heute früh aufgewacht, und du standest vor dem Bett und hast Bier draufgeschüttet. Und dann wäre wohl auch Sascha aufgewacht, und die hätten dich angesprochen, aber du hättest nicht reagiert, sondern nur so wie ein Zombie dagestanden und es regnen lassen.«

»Gibt's doch gar nicht.«

»Und dann wollten sie mich auch wecken, aber ich habe wohl zu fest geschlafen, und da sie schon mal wach waren, und du dich wieder hingelegt hast, konnten sie nicht mehr in dem Bett bleiben und sind aufgestanden und los, und jetzt sind sie bei Sascha und gucken DVD.«

»Is ja krass«, murmle ich und versuche, mich an irgendetwas zu erinnern, aber mein Gehirn ist löchrig wie ein großporiger Schwamm. »ICH soll Bier auf DAS Bett geschüttet haben? Absichtlich?«

»Was weiß ich«, sagt Max, doch plötzlich dämmert es ihm, und er springt auf und feuert die Bettdecke auf den Boden. »Bäh! Bähbähbäh!«

»Deswegen musst du keinen Schwachkopfindianertanz aufführen!«

»Du bist so eklig, Meschner!«

Spontan greife ich eins der beiden großen Kissen, unter denen ich anscheinend geschlafen habe, und werfe es nach ihm. Dann nehme ich mir eine Zigarette aus der Schachtel auf dem Couchtisch.

»Wo sind eigentlich MEINE Kippen? Und wo sind überhaupt meine Sachen?«

»Tja, witzige Geschichte«, fängt Max an zu grinsen. »Also für UNS!«

»Wieso? Was war denn?«

»Also, deine Brieftasche und dein Handy sind da drüben in dem Rucksack.«

Mein Blick fällt auf ein durchnässtes blaues Stoff-Etwas, das zusammengeknautscht in der Ecke liegt.

»Hä? Wem gehört der?«

»Weiß kein Mensch. Du bist heute Nacht mit dem Rucksack gekommen. Und Sascha hat vorsichtshalber reingeguckt. Wie gesagt, Brieftasche und Handy sind drin.«

»Und meine Klamotten auch?«

»Nö«, sagt Max, und dann muss er plötzlich eine kurze Pause machen, weil er offensichtlich kurz vor einem Lachanfall steht. »Du bist nur in Unterhose reingekommen!«

Ich sehe wahrscheinlich gerade aus wie ein mittelalterlicher Bauer, dem von einem Zeitreisenden verklickert wird, dass die Erde eine Kugel ist. Und der Zeitreisende ein Zeitreisender. Max keucht bereits vom vielen Lachen, und ich, ich bleibe sitzen und gucke mittelalterlich doof. Erst jetzt fühle ich, dass die Couch unter mir pitschnass ist. Ich muss wohl durch den Regen gelaufen sein.

»Ich bin doch nicht wirklich nur in Unterhose hier aufgetaucht!«

»Doch, biste«, prustet er.

Obwohl ich weiß, dass Max mich natürlich nur verarscht, überkommt mich plötzlich ein seltsam ungutes Gefühl. Ich beuge mich vor, packe meinen rechten Fuß und drehe ihn vorsichtig um. Die Sohle ist tiefschwarz, und es steckt sogar ein kleiner grüner Bierflaschensplitter in der Hornhaut.

»Das kann doch nicht wahr sein.«

Ein Crash-Test-Dummy, der genau eine Sekunde vor dem Aufprall auf eine Betonwand zum Leben erwacht, könnte kaum überraschter sein als ich.

Mittlerweile laufen Max erste Tränen übers Gesicht.

»Deine … deine Unterhose sieht ja überhaupt sehr geil aus!«

Eine kleine Model-Drehung nach links genügt, um meinen Anti-Adoniskörper im Spiegel zu erkennen. Und einen schwarzen Damenslip, der meine Taille wie ein viel zu knapper Presswurst-Äquator umspannt.

Meschner – mal wieder die Nummer eins in den Idioten-Charts.

»Ich krieg keine Luft mehr«, lacht Max und zeigt mit dem Finger auf mich.

Hoffentlich finden wir nie im Leben raus, was ich da angestellt habe. ICH zumindest könnte es beim besten Willen nicht: Ich bin abgestürzt, so viel ist sicher, und meine Erinnerungen mit mir, und jetzt sind sie verschollen, irgendwo im Batida-Dreieck.

Wieder klingelt Andrés Festnetztelefon, schrill und laut. Das Vorzeichen einer kommenden Apokalypse.

»Ja?«, fragt Max. »Ah. … Du schon wieder. … Nee. … WAS? … WO? … UAH! … Ja, sag ich ihm. … Okay. … Machen wir.«

Max legt auf, überlegt einen Moment, und wankt dann rüber zu Andrés Schreibtisch.

»Was ist denn nu wieder?«

»Wirst du gleich sehen.«

Er fährt den Rechner hoch und gibt »facebook« in die Adresszeile ein.

»Meld dich mal an!«

»Hä?«

»Du sollst dich bei Facebook anmelden!«

Ich gehorche, und nur ein paar Sekunden später baut sich die Startseite mit den Neuigkeiten meiner Freunde auf. Mit pochendem Herzen nehme ich ein rotes Fähnchen in der linken oberen Ecke wahr, das besagt, ich hätte achtundzwanzig Benachrichtigungen. Zitternd führe ich den

Mauszeiger über das Feld und klicke drauf. Gerrit Winter hat mich auf vier Fotos markiert.

»Na, zeig schon her die Fotos«, drängelt Max.

»Ich mag nicht!«

»Besser, du guckst sie dir jetzt an und ENTmarkierst dich auf den Fotos, als dass du sie einfach so im Netzt stehen lässt!«

Max hat recht. Wenn ich nichts unternehme, dann bleiben die da für immer, und alle meine Freunde können die sehen und kommentieren. Was auch schon viele getan haben, wie ich in diesem Augenblick feststelle.

Irgendjemand muss mich auf der Party fotografiert haben. Das erste Bild zeigt mich dabei, wie ich nackt auf Laura liege und mir dabei mit dem Strohhalm meines Drinks ins Auge pike. Auf dem zweiten sitze ich nackt auf der Kegelbahn. Laura ist nicht bei mir. Aber mein Batida-Kirsch-Glas, dessen Inhalt über den Boden verschüttet ist. Bild drei hält mich dabei fest, wie ich vor den Kegeln stehe und von oben auf sie herabpisse. Und das vierte Bild toppt schließlich alles.

»Du willst doch da nicht etwa in den Rucksack einsteigen?«

Doch, will ich.

Mit dem leeren Blick eines Gehirnamputierten versuche ich, den Rucksack über meine nackten Beine zu ziehen wie eine Hose. Und dabei stelle ich mich nicht besonders geschickt an.

»Oh, mein Gott«, entfährt es mir leise.

»Alter.«

Selbst Max ist nicht mehr nach Lachen zumute. Er starrt auf das Bild wie auf einen Autounfall.

»Wie krass ist das denn?!«

Und die Kommentare erst:

Kolja K ... Moritz' erster Schulranzen!
vor etwa 2 Stunden

Die Sabine Könnte glatt eine Werbeanzeige von den Anonymen Alkoholikern sein!
vor etwa 2 Stunden

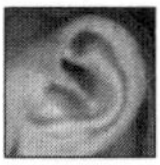

Kolja K ... Don't drink and zieh deinen Rucksack an! ;-)
vor etwa 2 Stunden

Victor Hagedorn Und KALT muss es wohl auch gewesen sein! LOL!
vor etwa einer Stunde

Olaf Reuter BILD Hey, Gerrit, danke für das Foto! Ist jetzt auch auf bild-online mit dem dazugehörigen Artikel. Allerdings mussten wir einen schwarzen Balken vor eine »gewisse« Körperpartie montieren.
vor 25 Minuten

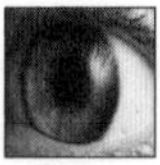

Gerrit Winter Ist aber ein ziemlich kleiner Balken. :-) Trotzdem schön, dass ich helfen konnte.

War 'ne geile Party. Und dank meiner Handy-Cam auch was für alle!
vor 8 Minuten

Pac Man Geil!!! Was für ein Vollidiot!
vor 5 Minuten

»Gerrit ist so ein dummes Stück Scheiße.«

»Hallo?! Den Typen sollte man verbrennen!«

Wieder hat Max recht. Wie kann Gerrit solche Bilder nur veröffentlichen? Auf Facebook!

»Wir konnten uns zwar noch nie leiden, aber DAS!«

»Und wieso ist der überhaupt mit dem von der *BILD*-Zeitung befreundet?«

»Keinen Plan«, sage ich erschöpft. »Das ist auf jeden Fall Twilight-Zone.«

»Alter, du musst was dagegen unternehmen!«

»Was denn?«

»Sperr die Bilder! Ruf den Administrator! Verklag den Bastard! Und lass uns schnell gucken, was auf Bild-Online steht!«

Ich sinke tiefer und tiefer in Andrés Bürostuhl ein. Wenn sich doch nur ein Loch auftun würde, das groß genug ist, mich und den Stuhl verschwinden zu lassen!

»Sei mir nicht böse, Max. Aber ich will jetzt echt nicht lesen, was der da über mich geschrieben hat.«

»Nicht?! Aber … was willst du dann tun?«

»Ich muss mal Steffi anrufen.«

Sechs bis acht lange Tut-Töne später habe ich sie am Apparat. Sie klingt nervös und fahrig, beinahe so, als hätte ich sie gerade mit einem Massagegerät auf dem Kopf erwischt.

»Moritz? … Hi, äh, gut, dass du anrufst, ich, äh, wollte es auch gleich machen.«

»Aha.«

»Ja, ich … also … ich wollte mit dir reden.«

»Na klar.«

»Nein, wirklich, ich … war gestern bei Silvio, und, na ja, wie sag ich's am besten? … Ich glaube, es war ein Fehler.«

Puh, Glück gehabt. Ich hatte schon befürchtet, sie wolle schon wieder Schluss machen.

»Ist doch in Ordnung«, sage ich gönnerhaft. »Ich hab ja auch 'ne Menge Fehler gemacht. Jedenfalls ist mir egal, was gestern war. Wir … wir sollten einfach ganz von vorne anfangen. Bei null quasi. Oder was meinst du?«

Steffi meint erst mal nichts.

»Hallo? Bist du noch dran?«

»Moritz, ich …«

»Was sagst du dazu? Wir vergessen einfach, was war! Und wir vergessen Silvio! Er war ein Fehler, das hast du gerade selbst gesagt. Und wenn du willst, können wir auch gerne irgendwo hinfahren. Mal ein bisschen abschalten, Zeit zusammen verbringen, nur wir zwei. Einfach raus, nach Bad Saarow oder so. Und den Fehler vergessen, den du gemacht hast. Bitte, nur du und ich und von mir aus auch noch der blöde Jauch, das ist mir egal, Hauptsache, wir können zusammen sein und … ach, sag mal, warst du heute schon auf Facebook?«

»Moritz?«

»Ja?«

»Du weißt, was los ist, oder?«

»Ja.«

»Das mit UNS, das war ein Fehler!«

»Ja.«

»Ich meine, es war schön und so, aber wir gehören einfach nicht mehr zusammen, das verstehst du doch, oder?«

»Ja.«

»Gut. Also, wie gesagt, es war schön, aber … lass uns doch jetzt wirklich mal Freunde sein.«

»Ja.«

»Mach's gut, Moritz«, sagt sie nach einer kleinen Pause und legt auf.

»Alles okay?«, fragt Max sofort. »Du bist ganz rot im Gesicht!«

»Ja.«

Ich lege das iPhone zur Seite und gebe Steffis Namen in die Suchzeile bei Facebook ein.

»Meschner?«

»Ja.«

»Du machst mir ein bisschen Angst.«

»Ich kann wieder auf Steffis Profil«, sage ich teilnahmslos.

»Das ist ja gut und schön, aber …«

Ein Klick auf Steffis Freundesliste und schon sehe ich die Fratze, nach der ich gesucht habe.

»Moritz, du kriegst gleich 'nen Hirnschlag! Atme mal durch, Alter!«

Noch ein Klick, und ich habe alles, was ich brauche. Den kompletten Namen. Und die Adresse! Ein Hoch auf den gläsernen Menschen!

»Du wolltest doch, dass ich was unternehme.«

Max legt mir die Hand auf die Schulter, zieht sie aber nur Sekunden später wieder zurück.

»Was hast du denn vor?«, fragt er unsicher. »Willst du jetzt doch dem Administrator Bescheid geben?«

»Nein«, antworte ich und zünde mir eine Zigarette an. »Ich werde Arschfotzenkopf umbringen.«

Ein perfekter Mord beginnt mit einem perfekten Plan.

In meinem Fall beginnt er mit einer halben Flasche Jägermeister, die ich noch in Andrés Kühlschrank gefunden habe.

Darüber hinaus benötige ich natürlich ein perfektes Alibi, das ich in Max habe, der neben mir im Taxi sitzt, aber leider noch so gar nicht nach Alibi aussieht, sondern eher nach beleidigter Leberwurst.

»Du drehst ja völlig am Rad«, nuschelt er in Richtung Seitenfenster.

Gehen wir noch mal alles in Ruhe durch: Gestern habe ich auf einer Party blankgezogen und bin heute auf der Onlineseite der *BILD*-Zeitung zu finden. Ich brauche den dazugehörigen Artikel nicht zu lesen, um mir darüber klarzuwerden, dass ich darin wohl nicht besonders gut wegkomme. Der Typ, der im Hasenkostüm auf einem Motorrad ins KaDeWe-Schaufenster gedonnert ist, hat auch ein Leben abseits des motorisierten Amoks, und zwar das einer depressiven Witzfigur. Die Leute werden über mich lachen, sich fremdschämen, mir ein mutiertes Ebola-Virus an den Hals wünschen, so viel ist mal klar. Und jetzt fährt dieser Typ im Taxi in den Osten Berlins, um den Pumperficker seiner Exfreundin zu killen. Das ist so schräg, das kriegt nicht mal Monk zusammen.

Ich krame einen kleinen Zettel aus meiner Hosentasche und überprüfe noch einmal den Straßennamen.

»Wir müssten eigentlich gleich da sein.«

»Ein paar Minuten sind's noch«, sagt der Taxifahrer.

Ich habe mir aus Andrés Kleiderschrank eine blaue Jogginghose und einen schwarzen Kapuzenpullover gegriffen. Leider habe ich vergessen, auch eine neue Unterhose anzuziehen, und so fummle ich mir alle zehn Sekunden am Hintern rum, weil mein String immer wieder in die Ritze rutscht und kneift. Keinen Schimmer, wie Frauen so etwas tragen können.

»Ich wiederhol mich ja nur ungern«, sagt Max und dreht sich zu mir, »aber du gehst in den Knast, wenn du das durchziehst, das ist dir schon klar?«

»WIR gehen in den Knast«, antworte ich. »DU bist mein Komplize! Das ist dir schon klar?«

»Ich bin nur mitgekommen, um dich von deinem Vorhaben abzubringen.«

»Das wird schwer, mein Freund.«

»Dann gehst du eben in den Knast!«

Der Taxifahrer will wohl wissen, was wir hier hinten andeuten, denn er schaut von Zeit zu Zeit in den Rückspiegel, doch ich halte seinem Blick stand, und schließlich gibt er auf und konzentriert sich wieder auf sein eigentliches Taxi-Geschäft, das da heißt: hupen, fluchen und andere Verkehrsteilnehmer schneiden.

»Es gibt so viele Menschen, die in den Knast gehören«, sinniere ich.

Nach ein paar Minuten haben wir unser Ziel erreicht. Genauer gesagt: MEIN Ziel. Einen typischen Plattenbau, der trotz einiger bunter Verzierungen und Topfpflanzen auf den Balkonen immer noch nach Ernst Thälmann und Co. riecht. Ich habe die Ossis nie wirklich gemocht, aber seitdem Silvio aufgetaucht ist, hasse ich sie regelrecht.

Obwohl.

Im Moment hasse ich so ziemlich jeden und alles. Steffi, den Taxifahrer, sogar Max, weil er partout kein Alibi sein möchte, und auch den hässlichen Glatzkopf, der da so locker zu seinem Auto schlendert, hasse ich.

Moment mal. Das ist Silvio!

»Alter!«, stupse ich Max aufgeregt an.

Er richtet sich auf, und seine Augen werden sofort größer. Scheinbar ist er ebenfalls voller Adrenalin. Und Jägermeister. Ich habe ihm nämlich vorhin die andere Hälfte der Flasche abgegeben.

»Der haut ja ab!«

Silvio steigt in einen mittelgroßen grauen BMW und braust davon.

»FOLGEN SIE DEM WAGEN!«, rufe ich.

Ich wollte das schon immer mal tun.

»Das kostet aber neu«, brummt der Fahrer ohne den geringsten Anfall von Eile. »Ich hab die Uhr nämlich schon ausgestellt.«

»Ist mir scheißegal, was es kostet! Hinterher!«

»Wie Sie wollen«, sagt er und schaltet die Uhr ein.

Dann tuckert unser Taxi gemütlich los.

»Und was machen wir jetzt?«

Vorsichtig linsen Max und ich über den Gartenzaun des kleinen weißen Häuschens, in das Silvio vor etwa einer Minute verschwunden ist. Nachdem ich insgesamt etwas mehr als dreißig Euro für das Taxi bezahlt habe, sind wir ausgestiegen und wie zwei Comicfiguren auf unseren Zehenspitzen zum Zaun getippelt.

»Wer wohnt hier überhaupt?«

»Woher soll ich das wissen?«, nölt Max. »Silvio jedenfalls nicht, sonst hätte er nicht geklingelt.«

Ich kratze mich am Kopf und zupfe dann meinen Stringtanga zurecht.

»Boah, Meschner, du hast echt keinen Plan, stimmt's?«

»Jepp«, bestätige ich.

»Weißt du, du bist wie ein Einarmiger, dem man was zuwirft, das man nur mit zwei Händen fangen kann! Du strengst dich zwar immer wieder an, aber am Ende wird's nix!«

»WAS bitte schön gibt es, das man nicht mit einer, sondern NUR mit zwei Händen fangen kann?! Hä?«

Er muss kurz überlegen.

»Einen Basketball?«

»So ein Quatsch!«

»ZWEI Basketbälle?«

»Okay. Eins zu null für dich.«

»Und jetzt lass uns wieder abhauen, bevor das hier noch ins Auge geht!«

Auf keinen Fall haue ich hier wieder ab! Dafür bin ich schon zu weit gekommen! Und dafür hasse ich Silvio einfach zu sehr!

»In DIESEM Haus ist mein Endboss! Und den werde ich jetzt plattmachen! MIT dir oder OHNE dich!«

Max schaut mich völlig hilflos an.

»Ach, Moritz. Wenn du nicht mein Freund wärst, dann wäre mein Leben weniger im Arsch.«

»Und weniger aufregend«, füge ich hinzu, und wir müssen lachen.

»Also, was hast du vor?«

»Wir improvisieren einfach. Erst mal müssen wir rausfinden, wer hier wohnt, und was Silvio überhaupt hier macht. Und dann ... buddeln wir 'ne Falle vor der Tür.«

»Cool«, sagt Max ironisch. »Und die füllen wir mit

Cartoon-Knallerbsen, die wir in der ACME-Fabrik kaufen.«

»Gute Idee, du Schwachkopf.«

»Leck mich«, kontert Max und fängt an über den Zaun zu klettern.

Ich hätte nie gedacht, dass ein enges Damenunterhöschen eine wirkliche Behinderung darstellen könnte. Zwar ist Andrés Jogginghose, nicht zuletzt wegen meines Gewichtsverlustes der letzten Wochen, angenehm weit und fluffig, allerdings fällt es mir sauschwer, mein Bein über die Zaunkante zu hieven, so sehr schnürt mich der String ein. Ob Laura jetzt gerade in meinen Boxershorts aufwacht und sich ebenfalls fragt, was gestern auf der Party passiert ist?

Als wir uns in den Garten plumpsen lassen, wird mir heiß, teils deswegen, weil ich wohl auf einer Art Distel gelandet bin, teils aber auch, weil ich mich so fühle, als wäre ich ein G.I., der in den iranischen Präsidentenpalast eingedrungen ist, und nun nicht weiß, ob er sich vor Angst in die Hose machen oder im Adrenalinrausch das erstbeste Zimmermädchen vergewaltigen soll. Max gibt mir ein Handzeichen, das ich nicht verstehe, und dann packt er mich an der Kapuze, und wir schleichen uns gebückt unter den Fenstern vorbei bis zur Haustür. Dort schaue ich auf das Klingelschild.

Marianne Bolte

»Na, toll. Jetzt wissen wir, dass hier irgendeine Frau Bolte wohnt. Und weiter?«

»Frau Bolte«, wiederhole ich nachdenklich. »Ist das nicht seltsam?«

»Was denn?«

»Ach nichts. Ich dachte nur gerade …«

Genau in diesem Augenblick öffnet sich die Haustür, und Max und ich, wir sprinten los.

»Die Büsche!«, ruft Max so leise, dass eigentlich nur ein Hund es hören könnte, aber ich weiß natürlich sofort, was er meint, und er hechtet in eine mannsgroße Hecke und ich direkt hinterher, und als wir drin sind, fallen wir mitsamt der Hecke um und bleiben auf dem Boden liegen.

»Aua«, stöhne ich.

»Halt bloß dein Maul«, flüstert Max, der nun auf mir liegt und seine Hand auf meinen Mund presst.

Mit angehaltenem Atem spähen wir durch die uns umschließende Dornenhecke zur Haustür, aus der eine alte Frau tritt, deren Anblick mich erstarren lässt.

»MmMmMmMMMMmMm-MMMmMm!!!«

Wäre Max der Sprache der uralten Zivilisation der Durch-die-Hand-Kommunizierer mächtig gewesen, dann hätte er verstanden, was ich mit weit aufgerissenen Augen in seine Finger geschrieen habe: »Das ist die Brummdraht-Omi!!!«

Es besteht kein Zweifel: Sie ist es! Die alte Mist-Eule, die mir gestern Mittag bei Steffis Reichelt begegnet ist! Und hinter ihr in der Haustür steht Silvio. Der Teufel und seine Großmutter!

Erst jetzt fällt mir Silvios vollständiger Name wieder ein. Der Name, den ich auf seinem Facebook-Profil gelesen habe: Silvio BOLTE!

»Is schon jut, Omi, da draußen war nix. Hab ick dir doch jesagt.«

»Ich HABE aber etwas gehört!«

Die Brummdraht-Omi lässt ihren Kopf einmal von rechts nach links wandern. Es würde mich nicht wundern, wenn sie ihn auch ganz im Kreis drehen könnte.

»Komm wieder rin«, sagt Silvio und nimmt sie am Arm. »Hier is keener. Wer sollte auch schon versuchen, am hellichten Tach irjendwo einzubrechen? Ick mach jetzt schnell deinen Kamin an, und denn jibt's Kaffe und Kuchen.«

Das finstere Gesicht der Brummdraht-Omi hellt sich langsam etwas auf. Trotzdem habe ich für einen Moment ein Gefühl, als würde sie uns gleich entdecken. Kurz bevor sie das Gebiet um uns herum und somit auch die umgefallene Hecke scannen kann, gibt Silvio ihr einen Kuss auf die Wange, und des Teufels Großmutter lässt sich erweichen und endlich von ihrem Suchvorgang ab.

»Hach, Junge, du bist einfach zu gut für diese Welt!«

Das muss dann wohl die Bizarro-Welt sein! Nicht nur, dass Silvio mit Brummdraht-Omi verwandt ist, er hat mir und Max auch gerade das Leben gerettet! Natürlich nicht absichtlich, denn wüsste er das, dann würde er sich wahrscheinlich den Fuß abbeißen.

»MmMmMMM!«, keuche ich in Max' Hand und meine damit so viel wie: »Danke, Gott!«

Da Gott und ich aber ein etwas zwiespältiges Verhältnis zueinander haben, findet das alles hier noch kein Happy End. Brummdraht-Omi fährt Silvio liebevoll mit ihren alten knochigen Fingern über die Wange und holt dann völlig unvermittelt die große Keule raus.

»Trotzdem werde ich den Hund mal in den Garten lassen.«

»Wenn de meinst.«

»RICO!!!«

Max und ich haben nur ein äußerst schmales Zeitfenster, doch wir nutzen den Moment, in dem Silvio und seine verhornfußte Großmutter im Hausflur verschwinden, bis zu dem Moment, in dem ein schwarzbepelztes Wolfsungetüm aus genau diesem Hausflur schießt. Und wir hätten es auch bis zum Zaun geschafft, wäre der Weg nicht weiter gewesen als der bis zur Garage, die nur ein paar Schritte entfernt vor uns lag. Und wäre da eben nicht dieses schwarze Wolfsungetüm aufgetaucht, das uns locker beide zusammen vernaschen könnte.

In wilder Panik springen wir auf den Fenstervorsprung der Garage, krallen uns an der darüber liegenden Dachrinne fest und ziehen uns daran hoch, bevor der Riesenhund uns sehen kann.

Dann hören wir, wie die Haustür sich schließt und unter uns ein leises und hungriges Knurren, das ich alter Discovery-Channel-Gucker als den ersten Teil der Witterungsaufnahme werte.

»Ich hasse dich!«

Max hat die Beine angewinkelt und hält sich an einem Dachziegel fest, um bloß nicht runterzurutschen und in dem Maul der schwarzen Bestie zu landen. Ich sitze neben ihm auf dem Dach und klammere mich ebenfalls ängstlich irgendwo fest.

»Hey, tut mir leid. Ich habe mir das auch alles anders vorgestellt.«

»Ach ja?! WIE DENN???«

Unter anderen Umständen wäre dies ein wirklich angenehmer Nachmittag. So wie wir vor ein paar Tagen noch auf Max' Dach gesessen haben, sitzen wir jetzt eben auf einem anderen Dach und gucken in die langsam untergehende Sonne. Nur, dass wir eben nicht runter können.

»Hast du gehört, was Silvio gerade gesagt hat?«

»Was meinst du? Ich war ein bisschen zu sehr damit beschäftigt, die Dornen von meinen Augen wegzuhalten und DANN damit, meinen Körper vor einem Werwolf in Sicherheit zu bringen!«

»Silvio hat gesagt, er würde ihren Kamin anmachen!«

»Und wenn er gesagt hätte, er würde jetzt eine Ode an einen Gabelstapler schreiben, ES IST MIR SCHEISSEGAL!«

»Ich meine ja nur, ich habe endlich eine Idee.«

Vorsichtig stehe ich auf und stütze mich mit den Händen ab, um höher aufs Dach zu gelangen.

»Was soll denn das schon wieder werden?«

Ich ignoriere Max und klettere weiter. Der Schornstein ist zum Greifen nah. So also muss sich Reinhold Messner gefühlt haben, kurz bevor ihm der große Zeh abgefroren ist.

»Meschner«, flüstert Max angestrengt, »was machst du da?«

»Ist doch ganz einfach«, sage ich, lasse die Dachziegel los, und breite meine Arme aus wie Charlton Heston alias Moses in »Die 10 Gebote«. »Ich pisse ihm auf den Kopf.«

»WAS?!«

»Ich pisse Silvio auf den Kopf!«

Max guckt mich an, als hätte ich den Verstand verloren.

»Hallo?«, sage ich. »Wenn ich sogar besoffen noch meine Kloschüssel treffe, dann werde ich es ja wohl auch auf die Glatze von 'nem Arschloch schaffen!«

Ich hole meinen Schwanz raus und halte ihn direkt über das Loch im Schornstein. Was für ein erhebender Moment! Die untergehende Sonne wirft ihre letzten Strahlen auf mich, ich habe ordentlich Druck auf der Blase, und Silvio wird vermutlich gerade da unten mit einem kleinen

Schäufelchen im Kamin knien und an nichts Böses denken. Dabei steht nur ein paar Meter über ihm seine Nemesis! Und die wird gleich in Frau Boltes Schornstein pissen! Doch gerade als ich loslegen will, entert ein vollkommen absurder Gedanke mein bräsiges Alki-Hirn, und ich packe meinen Piephahn wieder ein.

»Sag mal, weißt du eigentlich, dass wir Max und Moritz heißen?«

»Hä?«

»Es ist mir schon klar, dass du das weißt. Aber es ist doch sehr seltsam, dass wir Max und Moritz heißen, und dass wir gerade auf dem Dach von Witwe Bolte stehen, oder?«

Max sieht nicht so aus, als wolle er sich darüber Gedanken machen. Seine Finger umklammern steif die braunen Dachziegel, und seine Augen blitzen mich wütend an.

»Ich meine, ich weiß nicht, ob Frau Bolte eine Witwe ist, jedenfalls wohnt sie hier scheinbar alleine, und wir sind Max und Moritz, und ich stehe gerade vor ihrem Schornstein. Das ist alles, was ich sagen will.«

»Dann nimm doch eine Angel und hol uns ein paar knusprige Brathähnchen nach oben!«

»Ich finde das ja nur seltsam.«

Als ich ein kleines Kind war, konnte ich die gesamte Geschichte von Max und Moritz auswendig. Meine Eltern haben noch eine Kassette, auf der ich jede einzelne Strophe, jeden Vers fehlerfrei aufsage. Und ich erinnere mich auch noch genau an die Szene, in der Max und Moritz auf Witwe Boltes Dach stehen. Wie Wilhelm Buschs Kindervers-Epos ausging, weiß ich leider nicht mehr so genau. Ich befürchte allerdings, dass Max und Moritz am Ende krepiert sind.

Ich hebe meinen Kopf und schaue über das Dach, und ich bekomme eine Gänsehaut. Ich kann nämlich Steffis Haus von hier aus erkennen!

Es ist mir vorhin gar nicht aufgefallen, dass Silvios Oma nur ein paar Straßen von Steffi entfernt wohnt. Als ich jetzt aber die oberen zwei Stockwerke von Steffis Haus sehe, da wird mir mit einem Mal alles klar: DAS ist der Moment, DAS ist der Ort, DAS ist die Zeit, auf die ich mein gesamtes Leben hingesteuert habe! Der Kreis aus Demütigungen, Fehltritten und Fettnäpfchen-Hopping schließt sich endlich! Hier und heute wird sich alles entscheiden! Mir ist, als wäre dies ein heiliger Augenblick, ein vorherbestimmtes Datum, das nur ich, der Auserwählte, mit einer finalen Handlung zu würdigen weiß.

Ich konzentriere mich wieder auf den Schornstein, auf die Liebe, die ich für Steffi empfinde, auf Arschfotzenkopf, und auf meinen wie perfekt getimten Harndrang, und ich nehme meine Hände, um die Jogginghose runterzuziehen, und ich rufe in den apokalyptisch wolkenverhangenen Himmel: »Die Prophezeiuuuuuuuuung!!!!«

Dann verliere ich das Gleichgewicht.

Als Michael Jackson seinem staunenden Publikum erstmals den von irgendeiner Straßengang geklauten »Moonwalk« vorführte, da wollte er mit diesem Tanzschritt vorgaukeln, er bewege sich quasi vorwärts über ein Laufband, das ihn wiederum zurückziehe. Ich hingegen muss niemandem etwas vorgaukeln: Meine Füße wischen vollkommen real über die Dachziegel wie der Lappen einer Putzfrau, die auf Speed ist. Um meinen Move nun auch genauso getreu zu beenden, wie ich ihn gerade begonnen habe, brauche ich nur noch auf die Fresse zu fallen. Was ich auch tue. Danach noch ein Halleluja auf den Entdecker der Schwerkraft, und ich rutsche das Dach hinab und finde mich gleich darauf an der Rinne hängend wieder, wie in einem launigen Jim-Carrey-Film.

»Moritz!«, höre ich Max noch kreischen, aber da hänge ich schon und spüre die Zähne von Witwe Boltes Hund in meinem Turnschuh, der im Übrigen ein bisschen zu groß ist, also der Schuh, weil ich den vorhin ebenfalls aus Andrés Kleiderschrank entleihen musste, und wir nicht die gleiche Größe haben.

Und plumps, und ab ist der Schuh.

Das scheint Wolfshund Rico aber nur noch mehr anzuspornen, denn schon hängt er wieder an mir, also der Rico, genauer gesagt, an meiner etwas zu weiten und fluffigen Jogginghose, und es dauert nicht lange, da rutscht auch die Hose runter und der zweite Schuh gleich mit, und ich baumle nur noch in Socken und Stringtanga vom Dach wie ein albernes menschliches Leckerli. Das ergäbe ein tolles Foto, das wieder mal meinem Facebook-Profil würdig wäre! Doch wo ist die *BILD*-Zeitung, wenn man sie tatsächlich mal braucht?!

»Moritz!«,ruft Max wieder, und Rico fängt an zu kläffen wie ein Wilder, und ich ziehe meine Beine etwas an, damit er nicht an sie herankommt. »Fall bloß nicht runter!«

»Danke für den Tipp, du …«

Bevor mir noch etwas Schlagfertiges einfällt, stürze ich auch schon in die Tiefe. Vermutlich einen ganzen halben Meter. Trotzdem knicke ich um, lande auf allen vieren und starre Rico mitten zwischen die Zähne.

»Na, bist du auch bei Facebook?«

»Kläff!«

»Wir könnten ja Freunde werden!«

»KLÄFF!«

In Gedanken mache ich mein Testament: Meine Wohnung vermache ich dem Messie-Fanclub, meine Leber geht an eine Medizinstudentengruppe mit 'nem Faible für Panoptikum-Ausstellungsstücke, und den Stringtanga bekommt Laura zurück. Falls Rico ihn mir nicht vom Arsch knabbert.

»Hunde, die bellen, beißen nicht!«, schallt es vom Dach.

Ach ja, und Max kriegt eins in die Fresse!

»KLÄFF!«

Ein Gutes hat die Sache hier vielleicht: Ich werde doch nicht unmittelbar an meinem Alkoholismus sterben. Nur an seinen Auswirkungen. Gott, was habe ich nur wieder für eine Scheiße gebaut!

»Okay, iss mich«, flüstere ich der Hundeschnauze zu und schließe die Augen. »Ich habe es ja nicht anders verdient.«

»RICO! ... AUS!«

Eine große Pranke reißt Rico am Halsband zurück, und was eben noch eine schwarze Fletsch-Bestie war, ist nun nur noch ein fiependes Stück Resthund, das mit den Vorderpfoten nach Bodenhaftung sucht.

Ich schaue in das verwirrte Gesicht von Silvio Arschfotzenkopf.

»Du ... du bist doch Steffis Exfreund. ... Moritz, oder?«

»Ja«, sage ich und höre Max mit einem »Hüüülfeee«-Schrei ins Blumenbeet klatschen, gefolgt von einem heiseren »Autsch«.

»Und wer bist DU nu wieder?«

»Max. … Moritz ist ebenfalls mein Exfreund.«

Das bedeutet also der Spruch »vom Regen in die Traufe kommen« wirklich. Silvio starrt uns an, als seien wir schwule Marsianer. Und einer davon kniet in Blowjob-Stellung vor ihm und hat einen G-String an.

»Watt MACHT ihr denn hier?!«

»Ach, nichts«, gebe ich kleinlaut von mir. »Mir ist wohl vorhin so ein bisschen die Sicherung durchgebrannt, und da dachte ich, wenn ich schon mal so schön am Durchdrehen bin, dann kann ich dir doch gleich noch auf den Kopf pissen. … Und dich danach umbringen.«

Silvio öffnet den Mund, aber es kommt nichts raus.

Er steht nur da und versucht, seine Gedanken zu ordnen, und dabei hält er immer noch das Halsband mit dem zappelnden Rico umklammert.

Dann lacht er los wie ein Irrer.

»Oh, Mann, dit is ja wohl dit Bescheuertste, watt ick je jehört hab!«

»Ist es«, bestätigt Max und klopft sich den Dreck von der Hose.

Ein paar Minuten später sitzen wir im Wohnzimmer auf dem Sofa und essen Käsekuchen.

»Und das sind wirklich Freunde von dir?«

Brummdraht-Witwe Bolte mustert mich misstrauisch, und ich ziehe Andrés zerbissene Jogginghose, die ich mir über den Schoß gelegt habe, ein Stückchen weiter nach oben.

»Du kommst mir bekannt vor! Wo hab ich dich bloß schon mal gesehen?«

»Vielleicht waren Sie auf seinem Facebook-Profil«, witzelt Max und schiebt sich ein Stück Kuchen rein.

»Omi, hol doch noch mal bitte neuen Kaffe aus der Küche!«

Mit finsterer Miene und zwei leeren Tassen verlässt sie schließlich das Zimmer, während Max sich ein zweites Stück Käsekuchen vom Teller nimmt.

»Der schmeckt total geil!«

»Dit Jeheimnis sind die Dosenmandarinen. Damit wird er schön klietschig.«

»Verstehe.«

»HALLO?!«, reißt mir der Geduldsfaden. »WAS SOLL DAS HIER ALLES?!«

»Wir essen«, erwidert Silvio seelenruhig, und ich kann aus den Augenwinkeln erkennen, dass Max grinst.

»Ja, aber willst du mich nicht verprügeln oder die Polizei rufen oder mir wenigstens die Haut abziehen?!«

»Nee, will ick nich.«

»WARUM denn bloß nicht?«

Silvio schlürft einen Schluck Kaffee und lehnt sich in seinem Sessel zurück. Er sieht mit einem Mal so aus, als hätte er nicht nur Omis extra-klietschige Dosenmandarinen-Spezialität, sondern gleich auch noch all die Weisheit der ekligen Welt mit der Kuchengabel gefressen.

»Moritz, ick weeß jenau, wie es dir jeht. Wie sehr du leidest. Mir jing's die letzte Woche ooch so. Als Steffi und ick jetrennt waren. Da hatt ick janz schön dran zu knabbern, und ick wollte dich am liebsten zu Fleischbällchen kloppen. Ick hab sogar schon vor deiner Tür jestanden!«

»Du hast vor meiner Tür gestanden?!«

Ich schlucke einmal kräftig.

»Ja, hab ick, und du kannst froh sein, dass du nich im Krankenhaus liegst, jetze.«

Ich bin mir in Anbetracht der derzeitigen Umstände nicht ganz sicher, ob ich darüber wirklich froh bin.

»Aber denn hatt ick plötzlich, wie soll ick sagen, ick hatte plötzlich 'ne Version.«

»Was hattest du?«

»'ne VERSION. Wie wenn ick mit einem Mal in die Zukunft kieken kann. Wie die Schlangenbeschwörer oder so.«

Just in diesem Augenblick beginnt mein Kopf zu schmerzen, und ich nehme einen schwachen Pfeifton in meinem rechten Ohr wahr. Wahrscheinlich hat gerade mein interner Deppen-Detektor angeschlagen.

»Jedenfalls hab ick vor meinem geistlichen Auge jesehen, wie ick dir eine verpasse, und denn … na ja, denn wusst ick sofort, dass Steffi mich nie mehr zurücknehmen wird, und dass ick da ooch keene Chance mehr haben tue, und denn hab ick mich jefragt, ob et dit allet wert is. Sie hat mir ja schon immer jesagt, ick muss meine Aggressionen im Griff kriegen, sonst kann sie nich mit mir zusammen sein. Also hab ick beschlossen, mein Leben zu ändern, und seit Freitag bin ick nu in Therapie, und jestern hab ick mit Steffi über allet jesprochen, und jetz sind wa wieder zusammen, also so richtich. Max, nimm doch noch 'n Stückchen. Is jenuch da.«

»Ich kann beim besten Willen nicht mehr«, antwortet Max zufrieden schmatzend.

»Du bist in THERAPIE?«

»Aggressions-Bewältijung«, erwidert er höflich.

»Und ihr seid wieder fest zusammen?«

Ich merke, wie mir langsam die Kinnlade runterklappt und mein Slip schon wieder anfängt zu zwicken.

»Du isst ja jar nüscht«, stellt Silvio besorgt fest.

»Ich schnall ab«, sage ich kraftlos und stehe mit Wackelpuddingbeinen auf. »Das ist doch alles nur ein Alptraum.«

»Moritz, nich, dass de mich falsch verstehst. Ick jeh immer noch ins Fitnessstudio, und ick lass mir von dir auch nich allet jefallen. Dit soll heißen, ick hol die Polizei nur dann nich, wenn de mir versprichst, keene Scheiße mehr zu bauen, okay?«

»Ich verspreche dir alles, was du willst«, murmle ich benommen. »Hauptsache, du rufst uns jetzt ein Taxi.«

»Mach ick«, sagt er und steht auf. »Wollt ihr vielleicht noch watt vom Kuchen mitnehmen? Ick kann euch watt einpacken.«

»Gerne«, höre ich Max sagen.

Als nach ein paar Minuten das Taxi kommt, winken uns Silvio und seine Omi vom Zaun aus hinterher, und es gelingt mir, trotz meiner Schockstarre, beim Vorbeigehen an Silvios Auto noch einen tiefen, langen Kratzer mit meinem Haustürschlüssel im Lack zu hinterlassen.

Die letzten zwei Monate sind wie im Flug vergangen. Und ich HASSE das Fliegen.

Das mit der Zeitwahrnehmung ist sowieso so eine Sache. Wenn man immer das Gleiche macht, sich immer am selben Ort aufhält und zwischendurch die eine oder andere Dose Bier in sich reinkippt, dann sind die Erinnerungen an diese Zeit später so schwammig und höhepunktarm, dass sie einem vorkommt wie ein einziger Tag. Nur die Briefe von der Uni, von Heikos Anwalt und vom Polizeipräsidenten der Stadt Berlin zeugen davon, dass ich überhaupt noch irgendwo in der realen Welt verwurzelt bin.

Ansonsten hat sich mein Leben in eine lose Aneinanderreihung von Statusmeldungen verwandelt, die sich im Rückblick wie das Tagebuch eines Superlangweilers lesen:

Moritz Meschner Hin, alles hin. Drecksmist!
25. Oktober

Moritz Meschner Wohnung aufgeräumt (... na ja ... ein bisschen ☺). Alles aber schöner jetzt. Home, sweet home! Erst mal ein Bierchen.
28. Oktober

Moritz Meschner Geil, auf Kabel 1 kommen zum tausendsten Mal »Star Trek« 2+3 hintereinander! Bin dabei!
30. Oktober

Moritz Meschner Sleepless in Berlin …
7. November

Moritz Meschner »Two and a Half Men« Season 7 auf DVD!
12. November

Moritz Meschner Nie wieder Alkohol! … Na gut, vielleicht doch. ;-)
14. November

Moritz Meschner Sind Spongebob und Patrick eigentlich schwul? Macht jedenfalls ganz den Eindruck.
15. November

Moritz Meschner … weiß nicht, was er posten soll.
18. November

Moritz Meschner Krass! Schnee! Jetzt schon!
22. November

 **Moritz Meschner** krank ... :-(
23. November

 **Moritz Meschner** Der Magen will nicht so, wie ich will. Vielleicht hilft Amputation. *lol*
24. November

 **Moritz Meschner** ist endlich über den Berg! Zur Belohnung gibt's Alkohol!!!
26. November

 **Moritz Meschner** Beck's, Schulle oder Kindl Jubiläums-Pils? Was ist euer Favorit?
30. November

 **Moritz Meschner** Alter, so ein Fuck! Rechner startet nicht mehr richtig, braucht hundert Anläufe, um hochzufahren!!! Und dabei ist der gerade mal ein Jahr alt!!!
2. Dezember

 **Moritz Meschner** Frohen Nikolaus an alle! Und schön die Schuhe rausstellen!
6. Dezember

 **Moritz Meschner** Winterdepressionen!
14. Dezember

 **Moritz Meschner** Winterdepressionen – Part two!!!
15. Dezember

 **Moritz Meschner** kann den Schnee langsam nicht mehr sehen!
18. Dezember

 **Moritz Meschner** Wenn ihr glaubt es geght nicht mehr, kommt voj irgendwo ein Lcihtlein her!.. Danke Jungs, das wuierd echt geik!!!
20. Dezember

 **Moritz Meschner** fb sollte man wohl besser nur nüchtern benutzen! :-)))
21. Dezember

Gott, ist das armselig. Eher wird mal ein halbes Kilo Mett zwischen zwei Buchdeckel gepresst als diese ballonseidenen Leiden des (nicht mehr ganz so) jungen M.

Von ein paar uninspirierten Grundeinkäufen und drei bis vier Kneipenabstürzen abgesehen, habe ich die Wohnung seit unserem Käsekuchennachmittag bei den Boltes nicht mehr verlassen. Mein löchriger Dreißig-Tage-Bart stinkt nach Butternudeln und juckt unangenehm, meine Zehennägel kommen bereits durch die Socken, und an manchen Tagen habe ich völlig unvermittelt die »Lost«-Zahlenreihe 4, 8, 15, 16, 23 und 42 in das Nummernfeld meines Computers eingegeben, nur um zu sehen, was passiert.

Meistens passierte nichts.

Dafür habe ich, wie Silvio mir anriet, keine Scheiße mehr gebaut. Für meine Verhältnisse. Vor allem nachts, wenn ich entweder nicht schlafen konnte oder voll war, oder beides, konnte ich nur selten der Versuchung widerstehen, Steffi nicht doch noch mal eine Nachricht zu schicken. Mit anderen Worten: Ich bin ihr wieder ziemlich auf die Eier gegangen, habe mich entschuldigt, gebettelt und gefleht, aber am Ende lief doch alles nur auf das eine hinaus, nämlich darauf, dass sie final und forever mit Silvio zusammen ist, und dass es zwar schön sei, von mir zu hören, aber mehr so, wie man gerne von einem alten Bekannten hört, der nach Australien ausgewandert ist und ab und zu mal eine Postkarte schickt oder einen Telefonanruf tätigt und dann wieder Ruhe gibt, die nächsten paar Monate wenigstens.

Ich weiß gar nicht mehr genau, ob ich Steffi wirklich noch liebe. Ich weiß nur, dass mir alles weh tut, sogar mein Herz, und das nicht im übertragenen Sinne, es tut weh, richtig weh, und ich versuche zumindest alles, damit sie mich nicht vergisst, poste Statusmeldungen auf Facebook, um immer wieder präsent zu sein, und sammle weiter meine Freunde, die mir das Gefühl geben, ich nähme an etwas Großem, etwas Sozialem, etwas ECHTEM teil, woran genau, das vermag ich langsam leider nicht mehr zu sagen.

Anyway, ich stehe jetzt nur noch drei lausige Bestätigungen von der magischen Dreihunderter-Freundes-Liste entfernt, und mein Puls schnellt allein bei dem Gedanken an die Überschreitung dieser Grenze in ungekannte Höhen, ich bin zittrig und nervös wie ein greiser Philatelist, der mit etwas Glück noch die nächste Sonderausgabe einer südamerikanischen Briefmarke mit einer alten Dampflokomotive drauf erleben darf. DREI Facebook-Freunde, dann bin ich endlich über den Berg. Oder wo auch immer es mich hin verschlägt.

Moritz Meschner Merry X-Mas! (Außer an die, die es nicht verdient haben. You know who you are!)
24. Dezember

Weihnachten verlief soweit nach Plan.

Ich habe im Bett gelegen und Metaxa getrunken, und meinen Eltern habe ich wegen einer vorgeschobenen Krankheit abgesagt, bloß um nicht in die kerzenhellen, dümmlichen Fressen der buckligen Verwandtschaft gucken zu müssen, in die der Heilige Abend für gewöhnlich eine verklärte Glückseligkeit kärchert.

Zwischendurch habe ich an Steffi gedacht, und daran, dass ich der ungeliebteste Punkt im ganzen Universum bin, die gesammelte Projektion aller Ablehnung, der FC Bayern der Sitzenbleiber-Bundesliga quasi, um es mal von der Poesie auf die Alltagsprosa runterzubrechen, ein armes Würstchen ohne Aussicht auf die warme und wohlige Umarmung eines Hot-Dog-Brötchens. Aber egal, wie alles ausgeht, egal, ob nicht schon alles in letzter Konsequenz ausgegangen IST, NOCH bin ich da, NOCH lebe ich so vor mich hin, ... auch wenn das meist bedeutet, dass ich deprimiert vor dem Rechner sitze oder durch zugezogene Vorhänge nach dem Tageslicht, dem Draußen spähe.

Ich werde nicht aufgeben, werde hier sein, werde warten auf dich.

Auf DICH, Steffi!

Erst mal werde ich aber nach Bad Saarow fahren.

Als mir meine Jungs das Geschenk gemacht haben, mit ihnen gemeinsam ein Wellness-Wochenende im Hotel Esplanade Resort und Spa am Scharmützelsee zu verbringen, da wusste ich zunächst nicht, ob ich lachen oder die drei Schadenfreudler als Biomüll deklarieren und ordnungsgemäß auf einem Kinderspielplatz entsorgen sollte. Relativ schnell wurde mir aber klar, dass sie es nur lieb meinen. Und dass sie mehr sind als zweidimensionale Profilfotos auf einem staubigen Monitor.

Nachdem ich mich rasiert und auch sonst in eine halbpassable Ausgehform gebracht habe, schnappe ich mir meinen gepackten grünen Tchibo-Koffer von der Couch, nehme die Schlüssel und öffne die Wohnungstür.

Dann bleibe ich stehen.

Ich schließe die Tür wieder, stelle den Koffer auf dem klebrigen Flurboden ab und fahre meinen Rechner noch mal hoch.

Die Facebook-Seite baut sich auf, und ich sehe sofort, dass ich drei neue Benachrichtigungen habe: Zwei Uni-Professoren und eine Friedrichshainer Strandbar haben meine Freundschaftsanfrage bestätigt.

Ich klicke auf mein Profil, und nach einer kurzen Ladezeit blinkt mir in der linken unteren Ecke die Zahl 300 entgegen. Nein, das ist natürlich nicht wahr, sie blinkt nicht, sie steht einfach nur da, ordinär und schmucklos.

Plötzlich ploppt das Chatfenster auf. André. Er fragt, wo ich bleibe. Max, Sascha und er säßen unten im Auto vor meiner Wohnung und warteten. Und sie hätten genug Wodka O dabei, um den gesamten Bad Saarower Schützenverein besoffen zu machen.

»Komme gleich«, schreibe ich lächelnd.

Dann öffne ich meine Freundesliste, suche nach Steffi und lösche sie.

> Bist du sicher, dass du deine Verbindung mit Steffi Gehrasch entfernen möchtest?

»Ja, bin ich«, sage ich und drücke auf »Entfernen«.

Was folgt, ist Stille. Und der Gedanke daran, dass Bad Saarow vielleicht doch nicht so nerdig ist, wie Steffi es mir immer weismachen wollte. Immerhin ist Bad Saarow in den Sommermonaten oft ausgebucht. Und selbst im Winter kann man da mal eine Runde am See entlang spazieren gehen und danach ein paar Bierchen an der Hotelbar trinken.

Ich schaue auf mein Profil und zünde mir eine Zigarette an.

Ich habe jetzt 299 Freunde.

Das schmerzt.

Aber nicht mehr so sehr wie früher.

Moritz ist offline.

THANX!

 **Moritz Meschner** dankt seinen Freunden Jacob, Mark und Ron für ihre Ideen, Kritik und das Durchhaltevermögen beim Lesen, und natürlich für so vieles mehr. Vor allem aber dankt er Sebastian O. (der seltsamerweise immer mindestens fünfzig Facebook-Freunde vor mir liegt), ohne dessen Hilfe, Freundschaft und unglaubliche Beziehungsumstände dieses Buch im Leben nicht mehr entstanden wäre! Darüber hinaus gilt sein Dank Ann-Sophie Thiel und ihrem (sowie mittlerweile auch meinem) vollkommen gestörten Lebenspartner Christopher »Billebob« Lück; beide haben mehr für mich getan und bewirkt als Sasha Grey für die Hardcore-Porno-Industrie (... ein bisschen danke ich Sasha selbstverständlich auch). Und zum Schluss möchte Moritz noch anmerken, dass er in Bad Saarow schon mal ein geiles und alkoholisches Wochenende verbracht hat. Und dort als Kind von einem Segelboot gefallen ist.

vor gar nicht allzu langer Zeit